U0102139

好久不见

金丽娜／著

华艺出版社
HUA YI PUBLISHING HOUSE

图书在版编目（CIP）数据

好久不见 / 金丽娜著. —北京：华艺出版社，
2015.9
ISBN 978-7-80252-386-9

Ⅰ.①好… Ⅱ.①金… Ⅲ.①长篇小说—中国—当代
Ⅳ.①I247.5

中国版本图书馆CIP数据核字(2015)第222913号

好久不见

著　　者：金丽娜
责任编辑：刘　妍
装帧设计：姚　洁
出版发行：华艺出版社
社　　址：北京市海淀区北四环中路229号海泰大厦10层
电　　话：010-82885151
邮　　编：100083
电子信箱：huayip@vip.sina.com
网　　站：www.huayicbs.com
印　　刷：北京天正元印务有限公司
开　　本：1/16
字　　数：166千字
印　　张：16
版　　次：2015年10月北京第一版第一次印刷
书　　号：ISBN 978-7-80252-386-9
定　　价：28.00元

华艺版图书，版权所有，侵权必究。
华艺版图书，印装错误可随时退换。

目　录
Contents

引 子

我和许多朋友探讨过一个问题："你喜欢北京吗？"大多数人的回答都是这样的：

"人太多了，有些浮躁。"

"车太堵了，生活起来不方便。"

"要是没有雾霾就好了。"

"如果房价不这么高，我想我会爱上它。"

不过，即便说了这么多抱怨的话，许多朋友还是会选择留下来。

人太多，那是因为大家都在追梦。

车太堵，可以选乘地铁和公交，比你买车省钱多了。

雾霾这东西，是城市发展必须付出的代价。

至于房价高，那就不买呗。

于是，他们当中有的租房，有的还房贷，一年又一年，他们像一只不懂疲惫的陀螺一样：加班、熬夜、晋升、亚健康，哪怕和亲人分居两地……

于是，他们愿意拿出全部的青春和这座城市做一个赌注：我要属于我的那份成功，所有风吹雨打都不怕。

于是，他们仍像过去那样，永远不知疲倦地做一只奋斗的陀螺，就像你真心爱上一个人，永远不求任何回报一样。

没有人会告诉他们，要不要继续这样漂泊下去？

后来，他们当中的一些人，一声不响地悄悄踏上了回乡的路……

不过，对更多留下来的人而言：那有什么关系，反正我会坚持到底。

我叫沈慧心，今年36岁，在一家电视台做军事记者，来北京也有十个年头了。

军事记者的工作内容，就是用镜头去记录和讲述军队里的故事，十年里，我的足迹遍布在全军各大军营。这些宝贵的经历，每次回忆起来时常让我在心底里感到无比光荣，因为这或许是许多人一辈子都无法亲身体验的。

不过，在距离2015年新年只剩下不到一个月的冬天里，我却有些迟疑了，我不知道自己还会在这个职业里坚持多久？

这座冬天里没有白雪光临的城市，连未来也变得暗淡起来，在我疲惫地奔波了一个又一个拍摄地，想要休憩一下的时候，却只能在远方遥望着故乡，我在奔向梦想的路上感到疲惫不堪。

今天，我站在来北京奋斗十年的路口上，回望着过去。

相聚伴着别离，欢笑伴着眼泪，得到伴着失去。

同样，也没有人会告诉我，这样的坚持是否值得？

在又一个十年向我发出邀请的时候，我愿意把我这十年奋斗故事讲给你听。

你愿意听吗？

第一章
夏天里的分别

那是 2005 年的夏天，街道两旁绿树成荫，浓密的枝叶搭建在空中，像一把天然的绿色大伞，遮挡在头顶，清风吹过时，丝丝凉意浸透在空气里，天空碧蓝如洗，几片闲散的云恬淡地挂着，一如故乡平静的日子。

我在原来工作的东北一座交通广播电台，刚刚办完了所有去北京就读研究生的手续，爱人楚天那台橘色的嘉陵摩托车，早已经等候在电台门口了。那一天，是我们结婚三周年的日子，我们俩的恋爱和婚姻，最早都是从同事关系开始的。

之前，我在文艺部工作，楚天在新闻部，偶尔文艺部需要男搭档主持节目，他就会跑到直播间帮我客串（男主持人相对较少）。我们每天的工作量只有上午一个小时的直播节目，剩下来的时间完全可以由自己支配，中午的时候，楚天就会载着我骑上摩托车像风一般飞驰回家。

我们家住在城市东边一片新建起的小区里，那片楼群全部都是咖啡色的，在八月暖阳的照耀下，镶嵌在砖头里的金粉被照得闪闪发亮。我最喜欢楼下那一大片空旷的绿草地，三岁的女儿小米兰经常在那里跑着玩儿，她的姥爷给她做了一张很大的网，她每天都期待能在那片花草丛中捕到些什么，婆婆会在一旁看着她。

远处，只要一传来摩托车的声音，小米兰就会放下手里那张网，快速地从草地那边朝水泥甬道上奔跑过来，她扬起花瓣一般的小脸儿，像小鸡绒毛一样软软黄黄的头发，在风中轻轻地飘舞着，当小米兰一头扑进我怀里的时候，婆婆就会略加醋意地说上一句："哎呀，天底下还有这么清闲的工作，连我们老人家看孩子都快失业了。"

我就抱起小米兰朝着她笑，在闲聊一会儿后，婆婆就会骑上放在单元门口的那辆暗红色自行车回自己的家。下午的时光，我和楚天就会带着小米兰四处闲逛。

这份悠闲的工作，也让我的许多同事为此谋了第二份职业，当我起了去北京读书这个念头的时候，在心底里突然觉得自己的理想多么伟大，或许十年之后，我和他们的人生格局会完全不同。

所以，离开电台那一天，我心中甚至没有一点失落和不舍，我开心地跳上楚天那台橘色嘉陵摩托车，午后的暖风把我的头发高高地吹起，我就像几米漫画里那个怀抱美丽梦想的女孩儿，在心里面无数次地喊着："生活多美好！"我热切期盼着生活能被掀开新的一页。

我把头靠在楚天的脊背上，眼睛注视着前方通向回家的路，盛开在繁华街道两边的花朵，就好像是开在我心中梦想的花朵一样，那么明艳。

不过，在此前的一个月中，我和楚天每天都在为我是否去北京争吵不休。

楚天默默地开车不发一言，戴着头盔的脸让我看不清表情，但透过后视镜，我隐约能够看到他的目光里有一丝淡淡的离愁。我紧紧地用双手揽着他的腰，想传递给他一丝安慰，这又不是什么生离死别，我们还不到三十岁，人生对我们而言，只是刚刚起步，未来有一大把的时间可以相守在一起，这场分别根本算不了什么。

结婚整整三年，这将是我第一次远行，从东北这座边陲小城，坐火车到北京要整整二十四个小时，虽然出发日期定在了半个月之后，但我的心却早已飞向了那趟带着我奔向梦想的列车，我猜想那一定是一场充满魔幻的奇妙之旅。

然而，楚天的心境和我完全不同，他舍不得我离开故乡和亲人，舍不得一家人悠闲度日的温馨，尤其是我们可爱的三岁女儿小米兰，正是需要妈妈的时候，而我这一次去北京读书至少需要两年时间，由于路程遥远，我估计只有放寒假的时候才能回来，陪小米兰长大这件最幸福的事，我或许要错过了。

楚天之所以最后同意我去北京，应该是觉得这趟没有经过时间验证的远行，对我而言未必不是一件好事，即使我勉强留下来，心里面却还是不快乐的。那些争吵如今回忆起来，仍像云烟一样在我心底里盘旋，并未散去。

记得有一天晚饭后，我们坐在客厅里争吵得很凶。

"在这个小城市，就是今天过着和昨天一样的日子，我不想这样变老。"我对楚天说。

"可是，很多人都和我们一样啊。你的朋友哪一个不是这样过日子呢？"

"你怎么知道？"我有些愤怒。

"他们可以接受平凡的生活，你怎么不可以？"他的声音里充满着质问。

"我和他们不一样。"我从沙发上跳到地上，准备和他理论一番。

他也站起身，声音又高了八度，企图用气势压我："在我看来，我们就是平凡人，外面的世界根本不像你想象那样。"

"你根本就没有发言权，因为你并没有去过。"我怒视着他，一张脸涨得通红。

这句话终于说到让楚天无言，他紧紧地用目光盯着我，像一个威严的家长，可我并不怕他，仍是用无比坚定的目光注视着他。他最后深深叹了一口气，只说了句："我不和你计较。"而我想让他清楚地知道，他认为我的"固执"，和我为理想而"坚持"完完全全是两回事。

"你之所以娶我，也是因为我和别人不一样，你何苦要改变我？"

"这分明是两回事。"他纠正我。

"明明就是一回事，就像我选择你，所有人都反对，我还是会选择你。"我倔强地说。

"你的意思是，无论我是否反对，你都不在乎？"

"不是我不在乎，是你不在乎我的梦想。"

"可笑。"他几乎嘲讽和无奈的语气。

"对，我就是一个可笑的人。"我丝毫也不退步，像一只斗志昂扬的狮子，准备和对手一决胜负。

如果非要我在爱情和梦想之间做选择，我想那时我会毫不犹豫地选择后者，哪怕从此我会失去这个一直呵护我在掌心的男人，因为一个真正爱你的人，怎么能够不去爱你的梦想？对我而言，那不是爱，是自私。

楚天终于又还击了，把他心底蓄积已久的话，一股脑地全抛了出来："你那么有志向，为什么要这么早结婚，天底下，我相信不会有任何一个男人愿意让妻子出去闯荡，难道我们的生活还不够令你满意？你要知道，我们不仅要为自己活着，身上还要背负着许多家庭的责任。"

楚天有一米八的个子，长得比较清瘦，那天他说话的语气越来越激动，嘴角周围的肌肉也开始不自然地抽动着："你这么撇下孩子和我，你不觉得自己也是自私的吗？"

看着他咄咄逼人的样子，我几乎觉得不值得用一样犀利的语言回击他，在我心底里甚至有了一个念头：嫁给这个男人简直太后悔了。

当初，爸妈对这桩婚姻本来就不十分看好，他们觉得，楚天这个人哪里都好，就是思想太偏激，想问题太狭隘，心眼儿太小，但这都不能怪他，因为他从小父亲去世的早，他和母亲姐姐相依为命，是没有父亲教他如何做一个有大胸怀的男人。

爸妈眼里优秀的男人应该像一棵大树一样，为自己心爱的女人和家庭遮挡风雨，最重要的一点是千万不能和女人计较，他要有着像海一样宽广的胸怀，而楚天只是单纯善良，他可以做好朋友、好搭档，却不一定适合做好伴侣。

现在想想这些忠言逆耳的话，并不是没有道理，如果当年我嫁给另一个男人，我相信此刻我用不着在这里和他浪费口舌，他或许会为我的远大志向感到高兴，而不应该成为我前进路上的一道障碍。楚天之所以顾虑重重，不是担心我在外面遭遇挫折或者受到伤害，说到底，他一定担心我在北京求学后，和他有了差距，我们的婚姻有可能会面临危机。

"是你不自信！"我脱口而出。

这回，楚天没有再接话，他落寞地坐在沙发的一角等着我把话说完。"如果我的梦想实现了，说不定以后会为女儿创造更好的学习条件，我不是也在为家庭付出吗？"我的双眼像冒着火一样灼热，声音也有一些沙哑了。

楚天试图再去说服我，却发现我早已眼泪汪汪地站在阳台的窗户边，暗红色的晚霞把我的剪影映在了地板上，即使只是轮廓，也看得清那是一位伤心的女子，而我脸上的神情更是憔悴极了，就像一朵早晨还鲜艳欲滴的玫瑰，到了夜晚花朵的四周开始枯萎，它垂下曾经高傲的头，独自伤心别过灿烂的明天。

房间里瞬间安静下来，似乎能够听见彼此的心跳。楚天终于长长地舒了一口气，他慢慢地站起身来，走到客厅门口挂衣服的墙边，从背包里取出一张 A4 打印纸，垂下眼看着上面的内容，眉头紧锁，然后再抬起头环视一下他身处的这栋房子，欲言又止。我虽然还弄不清楚那张纸上写了什么，却突然间感觉到十分气愤，就像他隐瞒我的秘密被我发现了一样。

"那是什么？"我的声音里充满着怒气。

楚天只是站在那里沉默，那一刻，我甚至觉得自己从来没有了解过他，夫妻之间只有在遇见大事的时候，才真正能够考验出对方对你是不是真心真意，平常的岁月里完全不足以看清楚他究竟是一个怎样的人？那么之前，他在我面前一副试图说服我的样子，看来不过全是伪装而已，而一个人悄悄在背后把什么都准备好了。其实我早该料到，他承受不起一个人面对生活的压力，他怕长久的离别，他无力独自抚养女儿，他害怕孤独，他忍受不了寂寞，爸妈说的对，他就是那个我本不了解的狭隘的偏激的楚天！

天啊，那薄薄的一张纸，该不会是离婚协议吧，我曾听过太多类似的故事，年轻的夫妻因为志向不同，在一方去远方求学后，另一方不愿意独自一人熬过光阴，一般会选择结束婚姻，给对方永远的自由。这一回，楚天终于也要效仿他们了，他准备给我自由，是不是？

"你应该早告诉我，我什么也没准备。"我说。

"你看看吧。"他淡淡的语气里，我一时读不懂那里面的意味是什么。

楚天缓步走到我面前，把那张薄薄的纸递过来，我甚至连一眼都不想看，就把它打翻在地。"你这个骗子！"我几乎声嘶力竭。

瞬间，一股寒气从我脊背后面升起，本来我觉得自己抛下家庭独自求学，在心中或多或少对楚天怀有一丝歉疚，可是和眼前的这一幕相比，那些曾经在心中的感恩都消失得无影无踪了，我伤心得不想在这里多呆一分钟，迫不及待地想往门外冲，或许，这一刻到来得早，比晚要更好一点，它让我有时间去安排和准备下面的生活。楚天回过身，一把将我拉住，对我说："你连看都不看，就随便生气吗？"

"放开我，你都想好了，还和我谈什么？"我像一只被激怒的狮子。

"你看看再说。"他的语气终于缓下来。

"我和父母争吵，都是为了你，我总想给他们证明，我没有选错你。可是你……"

我把久藏在心中的委屈全盘托出，眼泪像决堤的洪水冲刷着脸颊，楚天把手伸过来为我擦眼泪，他不发一言，只是安静地注视着我，我抬起头迎着他的目光，就像一把寒气逼人的剑，准备与背叛我的人决战到底。我只是想趁年轻的时候出去奋斗一下，让人生充满更多有价值的回忆，这种追求为什么会那么难以理解？我突然放声大哭起来，像一个不会说话的孩子，在受尽了委屈后无法清楚地表达自己的感受，我慢慢地蹲了下去，狠狠地从嘴里挤出来两个字："你滚！"

楚天果然听话，他穿起外套独自一个人朝门外走去，天色彻底暗下来，他出门时顺手把客厅的灯打开，房间里瞬间充满了温暖的光线，或许，他想给我一个安静的空间让我冷静，可我怎么能够冷静下来？

我无力地躺在地毯上，摊开手臂，呆呆地看着头顶的天花板，无助得要命。想一想，曾经那些美好的时光，在现实面前脆弱得不堪一击，什么爱情，什么誓言，到头来都是镜花水月的事儿。如果我现在给爸妈打个电话，告诉他们楚天因为我去北京学习，而准备和我离婚，他们一定会有这句话等着我："我们当初说什么来着？"然后他们会对我说："别难过，有爸妈在，什么也不怕。"

想到这里，眼泪润湿头发了，它们黏黏地贴在我的皮肤上，而我，只能在这场爱情和婚姻中认输，虽然我曾经是一个那么骄傲的女人。

窗外，暮色一点一点加重，一种从未有过的孤寂，瞬间在四周蔓延。我已经没有了主意，或者，我也应该考虑一下楚天的感受，其实，北京和楚天相比，当然他重要。如果我不去了，是不是还能挽回这段婚姻？

这时候，我的电话响了，来电是一个陌生的号码，我连忙擦干眼泪。

"你好，请问你找谁？"我问。

"是你们家要卖房子吗？"听筒里传来一个四十来岁中年男子的声音。

"没有啊！"我想他一定是拨错了号码。

"我是今天在你们小区门口的广告栏里看到的，您先生姓林，您姓沈对吧？"

我突然间似乎明白了什么，一边和他寒暄，一边朝客厅的阳台走去，刚才被我打翻在地上的那张纸，正安静地面朝向我，上面清楚地写着："因急事出售房屋，价格优惠……联系人林先生、沈小姐。"

落款是我和楚天的电话号码，我终于回过神儿来，抱歉地对对方说："对不起，这个房子先不卖。"

"那你们想好了再贴广告啊！"

"我……"没等我解释，对方先收线了。

我呆呆地坐在地上，眼泪又一次留下来，把面前的这张纸打得啪啪响，心里面一遍遍地说："楚天，我就知道，你不会这样绝情，可是你，为什么这么讨厌，差点就骗到我！"

窗外，晚霞升起来了，染红了天空，一群鸟儿飞过，每片云朵都是迷人而快乐的。

没多久，门口传来一阵咚咚咚的敲门声，那节奏欢快而充满力量，一定是女儿小米兰从奶奶家回来了。我跑去开门，看见她正骑在楚天的脖子上，手里拿着一根白色的棉花糖，她冲我开心地挥了挥说："妈妈，这根给大宝，小宝的吃完了。"她把棉花糖递给了我。楚天哈下身子，把小米兰放下来，头却继续朝上看着我，挤了挤眼睛。

小米兰一骨碌地从楚天身上爬下来，跑到她自己的房间里玩去了。

在家里，楚天一直唤小米兰小宝，唤我大宝，他说我俩是他在这个世界上最珍贵的两个宝贝，每次去超市买小零食，他都会说："大宝、小宝各一份。"

售货员小姐就会羡慕地说："你有两个孩子，是双胞胎吗？"

"不是，是我妻子和女儿。"

接下来，售货员小姐就会一直笑个不停地给他结账，那时站在一旁的我，就会感到很不好意思。

楚天从地上站起来，走到我身旁，举起手给我擦眼泪，我终于笑了。小米兰从屋子里跑出来，踮着脚看着这一幕，在一旁拍着手嘻嘻地笑。我低头看着她，朝她做了一个鬼脸，又抬起头对楚天说："放心吧，我只是去充实一下，然后就回来和你过日子，好不好？"

楚天使劲儿地点着头，对我这个回答显得十分满意。

"小宝，去收拾一下你的玩具吧。过两天，我们要搬家了。"楚天对她说。

"为什么呀？"小米兰抬起头眨巴着那双好奇的眼睛，她完全不知道怎么回事。

"我们先把这房子卖了，等妈妈从北京读书回来，我们再买新房子，好吗？"

她的眉毛紧紧蹙在一起，使劲儿地摇晃着脑袋："不，我只喜欢这个，这墙壁上有我画的画，我舍不得！"

楚天蹲下身子，把她揽在怀里："我们都有舍不得的时候，就像妈妈去上学，我们都舍不得，但也要让她去，对不对？"

"妈妈要去哪里，可不可以带上我？"小米兰认真地问。

"去北京啊。"

"远吗？"

"远。"楚天看着窗外，想象着那段上千公里的距离。

"那我们怎么办？"她扬起脸大声地问。

"小米兰有爸爸、奶奶，还有姥姥、姥爷、姑姑、大舅……"

"不，我要妈妈！"她没有预警地哭起来，小眼泪一串接着一串。

"你是不是好孩子？"我也蹲下来问她。

"是啊。"她一边哭一边答。

"是好孩子，就要乖乖地听大人的话，好不好？"

"可是，我要妈妈！"小米兰清楚地告诉我。

"你再这样，妈妈真的生气了！"我装出一副生气的样子。

"好喽，小米兰最乖了。"楚天把她重新架在脖子上，轻晃着她说："小米兰，乖乖地听妈妈的话，好不好？"

"好！"她一边擦着眼泪，一边似懂非懂地答应着。

那个记忆着我们一家三口幸福生活的小窝，在十天之后卖给了一对老年夫妇，当楚天把房子钥匙递到老人手上的时候，小米兰把小脸儿背过去，一个人在偷偷地抹着眼泪。楚天用相机把她画在墙壁上的画全部照下来，纪念女儿这段难忘的童年时光。

小米兰又来到了自己曾经住过的房间，那是一扇木质结构的粉色房门，上面还挂有去年圣诞节时买来的七色铃铛。虽然里面的家具都已经被搬空了，但是粉红色的壁纸上，还清晰可见她平日里的涂鸦，有圣诞树、大嘴鸭、流浪的小猪。她小小的身影伫立在墙壁边上，嘴里念念有词，好像在说："再见了！充满粉色回忆的童年小屋！再见了，刻在墙壁上的朋友们，希望你们不要忘记我！"

在我们最后经过楼下那片绿草地的时候，小米兰做了一个拥抱的动作，那是她在和这片草地上的蝴蝶、蜻蜓、蚂蚱告别吧，她慢慢地回转过身，一副舍不得的样子，楚天一把把她抱起来，她把下巴紧紧依在爸爸的肩上，眼睛轻轻闭起来，对她而言，第一次明白了离别的滋味，泪水从眼眶里滑落下来，浸透了楚天的白色衬衫。这片带着童年芬芳的草地，从此只能成为温暖的回忆了。

　　几天之后，我也和这座生养了我二十六年的故乡告别，独自一人踏上了那列开往北京的橘色外皮火车，当车轮缓缓开动后，透过车窗，我看见楚天和小米兰的身影，正一点点变小，直到消失在炊烟升起的故乡。

第二章
追梦的我，以及和我一样的他们

那天从站台送别我后，楚天就带着女儿小米兰住进了奶奶家。

2005 年 9 月 16 日，是我和北京初识的日子。我身穿一件白底儿碎花的短袖衬衫，搭配一条蓝色牛仔裙，扎了一个高高的马尾，浑身上下都散发着"学生味道"的青春气息。如果我自己不说，估计没人能够看出我已是一个三岁孩子的妈妈。

我身上揣着研究生入学第一年的学费一万三千五，它被妈妈仔细地缝在衣服口袋里。睡了一夜的卧铺，我几乎全是趴着的，因为我害怕它在各种情况下不翼而飞。

二十四个小时后，火车伴着一声骄傲的长鸣，到达了此行的终点站：中国的首都——北京。

车厢里立刻变得嘈杂起来，座位上的乘客有的站起身来和窗外接站的亲朋招手，有的在互留电话就此告别，大多数人都在低头整理行李。

而我一个人仿佛置身事外，安静地坐在靠窗的座上，看着车窗外写着"北京"字样的站台。那些陌生人脸上的表情，无论是喜悦、平静、悲伤，亦或是麻木，统统与我无关，但是在那拥挤的人群之中，我仍渴望寻求一张笑脸，告诉我这是一座可以给人梦想的城市。

我是最后一个走出车厢的，站台上的人已经渐渐走空了。我抬头看了一眼北京的天空，它蓝得如无边的海洋，姿态就像一位十分有教养的绅士，正敞开它广阔而温暖的胸膛，迎接着我的到来。我轻轻闭上眼睛，像在享受着这个诚意十足的拥抱。午后的微风轻轻地滑过脸庞如丝绸一般，金色璀璨的阳光像亮在梦境里的星光，正缓缓地在风中行走，明亮的影子落在我的身上和头发上，挽着我和它一路同行。

我一只手提着红色的皮箱，另一只手攥着学校的地址，那上面是楚天的笔迹，他怕我找不到，就提前一天在网上帮我查好，还特意在纸的背面画上了简明的地图。他的字写得并不好，细细长长，就像他的体态一样。

妈妈曾说："楚天就是小时候没吃好，你看长得多像一根豆芽菜。"语气里透着一丝同情。

"豆芽菜，咱不经常吃吗，你和爸最喜欢了，不是吗？"

每次我用这话调侃妈妈，她都只会撇一下嘴。因为在她心里一直认定，她的女婿应该有着伟岸的身躯和温柔的情怀，而她的女儿一定会听她的话，不会嫁给这根发育不良的"豆芽菜"的。不过，在我披上婚纱成为"豆芽菜"的新娘那一天，我亲眼看见妈妈眼里流淌的是幸福又委屈的泪水。

"妈，你好像哭比笑还好看那么一点儿啊。"她抹了一把眼泪，轻拍我两下，一边嘱咐楚天："楚天，慧心就交给你了。"

"妈，您放心！"

原来天底下的父母，在女儿出嫁时，都是一样的台词。不过，妈妈说这话时，我的鼻子竟然涌起了一阵酸意，却没有让眼泪掉下来。

我手上的那只红色皮箱，实在是太重了，里面装着秋冬两季的衣服、鞋子，还有爸妈自制的辣椒酱、韭菜花、芝麻酱、地瓜干，以及治疗拉肚子和感冒的药品。妈妈真幽默，还给我带了一个小米兰的玩具狗，不知道她是怕我想念孩子，还是希望它能陪伴我未来的读书时光。

第一次走进地铁站台，我简直蒙头转向，刚上了一个扶梯，又要下一段楼梯，再经过一条像隧道一般的走廊，终于以为到达站台了，猛一抬头才发现走错了方向，我不得不原路返回，直到看见远处呼啸而来的"蓝色小火车"缓缓地停在了我的身旁，我想它就是地铁了。

等那对自动门一拉开，还没等我迈开脚步，就被后面的一群人一下子拥进了车厢，我的那只红皮箱也早被人踢到了另一侧的车门处，如果我不用双手顺势抓住头顶上方那两个橘色把手，一定会很难看地趴在地上。我的一只脚被夹在了两个行李包的空隙间，另一只脚不得不弯曲收拢着，那个站立的姿势简直是怪异极了。

站在我身旁的是一位抱着孩子的妇女，孩子差不多三岁左右，闷热的车厢和密不透风的人群，让她透不过气来，她显得很不适应，开始不断地用尖利的哭声反抗着，满头大汗。她的妈妈并没有及时去安慰她，而是用更严厉的语气呵斥她："哭！哭！哭个啥子，再哭一个，你再哭一个！"说着她举起一只手，啪啪地去拍打小女孩正用力反抗的一对小脚。

周围的人看到这一幕，大多都向那位妇女投去了厌恶的目光。不过，当我注意到她手上挎着的一个白色口袋时，似乎有些理解她了，那上面写着"北京医科大学附属医院"的字样，里面装着几张长方形的卡片，应该是影像医学的片子。看来，她一个人带着孩子奔走在北京，并不是来旅游的，而是家里有人生病了，心里的焦躁加上环境的嘈杂，她又怎么能有好脾气对待孩子呢？

我冲着那个正哭闹的孩子挤了一下眼睛，做出了在家时逗小米兰的表情。小女孩的哭声终于渐弱下来，她紧紧地盯着我看了一会儿，在我没有变出更多花样后，却又开始继续哭闹起来。她的妈妈这回也顾不上打她了，只是轻拍着她的背，抬头看着贴在门口上方的地铁换乘图。

那一刻，我突然有点想念小米兰了。她也只有三岁，和这个哭闹着刚被妈妈打过的孩子相比，她似乎要更加可怜一些。在未来的三年或者更久的时间，妈妈都会缺席在她的生活里，她渴了、饿了、困了、生病了、高兴了、哭泣了、成长了，我统统都不能参与其中，她的童年会很孤单没趣吧？一想到这里，我的心就会不由自主地抽动一下，因为我无法预测这趟"北漂生活"，对于我和我的家庭而言，究竟会带来怎样的改变。

当我一身尘土站在那所我求学的校门前，正是中午太阳最大的时候。我把红皮箱放在地上，擦了一把额头上的汗，盯着那块牌子看了半天，那几个烫金的黄色大字被阳光照得分外刺眼，这座培养国内广电系统人才的最高学府，此刻就在我面前，而我马上就要迈进去了。

我看见许多年轻时尚的女生，面容姣好、身形优美，正撑着一张张薄薄的遮阳伞，或三五成群地并肩同行，或独自一人袅袅婷婷地或进或出。男学生们大多穿着休闲背心，头戴一顶鸭舌帽，脚上穿一双"人字"拖鞋，耳朵里塞着一对耳塞。

几辆配备高端的黑色轿车，正缓缓地从校园里面开出来，那扇黑色镶着镂空花边儿的大铁门，立即敞开了一个优美的弧度，把校园里被风吹着的一条红色条幅送在眼前：欢迎新同学。我一看见就笑了，就好像这里真有人在迎接着我一样，我随便踏上一条小路朝新生接待处走去。

我们研究生班的同学，被安排住在新落成的一栋高层公寓里。那是一幢灰白色的大楼，设计的别致之处在于，每一层都有一个露天的大阳台，我住在第十九层，我想晚上在那上面乘凉一定会很惬意吧。

当我轻轻推开 1906 号宿舍门的时候，看见一对年轻的情侣正背对着我，手臂自然地搭在阳台的扶杆上。男孩用一只手轻轻搂着女孩的肩，他们正把目光投向远处的一座座楼群。

"大门口北边第一栋楼就是新闻楼，第二座是电视学院，西边那个是影视楼，它后面是博士生楼，再后面那个就是篮球馆、网球场，还有超市，我都一一打听过啦。"女孩子一副得意的样子。

男孩好像突然看到了一个更新奇的："快看，那边还有一个餐厅，叫水—煮—鱼。"

女孩立即用双手握拳，在空中挥舞了一下说："哇塞，水煮鱼，那可是我的最爱啊。"

男孩把脸转向女友："你的最爱不是我吗？"

"不，是水煮鱼。"女孩天真地笑着，男孩用手轻轻刮了一下她的鼻尖儿，也含蓄地笑了。

我想沉溺在爱河里的人，反映一般都不会太灵敏。我轻轻地走到阳台一旁的那张床位，把手上那只笨重的红皮箱放下，舒了一大口气，然后轻敲了两下床板，主动和他们打起了招呼来。

"嗨，你们好，我叫沈慧心，来自东北。"我举起右手轻挥了一下。

他们两个几乎同时转身回头，看到了我，露出了微笑，然后两只手在空中摇摆着。

"我叫阿昆，来自内蒙，这是我男朋友肖峰，我们住在一个旗上。"

"哦，你们一起来读书？"我问。

"对，我们都是旗电视台的，我是记者，他是我的助手，哈，也叫摄像。"她拍了拍男友的脑袋，得意地看我。

"她是我领导。"肖峰一脸憨憨的笑容。

"能一起来，真幸福。"我羡慕地说。

"你男朋友也是同行？"阿昆问。

"是，不过应该叫爱人，因为我们结婚了。"我笑笑。

他们两个几乎同时睁大了眼睛，又互相看了看，阿昆说："那还支持你来读书，真可以！"然后娇嗔着望着男友说："你看看人家，以后等咱们结婚了，我还要继续读书。"

"哈哈，还读啥书啊，得赶紧生娃，让他读吧。"肖峰用一根手指轻戳着阿昆的额头，使她的身子不由自主地斜到了一边儿。

"小气鬼。"她说。

"哈哈。"我在一旁陪笑着。

阿昆住在了我的上铺，留的是一头清爽的短发，一对笑起来弯弯的小眼睛，肖峰留的却是长发，一对深情的大眼睛。阿昆个子不高，肖峰却高出了她两个头还多。比起阿昆白皙的皮肤，肖峰黝黑光亮得更像一头草原上奔驰的黑骏马。他们互补得恰到好处，背对着午后的阳光，形成了一对优美的剪影，就像电影上映发行的海报，十分亲密又赋有新意。

黄昏的时候，宿舍里又来了锦州的小萌、山东的薇薇和新疆的明子。晚上大家买了些东西在宿舍里简单地聚餐，肖峰把自己那把心爱的木吉他也抱来了。

"接下来，把我最喜欢的一首歌当见面礼，在此送给大家，歌的名字叫《Never grow old》。"

说完他轻拨着那把红色木吉他的琴弦，一段旋律瞬间就像从我们心底升起来一样：

> I had a dream
>
> Strange it may seems
>
> It was my perfect day
>
> Open my eyes
>
> I realize
>
> This is my perfect day
>
> Hope you never grow old
>
> Hope you never grow old
>
> ……

肖峰的声线明亮而深情，就像从秋天森林里倾泻而下的溪流，甘冽地流淌进每一个怀抱梦想的人。他的眼睑低垂，目光深邃，偶尔抬起头凝望着坐在身旁的女友阿昆，她正幸福地迎合着他的目光，身体微微地随着歌声摆动。

当最后一个音符落在我们心底的时候，小山东薇薇主动举起手说："请允许我把中文意思翻给大家，可以吗？"

肖峰微笑着做出了一个"请"的动作，眉毛轻扬了一下。薇薇清了一下嗓子，带着一口山东腔，摇晃着脑袋，抑扬顿挫地娓娓道来："这首歌的意思是说人生短暂，青春易逝，要敢于怀抱梦想大胆去追逐，不要那么快就在时光里老去。"她一口气顺下来，虽然她的样子极其滑稽，但每个人却都在领会歌中的意味，默默地沉思。

肖峰果断地给出了一个赞的手势，说："薇薇翻译的比我唱的好！

这么多年去追寻梦想，得说是因为这首歌给我鼓励。"

"那我呢？"阿昆抬起脑袋问。

"当然还有你。"肖峰一脸深情。

"你真的是唱到我心坎儿里了，我替大家谢谢肖峰，这杯酒我干了。"薇薇端起她面前的一杯红酒，一仰头全倒进肚子里，她接着说："我在省台做了三年主持人，可是一点儿也不快乐，不知道为什么？"

"我知道！"阿昆神秘兮兮地说。

"知道什么？"

"因为没有爱情。"阿昆说完哈哈地笑起来。肖峰点头表示赞同，他把手伸向阿昆，紧紧地握住了她的手，两个人四目相望，甜蜜的爱意羡煞旁人。薇薇轻叹了一口气说："这个年头不缺爱情，缺的是机会。很多新人盯着我那个位置虎视眈眈，我真有些累了，就果断递了一张读研究生的申请。"

"你不怕位置被别人抢去？"阿昆问。

"有些东西光怕是没用的，人得学会解脱自己。此刻，我坐在这里一身轻松，就好像换了一个新的世界，我又重新变得快乐起来。"

同样在新疆做主播的明子似乎深有同感，她说："我能体会。"随后她也端起一杯酒，一饮而尽。

"怎么都这么伤感哪？这不是我的本意。来，我自罚一杯。"肖峰把酒倒上，全喝了。

"反正，我以后读完书，是不想再回新疆了，准备就在北京找一份工作。"明子说。

"那你舍得放弃吗？"薇薇问。

"没什么舍不得的，以后我还会继续得到。"

阿昆拄着下巴，手里拨弄着那个空空的酒杯，若有所思地说："北漂不是谁想漂就能漂的，大多数还是漂回了故乡。"

"那你想干什么呢？"肖峰问明子。

"管它干什么呢，人生更多的应该是经历才对，而不是在一个单位呆着从年轻一直到老，我会觉着那样的话，有一些可怕。"明子说。

小山东薇薇好像并不胜酒力，只一杯酒下肚，她的脸就红得像熟透的桃子了，她挥舞着酒杯站起来说："对，既然出来了，哪里还有回去的道理，再不济，咱们几个干点事儿也成啊，成立个公司啥的，我告诉你们啊，这人啊得敢想，有时候你想着想着，事情真就那样了，不然怎么有个词儿叫心想事成呢？"她重重地拍了一下肖峰的背又说："敢不敢咱就在这儿约定，学成之后，咱们都不回啦，大家都同意不？"

　　小山东的一对大眼睛长得很好看，睫毛弯弯的，有一种异域风情的美，是我们五个女生当中长得最美的一个。她用那双大眼睛环视着桌上的每个人，目光里充满着号召和鼓励。肖峰第一个把手举起来表示赞成，阿昆立即追随他也举起了手。接着是明子，她这回举起来了一双手，脸上的愁云也不见了。只剩下我和锦州的小萌坐在那里没有表态，肖峰说："哎哎，你们俩别光愣着啊，都怎么想的说说啊？"

　　坐在我旁边的小萌正细心地剥下手上那只红彤彤的虾壳，动作略缓了一下，平淡地说："想那么远，干嘛？没用的。"

　　"怎么讲？"阿昆问。

　　"人不得不信命，是命运让我们来到北京，最后谁能留下来，也得靠命运决定，我不表态是因为，我想尊重命运的安排。"她抬起头，轻撩了一下刘海儿，然后也端起酒杯，喝得一滴不剩。

　　"那你为什么来这儿读书？"薇薇伸出一只拳头假装麦克风，递到了小萌面前，就像一位记者在做访谈。

　　小萌翻了一个白眼儿，把她的手轻轻一推说："我看，你是犯职业病了吧？"

　　"哈哈，犯了，是犯了，你快告诉我吧。"

　　"我谈了一段家人都反对的恋爱，他比我年长二十岁，在北京搞工程，我就以学习的名义来这儿陪他了。"

　　"哇，真勇敢，这也是私奔的一种吧？"阿昆问。

　　"私奔就私奔吧。"她一脸无所谓。

　　"那他说什么时候娶你吗？"薇薇穷追不舍。

　　"哎呀，爱情和婚姻根本就是两回事。"她故作一副过来人的口吻。

"你呢，慧心？"肖峰问我。

我本来就是一个话少的人，更善于静心聆听，看大家说的那么热闹，我不得不承认，自己真被肖峰这首歌感染了，趁着还有一个青春的尾巴，不去追求点儿什么，转眼岁月就老了，想回到这一刻似乎永远不可能了。不过，我答应了楚天，只是读书充实一下，然后就回去和他一起过日子。我慢吞吞地说："我得和爱人商量一下，还说不定。"

"你们家不是你说了算吗？不然，能这么潇洒地来读书啊。"阿昆冲我挤眉弄眼。

"不是啊……"我语无伦次不知道该如何表达。

那天晚上，我们六个人一起到十九层的大阳台上乘凉，一阵阵晚风吹过来舒服极了，白色的月光仿佛照亮着我们心底那段奔向梦想的路。薇薇冲着夜空大喊："Never grow old！青春永远不老！"阿昆也向着夜空张开一对双臂喊着："青春不老！"一楼的管理员在抬头看着我们，使劲儿地和我们挥手，意思是赶我们回去睡觉，我们也一齐挥手问候她，然后迅速蹲在栏杆下面哈哈大笑。

晚风拂过每个人的头发，像似听见了我们的这番期许，正在温柔地默默回应。那天大家一直喝到后半夜，后来，小萌的男友打电话过来了，说在楼下等她，她就乐颠颠地收拾了几件换洗的衣服和他约会去了，临出门时还不忘回头和我们说了一句："梦想总是好的，只怪现实残酷。各位晚安！"

我们都十分好奇，等在楼下的那位大她二十岁的男人，究竟有多爱她呢？他是不是已经结婚了，小萌的这场为爱冒险是否值得？

明子和薇薇挤在一张床上睡着了。肖峰离开的时候，天都快亮了，他还特意把被角给阿昆披了披，轻轻地在她额头上留下一个吻。阿昆已经醒了，她顺势揽住肖峰的脖子，主动给了他一个更长久的吻。我躺在床上翻来覆去怎么也睡不着，两年之后，大家毕业的时候又是一番怎样的情景呢？我们心里梦想的北京，和现实中的北京到底有着多大的差距，究竟谁能告诉我们？

研究生班在电视学院的一层，我的主修专业是电视纪录片，班上一共有六十多名同学，大多都来自地方电视台。我和阿昆、肖峰、明子、薇薇坐在了第一排，阿昆说这样才能集中精力，下课了也能第一时间和老师交流。小萌和男朋友昨夜约会，一直到上课也没有来，我们给她留了一个空位。

给我们上课的老师，在国内传媒界应该都是响当当的人物，这其中也不乏一些名人，有主持界的、纪录片界的、新闻界的、表演界的，还有商界的。第一天上课，电视系一位头发花白的老师，年龄五十岁上下，他郑重地穿了一身深蓝色的西服套装，笔挺地站在讲台上，他先是仔细地打量着座位上的每个人，接着说了这样一番话："我十分钦佩各位的勇气，做电视是一份十分辛苦的工作，我的很多朋友干上这行后，几乎都管不了家和孩子，他们常年在外拍片，拿着微薄的报酬，其中有很多人都离婚了，可他们仍乐此不疲。我有点儿不那么希望，你们以后过着和他们一样的生活，但我又心存渴望，你们能听从自己心底的声音。"

他的那一番话，当时并没有在我们中间引起什么思考，我们更关注的是，怎样能快点儿踏上纪录片创作这条路。

那一堂课，老教授给我们放了《望长城》，它是一部中央电视台和日本 NHK 电视台合作拍摄的纪录片，被称作中国纪录片里程碑式的作品。那里记录着普通人的生活百态，透着一股质朴的气息，即使在十几年后再去看，一样回味无穷。有一个片段十分有意思，记者问一位生活在长城脚下的老汉，请他谈一谈这片故土，老汉回答："这里没有长城嘛，这里主要就是一个司马迁。我们这地方上了死牛坡，秀才比驴多。"

主持人没听清后面这句，再一次询问的时候，老汉却一脸埋怨他说："怎么没听清啊，还拍电视的哪，连那么几句话都记不住……"然后乐呵呵地笑了，主持人也哈哈大笑。

全班同学也跟着哈哈大笑起来，这种轻松自然的采访风格，打破了传统节目的拘谨和模式。我开始对这部片子的中日导演心存敬意，也终于理解这位头发花白的老师在开场白里说的那句"他们仍乐此不疲"背后的原因。我想他们之所以忽略追求物质上的酬劳，是因为他们更看重通过手中的镜头，去真实传递这个时代的声音，那才是一名电视人追求这份职业的全部意义所在。

或许真的有一天，我会像他们那样。

中午下课时候，楚天发来了一条信息："大宝，新学校还好吗？我们全家都在盼着你的好消息，祝学业有成。"

看着屏幕上的字，我在心里思忖着：楚天节俭的毛病又来了，人家到北京快三天了，一个电话也没有打来，就发来这么一条破短信。如果你问他为什么，他保准儿会告诉你"省钱"。

可是，这么远的距离，只有文字的问候，就好像我们是距离遥远的朋友一样。我真有点羡慕明子，她的老公虽然远在新疆，可是开学这两天，几乎每晚都会煲电话粥陪她聊天，她还问我："慧心，怎么也不见你老公给你打电话？"

那时，我脑海里就会立即跳出一个词"小气"，可是我接下来会用一副温和的语气说："都老夫老妻了，打什么电话啊，我们在乎心有灵犀，我想他的时候，他自然会打来电话。"

"看来你从不想他呀。"明子笑着说。

"哈哈……"

我把手机合上，懒得给楚天回了，我想让他能够意识到自己的被动，让他尝一下想念的滋味。他那个榆木脑袋不知道何时才会开窍，或许多锻炼他几次，他也会给我主动打来电话，甜腻腻地说上一番我想听的话。

中午，我和薇薇快走到食堂大门口时，看见在一张巨幅的招募海报前，聚集了很多同学。那上面写着北京卫视要录制一档整点新闻节目，正在招聘出镜记者一名、摄像一名，特别优秀的还可以毕业后签约。站在我一旁的薇薇，就像突然能够嗅到这条招募广告背后的巨大机会，她很快挤到了那张紫色海报的最前面，掏出手机把海报上面的号码迅速地记了下来。

"你也想试试？"我问。

"当然，这就是机会呀，你懂不懂啊，慧心同学！"

"一名记者加一名摄像，你说阿昆和肖峰是不是更合适啊？"我说。

"瞎说，机会面前人人平等，我和肖峰也很合适嘛？"她一副嬉皮笑脸的样子，然后匆匆拉着我直奔那个囊括了天下美食的大食堂。

晚上的时候，薇薇去找老师给她做辅导了，我当时还劝她不要去："老师都不认识你，能给你辅导吗？"

她回答："没问题，请教一次不就熟了吗。"

"找哪个老师呢？"

"哎呀，再说，走了啊。"

薇薇穿着一条蓝色的牛仔裤，粉色格子衬衫，一双白色球鞋，蹦蹦跳跳消失在小路的尽头，那种追求梦想的激情又一次感染着我，我忍不住又喊住了她："薇薇，加油！"

她只顾得赶路，都来不及回头，就把一双手用力地扬在脑后，像一个风筝飘远了。

等校园里的路灯一盏一盏亮起来，空荡荡的宿舍里只剩下我一个人，楚天的电话一个下午也没有打来，我站在十九层的大阳台上，俯瞰着夜色的校园，璀璨的灯光一串连着一串，从每一个小窗口射出的光线都那么明亮，故乡的楚天和小米兰，此刻又在做什么？

我主动拿出电话给楚天拨了过去，等待着小米兰在电话那端稚气地喊"妈妈，妈妈"，可是电话在嘟嘟只响了三声后，就被楚天挂断了，我恨得咬牙切齿直跺脚。不到一秒钟，他的短信又亮在手机屏幕上："大宝，我很好，小宝也好，放心，爱你。"

楚天真的懂得什么是爱吗？思念固然可以跨越万水千山，可是那是通信极不发达的年代才会不得已写上的"见字如面"。21世纪的爱情，完全可以用声音和视频把距离缩短，是可以聆听和触摸到思念的人。一分钟的通话费用只有0.20元而已，不过，楚天的逻辑却是：每一个0.20积攒起来，才会有200，2000，20000……我们不一点一滴节省，怎么可以供你读书呢？

我怎么忘记了，楚天是学理科的男生啊，可是就算我忘记了，他怎么可以忽视我是一个柔情万种的文科女生啊。我决心一个礼拜也不理楚天，他下次就算主动打来电话，我也不会接起，会像他今天对我这样，给他一条短信发过去："我很好，勿念！"看他究竟是什么滋味，不，连短信也不回，让他着急地一遍遍再打来，直到我消气为止。

远远的，我听见一阵欢快的脚步声从走廊里传来，紧接着，门在一个十分有冲击力的声音下被推开了。

"嗨，亲爱的慧心同学，有好消息，好消息！"

阿昆一边嚷嚷着，手上小心翼翼地拿着一根像竹竿一样高的麦克风，上面围了一大团灰白颜色、毛茸茸的大棉球，这种专业的录音设备收音效果很好，跟在她身后的肖峰，手里举着一个小型摄像机。

"我们俩现在主持一段，你假装当评委。"阿昆随手把门口的一把椅子拽到了中间的位置，扶我坐了上去。

"这是要干嘛？"我问。

"北京卫视在招募记者和摄像，我们也报名啦，特意租了这个设备练习啊。"

"哦，那个谁……"

"谁啊？慧心姐，快，看着屏幕，开始了啊。"她给站在三米之外的肖峰示意了一下。

阿昆准备的是一则新闻简报，她以记者见闻的形式，向观众讲述了一位农村大妈来城里看女儿，路途上不断遭遇各种类型骗子的故事。她最后给这段新闻做了评论："这个世界上，我们时刻身处谎言和真实之中，有时候你无法用肉眼辨别，但当真实撕下了谎言的面具，一个无比丑陋的灵魂在你面前，以谎言生存的人，哪怕它只是一时得逞，也终将逃不开……那是一个……"

"再来一遍。"肖峰说。

"……开头是什么来着，我这记性。"阿昆不停地拍着自己的脑袋。

"那将是一个……一个多么可怕的境地……不说了，不说了。"阿昆用一只手遮挡着肖峰的镜头。

"多练几遍就好了。"肖峰一副很有耐心的样子。

"提一点小建议，语速有一点儿快，如果能评论的再犀利一点儿就

25

更好了。"我说。

正在这时，小山东薇薇也高兴地从外面回来了，一进门看到我们三个这个架势，竟一屁股坐在了椅子上，她对肖峰说："也帮我录一段吧。"薇薇小心地瞅着阿昆的神色。

"当然了。"阿昆大方地说。

"那么，我就简单发表一下对整容的看法吧。"

"脱口秀吗？"昆昆问。

"哈，是脱口，不是秀！"薇薇做了一个鬼脸。

别看平日里的薇薇性格活泼，可是当镜头录制灯亮起的那一刻，她迅速进入了职业状态，语气自然，气质大方，评论有力。她最后的结束语是："当冰冷的手术刀划破你肌肤的那一刻，你或许看不见肌肤因疼痛而扭曲变形，也无法预测在这一刻的背后，你将遭遇的凶险，你也根本想象不到，它将从此再无法兑现真实的你。即使你因此变得美丽动人，也毕竟背叛了真实的自己。我喜欢爸妈给的这副容颜，就算有不完美，也是独一无二的，我相信它甚至可以帮我抵挡岁月风霜。这让我想起了一位好友的歌《Never grow old》，中文意思是'青春永远不老'，祝福各位！"

薇薇一气呵成说完这段脱口秀时，我们三个竟全都惊呆了。在一旁录制的肖峰嘴角扬起了笑意，不过，站在他身旁的阿昆脸色却暗了下去，就像窗外飘着的灰色的风。她怎么也不会想到，昨天还搂着脖子在宿舍露天阳台一起喊着"青春不老"的好姐妹，竟会成为来北京闯荡的第一个劲敌。如果薇薇去参加这场考试，两人之间取一人的话，毋庸置疑赢的是她，可是阿昆又无力阻挡那一刻的到来。

窗外的暮色一点点消退，它把黄昏里最后一抹亮色吞没了。

第三章

毕业了，到底谁能留下来?

　　如果不来北京，我或许不会知道，这世界上有一座城市，晚上比白天更美。站在十九层的宿舍阳台上，四周灯火通明，远处的公路上，一条璀璨的车河正蜿蜒地流动在夜色里，像在装饰着谁的梦。而在遥远的故乡，天色刚一擦黑，就很少能看见路上的行人了，午夜来临的时候，整座城市就像人类从未踏上的未知星球一样寂静。

　　那天晚上，明子去见新疆的老乡住在那儿了。小萌打来电话说，这些天都先替她请假，她男朋友正搞的那个工程需要人，让她留下来帮他忙活两天，嘱咐我们帮她记好笔记。在我和薇薇睡下时，阿昆还没有回来，我们两个就一边等阿昆，一边躺在自己那张一翻身就咯吱咯吱响的铁床上聊着天。

　　薇薇的床头正好对着我的，她像一只虾弓起了身子，被子如一件浴袍披在了身上。

　　"我不应该在阿昆面前表现太好，对不对?"她问。

　　"只是你比她表现得好太多，她有些自卑了。"我看着天花板对她说。

　　"我当时应该保留几分才好，谁让我之前没有看过她的表现啊?"

　　"你要是去的话，她一定会落选。"我说。

　　"可是我并不是最出色的那一个，即使我不去，还会有强手战胜她。"薇薇又躺回了被子里。

"那倒也是。"

我们谁也不再说话，偶尔能听见楼下宿舍的同学吵闹的声音，在这寂静又喧闹的夜，每个人的心境都如此不同。夜风正幽幽地送来一阵清凉，它把宿舍的绿色纱帘轻轻扬起，楼下花园里丁香的香气就乘风而来了。

以前在故乡的时候，小米兰最喜欢那个味道。她还曾亲手在楼下那片草地上捡来许多丁香花瓣，放进一个透明的小瓶子里，再灌上澄清的水，拿在手上不停地摇晃，就像一个调酒师得意的姿态。短短几分钟过后，她会神秘兮兮地踮着脚尖跑到我身后，突然拍我一下说："妈妈，你猜我左手有东西，还是右手有？"

我简单目测了一下，看见她把左手握得紧紧的，就迅速抬起她左手的胳膊，竟看见里面是空的，她竟得意得笑弯了腰："这是假动作，你还没看出来嘛？！"然后立即伸出右手给我看。

"看，这是我送你的香水，涂上它，你会像丁香仙子一样迷人。"

那天晚上，我梦见自己真的生出了薄如蝉翼的一对翅膀，手里握着丁香花做成的魔杖，小米兰在后面轻轻拖着我的裙子。当我回头想和她说话时，她却突然不见了，我四处寻找着她的身影焦急地大喊着："小米兰，小米兰……"手里那根魔杖却突然发光了，它瞬间点亮了银河系里那漫天星辉，我披着那对蝉翼竟一下腾空而起……

当晨光又和煦地照在我身上，我的双脚才着陆到现实，那时我真恨不得去班主任陈老师那里告诉他一声，我不想继续在这儿读书了，希望他能把学费退给我，然后我就立即收拾行李登上回故乡的火车。

我们的班主任姓陈，年纪五十岁上下，头发全白，架着一副眼镜，清瘦的身材似乎都招架不住一阵狂风。他尤其偏爱白色的确良衬衫，配上蓝色的裤子，就像七八十年代的教书先生，一副朴素古板的模样。每天清晨在校园的小径上，能远远地看见他骑着自行车来上班，在八点一刻的时候，他会准时站在讲台前面那个放 PPT 的幕布前点名，他说："我不会像本科班的学生那样要求你们，但是你们既然大老远考来了，就应该勤勉自学，不然瞎花了钱，浪费了光阴。"

所以，我头几次给小萌请假的时候，他都一副不太高兴的样子对我说："她为什么自己不来请假？"

"她好像生病了。"我说。

我的说谎本领确实有些拙劣，他抬头看了我一眼，我就只顾着低下头不敢再看他了，他最后说了句："这是最后一次，下次再不来，就算旷课，三次以上就勒令退学。"他把点名册合上的时候，我都不知道自己是如何从他眼前溜走的。

那天早上，坐在第一排上课的学生，就只剩下我和薇薇、明子三个人，一直不见肖峰和阿昆的影子。陈老师在念到他们俩和小萌名字的时候，稍微停顿了一下，他抬起头环视了一下四周。我本想站起来解释一下，却被坐在一旁的薇薇一把拽住，她小声说："还是别管了，你以为大家都是来上课的？"我这才没有动，心里想着无论如何也得找到小萌，不然再有一次不来，她就真得回老家了。

上午给我们讲课的老师是一位中年女性，主要讲欧洲艺术史，虽然已经年近四十，但她的气质却十分出众。那天，她穿了一条米色的西裤，配了一件卡其色的外衫，脖颈上挂着一串珍珠项链，项坠是一个银色的十字架，说起英文来十分纯熟。和其他老师授课不同的是，她并不照着书本讲，更多的是给我们传递着她对艺术以及生活的感悟："这么多年，我每到一个国家做访问学者，都会特别记得买上一些明信片，邮给国内的父母。当他们看见了那上面印着的异国邮戳，就像见到了我的足迹。"

她在 PPT 上把那些明信片展示给我们看，那些欧洲的小街小巷、城市建筑、美食美酒、艺术表演，都十分吸引我们的眼球。我尤其喜欢其中的一组烟花的明信片，造型十分新颖，其中有一款就是米兰花的造型，它在空中绽放的时候，我才真正知道一朵花是如何绽放的。其实烟花一点都不寂寞，虽然生命短暂，却绽放了最美的自己。如果不走出去，我们即使拥有长长的一生，比起烟花来也好像更寂寞。我在心里对自己说："我终有一天也要带小米兰去看异国的烟花，尤其是那个米兰花造型的，可那又会是哪年哪月呢？"

快下课的时候，老师给我们推荐了电影《洛丽塔》，中文的意思是"一树梨花压海棠"。大概的情节就是一位年长的老者，爱上一位小她几十岁的年轻少女，最终酿成悲剧的故事。

薇薇突然小声问我："小萌他们算不算？"

"他们才差二十岁，小萌又不是少女。"

"反正就是老夫少妻嘛，看来都是悲剧。"她吐了一下舌头。

在播放《洛丽塔》的片段时，那位女老师是这样为我们解读的："在这个世界上，爱情有很多种形态，虽然它不被世俗认同，可它却仍然存在着。我们以后要拍出的作品，并不是一个思路贯穿到底，而是能否有新的角度去撞击人的心灵？"

"同性恋也算吧？"一位同学突然在底下冒出这句话。

"当然，世间美好的情感，都应该得到祝福。"她笃定的眼神，不容质疑。

"哎，我猜她肯定是一个有故事的人。"薇薇说。

"别瞎猜了。"我说。

坐在我们后面几排的同学正在偷偷地小声议论，说那位女老师至今还没有结婚，或许，这世界上太完美的人总是孤独的。因为，太平庸的人配不起她，而一般有才华的男人，又喜欢年轻漂亮的女人。所以，她对感情的态度一定是宁缺毋滥，爱情变成了一种信仰，和我们在校园里见到的那些爱情不同。

下课了，在我们走出电视学院大楼的时候，看见肖峰和阿昆正等在门口，薇薇第一个冲过去拥抱了阿昆："你去哪儿了，我可惦记得一夜没睡！"

"鬼才要相信她！"我说。

"我爸爸来看我了，中午请大家吃饭。"

"叔叔在哪儿啊？"薇薇四目寻找着。

"就在那边那个水煮鱼餐厅。"她一副开心的样子拉着薇薇的手往前走，我们几个跟在后面。

水煮鱼餐厅也不知道为什么那样火，我们挤进去的时候，已经没有了位置。四周被一浪又一浪辣椒的麻香味灌满了，眼睛都快睁不开。穿过一条窄窄的水泥过道，我们进入到了一个包间里，看见阿昆的爸爸正坐在里面低头看着菜单，见我们进来了，他立即站起身招呼着说："哈哈，早就想见你们了！"他爽朗的笑声填满了屋子。

"叔叔好！"我们几个异口同声。

"你们都不用介绍自己，我就能猜出来谁是谁。"

我们互相瞅了一眼，等着这位叔叔把我们的名字念出来。

"你是新疆的明子，看你光亮的额头和眼睛就看出了。"明子笑着点头答应："嗯！"

"你是小山东薇薇，靓丽女主播。"薇薇冲他吐了一下舌头，轻轻挥了一下自己的手。

"你是慧心，温婉聪明得倒不像北方女孩。"我笑着点头："叔叔好。"

他说完哈哈大笑让我们落座。

阿昆的爸爸皮肤被阳光晒得黝黑，粗粗的一对八字眉，像草原上空一对飞翔的鸟儿，他的肩膀很宽，如果穿上蒙古袍一定很威武，说话时就像在身体里藏了一个音响。"哈哈，我很喜欢和年轻人聊天、喝酒。"他说。

他接着给我们讲起了许多阿昆小时候的故事，讲起了她和肖峰的青梅竹马。

原来，他们俩从出生的那一天起，就住在两个相邻的蒙古包里。肖峰出生前父亲就不在了，这么多年他一直叫阿昆的爸爸"阿瓦"，他会骑马也是跟阿昆爸爸学的，每年草原上举办那达慕大会，肖峰都会像牵着一只小羊一样牵着阿昆。在他十七岁那一年，和旗上的小伙子们比赛马还得了第一名，为阿昆的生日赢下了一只肥肥的小羊羔。可阿昆却舍不得吃掉它，一直把它悉心地养在羊圈里。那只小羊也像通人性一样，在阿昆和肖峰离开草原来北京那一天，亲密地依偎在阿昆的脚边，咩咩咩地叫着依依不舍。

"爸，不要再讲了啊。"阿昆眼里眨巴着泪水。

阿昆爸爸轻拍着女儿接着说："我逢人就说，我就有两个孩子，肖峰就是我儿子，不信你们自己问他。"

肖峰又站起身来给他"阿瓦"添酒，十分恭敬地点点头。

我们在听这段爱情故事的时候，好像看见了从草原上那两座相邻的白色蒙古包里，走出了一对美丽少年。很容易地把肖峰想成了"郭靖"，把阿昆当成了"华筝"，金庸笔下的《射雕》，又穿越了无数光阴和我们再见。

　　最喜欢听故事的薇薇更是兴致极高，她端起一杯酒，恭恭敬敬地站起来对阿昆的爸爸说："叔叔，肖峰的音乐天才更是令人惊叹，听您讲完这段故事，我都害怕自己有一天会变成'黄蓉'，把肖峰抢走呢。"

　　"哈哈！"阿昆的爸爸爽朗地笑着。

　　薇薇笑着看了一眼肖峰，他的脸竟刷的一下红了，我们全都笑起来，阿昆的爸爸立即为他解围："蒙古汉子都是羞涩，但感情专一，抢也抢不去！"他说着给自己添酒。

　　"抢什么呀？我有男朋友！"薇薇得意地宣布着。

　　坐在座位上，我又看了一眼肖峰和薇薇，他们两个一个健壮，一个秀美，一个厚重如山，一个灵动似水，两个人走在一起，是不是有点像行走在山水之间的感觉？不过，我又十分难忘，第一次见到阿昆和肖峰在夕阳下的那幅剪影，真是美轮美奂。这世界上的爱情真是美丽得无边无际，只是相遇有早晚，不过纵有千种可能，仍只希望与一个人相伴终老，就像我只渴望牵着楚天的手走过时间的荒野一样。

　　阿昆爸爸的酒量，再一次印证了蒙古人的豪爽，整整一个中午，他一个人就快要喝掉了一瓶白酒，他把最后一杯酒倒上说："我这两个孩子就要去参加电视台的考试了，我是来给他们加油的！"他说得十分豪迈。

　　"叔叔，还有我啊！"薇薇举起手。

　　"那也给你加油！给你们每个人加油！来，喝酒！"

　　在我们走出水煮鱼餐厅时，天空飘起了雨。一辆黑色的高档轿车已经等候在门口了，阿昆爸爸弯下身子坐进了车子里，摇下车窗和我们告别。雨滴落在玻璃窗上，就像落在了阿昆爸爸的眼睛里，他用手抹了一把脸。我看见阿昆的眼泪也跟着掉下来，肖峰在一旁紧紧地搂着她的肩膀，就像一把大大的伞，有他在，或许这一世，她永远都不会孤独。

　　那天晚上临睡前，我又想起了小萌，明天她再不来上课，我是没办法再帮她请假了。早上起来，看到五个未接电话，都是楚天打来的。紧接着有两条短信进来，一条是小萌的："假已托人请好，勿念。"另一条是楚天的："给你打电话你都不接，怎么了？不开心就回来，我去接你！爱你的老公。"

楚天终于肯主动打电话了，他终于知道不是只有文字可以给人安慰了，他终于有"悔改"的迹象了，他终于可能要改成更好的楚天了。

之后的许多天，薇薇都在老师那里苦练主持技能，我问她是哪个老师，她只淡淡地说："是一位师兄的老师。"她好像并不愿意多说。

阿昆一个人反反复复地在宿舍里背着那条新闻短信，可她总是忘词儿："哎，我长了个什么脑袋呀，哇……老天保佑我，明天千万别忘！"她跪在床上，心里默念，一副虔诚的样子。

我把最喜欢的一条天蓝色的丝巾送给阿昆，给薇薇准备的礼物是一枚天鹅胸针，我在心里却念叨着：招聘考试为什么如此无情，就不能多选几个人吗？

第二天清晨，阿昆和薇薇很早就爬起来对镜梳妆，两个女孩就像待嫁的新娘一样，薇薇美艳，昆昆清爽。快七点钟的时候，肖峰来了。

我从阿昆桌上那面梳妆镜里，看见了一对美丽少年终于长大成人，女孩正等待着早一点成为他的新娘，娇羞的模样就像清晨的云朵藏在了太阳的身后。

我和明子送他们三个出门，在阳台上看着他们的背景喊："加油！成功！"

他们仨转过头在晨光里和我们舞动着双臂。人生总有许多这样挑战的时刻，最终能不能凯旋，我认为能力和运气各占一半儿，缺一不可。如果薇薇具备的是能力，那么希望这一天，昆昆的好运气会助她一臂之力。

没出半个月，应聘考试终于发布录取名单了，一张白色的 A4 纸上，赫然写着两个人的名字：徐子薇、肖峰。我拿出手机给阿昆拨却无人接听，打肖峰的电话却是关机的状态，我又给薇薇打，她笑嘻嘻的声音从听筒那端传过来："慧心，我成功啦！晚上去吃水煮鱼！"她在电话那端大叫着。

"你到底有没有心啊？一点儿不顾别人死活，阿昆怎么办？"我竟有点埋怨她。

"又不是我害她落榜。这叫公平竞争，沈慧心！"她头一次生气地挂断了我的电话。

整整一个下午，我一个人坐在校园里那棵高高的核桃树下，听着一颗颗坚实的核桃落在地面上清脆的声音，就像阿昆心里的那个梦想被敲碎的声音一样。

暮色一点点降临的时候，校园的操场被一层金色笼罩着。远处，我看见一个女孩正在操场上跑圈，她穿着一套红色的运动服，耳朵里还塞着一对耳机。每一步跨越，都竭尽全力，绚烂的光影，在她身后一点点褪变成风景。我从树下站起身，不自觉地朝那片金色走去，逆着光线，那个女孩正举起一只手和我打招呼："慧心姐！"

"昆昆！"

她乐颠颠地跑向我："是来找我的吗？"

"我都担心死你了。"我一把挎上她的胳膊。

"有什么好担心的？"

"肖峰呢？"我问。

"去打球了。"她指向那边的篮球场。

"你真没事吧？"我问。

"那本来就是薇薇的位置，她确实比我更适合。"她也亲密地挽着我的胳膊。

"从今天起，我会比从前更发奋，这里和家乡的唯一不同，就是它有机会，我怎么也要抓住它。"

"嗯！"

一阵晚风吹过来，树叶随着微风轻轻飘落，清清浅浅的黄，给校园小径铺上了一层薄薄的地毯，那应该是通向梦想的一段路吧。我也终于决定创作一个电视剧剧本，两年之后，当我离开这座校园，就当作一份毕业礼物送给自己。在秋天结束之前，我的心突然变得无比踏实了。

在我真正开始写作的时候，明子把她那把自己买的靠背椅子借给我，她说："要当作家要有一条好脊椎。"我推辞，她对我瞪眼说："以后发表了作品，可以在书的后记里写道：完成了这本书，要感谢明子的温暖椅子。"

我大笑："当然。"

薇薇送给我一个透明的漂亮花瓶，每天她从外面回来，总会在那里面放上一些花草。有一天我问她："秋天快结束了，再拿什么放进去呢？"

"我已经做了好多干花了，花朵虽然枯萎了，香气却仍在。"她有些伤感的样子。

我打趣她："失恋了？"

她摇摇头说："其实，我根本没有男朋友。"

自从薇薇和肖峰被电视台录取后，每天下午都要一起坐地铁去那里录影，宿舍里常剩下我和昆昆，那时我就会问她："你有多爱肖峰？"

"是写作素材吗？"她问。

"嗯。"

"怎么说呢，有时候觉着他像我哥哥，可以保护我，有时候呢，又像是我一直梦想嫁的那个人。"

"那万一以后出现更好的，你会不会变心？"我问。

"人不该太贪心。"

冬天来临的时候，肖峰和薇薇录影的那档新闻资讯节目，已经被很多人熟知。当他们俩走在校园的时候，总会有人在背后小声地议论："他们俩好般配的一对啊。"

就连我们研究生班的同学都认为，每天下午一起走出校门，晚上一起的回来的肖峰和薇薇才是一对，而昆昆是肖峰的妹妹。

肖峰和薇薇之间也越来越熟悉亲密了。有一次，我和阿昆、明子走在黄昏的小路上，还亲眼看见薇薇的手里正举着肖峰的帽子飞跑着。她像一头跳跃的小鹿活泼甜美，追在她身后的肖峰也如草原上的黑骏马一般奔跑着。他奔跑的姿态十分好看，充满着男人的力量，长发在风中飞舞着，颈上的围巾早已经被风吹落在地上。阿昆跟在后面把围巾捡了起来拿在手上，我本想把他们喊住，却被阿昆拉住了。

"没什么的。"她把肖峰的围巾系在了脖子上。

"还是多和肖峰在一起吧。"我说。

"真正的爱情是可以经得起考验的。"阿昆淡淡地说。

"嗯。"

再有一个月就要放寒假的时候，电视学院的门口张贴了一张白色的通告，在那上面我们看见了小萌的名字，原来她一直都在说谎，根本没有人给她向老师请好假，她因为整整一个学期没来上课被勒令退学。我们几个互相看着说不出来一句话。

"等等，我或许有办法。"薇薇把书包甩给了一旁的肖峰，迈开一双腿向学校的教学楼奔去。肖峰也追了上去。

那天晚上，当他们俩从外面回来的时候，我们才终于知道，那位给她补课的老师，其实一点儿也不神秘，就是第一天给我们上课的那位教授。

"还以为他会帮我去疏通人情。"薇薇说。

"我都说了这根本就是两回事。"肖峰说。

"那位教授会播音主持？"我诧异地问。

"是，他最早是播音系的，后来退休返聘回学校了。"

小萌的手机已经停机了，为了追随一段恋情，她告别故乡来到北京，却又突然与世隔绝，她得到她想要的了吗？平日里一向很少发表意见的明子突然说："她有一天会后悔的，老少恋根本就没有幸福。"

"老教授怎么会答应给你补课？"我突然想起这个问题问薇薇。

"他把我当成女儿一样。"薇薇说。

她又说："他非常爱惜人才，是我的伯乐。"

接着，她继续补充："帮助学生本来就天经地义嘛，有什么好奇呢？"

她最后撂下一句话甩门走了："反正我们之间根本没什么！"

开学这么久了，我和薇薇的感情最好，她一点儿也不会说谎。又过了几天，我把她拉到那棵能听见核桃清脆落地声音的树下，只是这个季节，上面一颗核桃也没有，只有光秃秃的树干。还没等我开口，她倒抢先把话说了："真的什么也没有！"她一本正经。

"我相信你。"

薇薇用脚踢起一颗石子，看着它飞落在远处，把头转向我说："慧心，北京太大了，你没看见，很多人一毕业就失业吗，我就是普通人家的女儿，我没有有钱的父母，没有做官的亲戚，没可以为我的前途一掷千金的男友，我有的只是青春。这是我的资本，我为什么不用呢？"

"可是你已经很出色了。"我说。

"很多人比我更出色，我会被淹没在人海里。"

她接着又踢起一颗石子说："我们都太渺小，就像这颗石子一样，根本无法主宰自己的命运。"

"可是……"

"我和教授的关系，根本不是你想的那样，就当我在陪一位孤独的老者不行吗？"

我们一起坐在核桃树下那个石凳上，看着天空发呆。

"嗯，他答应你什么了吗？"

"是他推荐我去那家卫视的。"

"然后呢？"

"没有然后啦。"

"就这么简单？"

"他喜欢我，只是因为我的青春，还记得那部《洛丽塔》的电影吗！"她问。

"记得！"

"爱情里，只一个人投入就够了。"

远处的天空上正有一大片云朵涌过来，它们将何去何从，正如我们该何去何从一样？

圣诞节的时候，我的剧本已经完成了四分之一，明子把她的故事告诉了我。她的第一任老公是她的部门同事，时间久了，才发现他一点进取心也没有，一天到晚和一帮狐朋狗友混，他们离婚那天，那个男人趴在她的怀里放声痛哭："我真的很爱你，怎么会失去你。"

明子的现任老公是她的大学同学，那时他们彼此怀有好感，却谁也不好意思开口，没有想到他的等待并没有落空，直到明子重获自由，他才鼓足了勇气向她表白。她说："和他在一起，整个天空都是透亮的，他支持我来北京寻找梦想。"明子说完这句话，我就知道他找到的爱人，和楚天都是一样甘心为另一半付出的人。

在北京第一年的平安夜，我收到了来自故乡小米兰的心型卡片，那是她自己亲手做的，她用蜡笔把"心"的图案涂成了粉红色，上面用透明胶粘上了我们一家三口的合影，在卡片的下角歪歪扭扭的写着："妈妈，都下雪了，你怎么还不回来？我和爸爸很想你，很爱你。"

哦，故乡已经飘雪了，家门前的那条小路上，一定像洒了水晶一样光亮。每年的这个时候，我和楚天会分别用一只手把小米兰牵在中间，她最喜欢蹲在地上，把一对鞋子当成滑板，然后她突然把两只脚腾空，就轻松地荡在我们的双臂间了，那时我和楚天就会相视而笑。

这个平安夜，小米兰再想玩这个游戏，却没有妈妈陪在身边，会不会感觉有一点失落？

晚上，小萌在开学后的几个月后，终于第一次回来了，她看上去有一丝疲惫，人也清瘦了不少，脸上挂着的仍然是一副不咸不淡的神情。

"真要走了吗？"薇薇问。

"其实，我是追随爱情来的。不像你们，有大志向。"她开始收拾自己的衣物。

小萌本来也没打算在这儿安心读书，只一个手提包就装满了全部的家当。不过，我们没有因为她的离开而就此分别，他那位忘年恋的男友，给她在学校对面买了一套精装修的公寓，五千块钱一平，在我们眼里已经算是天价。圣诞节那一天，我们坐在她那间新居里品尝着咖啡，薇薇说："一定要幸福啊。"

"你说的多可笑，谁不想幸福，只怪现实残酷。"小萌仍是那句曾说过的老话。

"你以后有什么打算？"明子问。

"做一个二十四小时，在这栋漂亮的房子里等待男人归来的女主人。"

"那也很幸福啊。"昆昆说。

那天，肖峰一直都很沉默，薇薇也不像平日里那样喜欢逗他了，大家各怀心事。夜晚来临的时候，窗外有烟花升起，我们各自在心中默念祈福，不知道圣诞老人是否会听见？

剩下一年，研究生的课程并不多，大家都在四处投简历，希望能留在北京。

毕业前夕，肖峰、薇薇和那家电视台顺利签约。明子带着学历回到了故乡。小萌并没有在那所新居住多久就把房子转租出去了，后来听说她出国了。我的第一部电视剧剧本，被一家电视台相中，我也因此获得了一次面试的机会。

在我离开十九层那间住了两年的宿舍那天，肖峰正弓着腰在我对面那张床上帮着昆昆整理物品。那天暑气很重，他身上那件黑色的健美背心已经湿透了。昆昆要先回内蒙工作一段时间，等肖峰再稳定一些，再把她接过来寻找工作的机会。分别的时候，肖峰又一次把那把最心爱的木吉他挂在了胸前，再一次为我们弹唱了那首《Never grow old》：

Open my eyes

I realize

This is my perfect day

Hope you never grow old

Hope you never grow old

……

真希望一切能如肖峰歌中唱的那样"我们的青春永不苍老，一切都握在我们手中。"对于不可预知的未来，我们好像并不急于知道答案，一切都交给命运吧。黄昏的时候，阿昆爸爸的车子停在了宿舍楼下。

分别时，阿昆从脖子上取下了那条具有蒙族特色的木质项链送给了我。挂坠是一只蓝色展翅的鸟儿，就像梦想飞翔的姿态，她说那是分别的礼物，有一天我们还会再见。夕阳下，肖峰和阿昆相拥告别，就像我第一次见到的那幅金色的剪影，惟愿这画面一直长存在他们的爱情里，永不消逝。

　　风起了，几片叶子从树上飘落下来，学生时代最后一个夏天结束了。我捡起一片叶子夹在了书里，纪念着毕业的这一刻。电话响了，是北京一家电视台的一位主编打来的，通知我第二天去那儿面试导演。我欢呼着把这个消息告诉了楚天，他并没有我想象中开心，因为对他来讲，这意味着更长久的分别。

　　我生命中又一个新篇章开始了。

第四章
我开始"北漂"了

我去那家电视台应聘导演的早晨，天空晴朗得没有一丝云，我穿了一件白色的衬衫，配上一条湖水绿的短裙，脖颈上戴着阿昆送给我的那条象征吉祥的蒙族木质项链，期待它能带给我好运。

我乘坐了将近一个半小时的地铁，才找到了那家电视台。面试的地点在 505 房间，当我走到门口的时候，一位年纪四十岁上下的男人站起身冲我招了一下手，示意我到他那儿去。他坐在门对面靠着窗的一个蓝色小隔断里，桌上摊开着看了一半儿的稿件，旁边放着一根铅笔，还有一包烟。

"你好，你是沈慧心？"他问我。

"对，您好，您是莫主编吧？"

他拿起了我的简历问："你写过电视剧？"

"嗯，是第一次写，不过还没发表。"我如实地说。

"嗯。"

他看上去皮肤有些黑，身材明显有些发福，肩膀很宽厚，但五官却十分清秀，拼在一起是一张十分温和的面容。

这时候，一位身材魁梧的女导演从门口走进来，她留着一头短发，脸上冒着青春痘油光闪闪，一件紧身的黑色健美背心，把她的整个胸部完全凸显出来，等她粗大的嗓门一亮相，我这才认定她也是东北人。

"莫主编，这已经是第四稿了，求求您让我过关吧！"她一边用一双手摇晃着莫主编的胳膊。

"我过关了没用，还有制片人呢。"

"他那儿，您放心，我去搞定。"她脸上一副嘻哈的神情。

"这是武一导演。这是新来的沈慧心。"莫主编起身介绍着。

武一导演把一双大手伸过来十分有力地握紧我："你好，大美女！"

"你好！"

"先把稿子放这儿吧，过会儿再说。"

等武一导演出去了，莫主编对我说："她是一个很优秀的导演，拍片子能吃苦。"

我点了点头，突然觉着只有她这副身板才适合做导演，粗犷奔放的气息，尽显着一股霸气，无论拍什么选题，都是能掌控拍摄主动权的人，而我即使连说话的声音都不及她一半儿自信，我有点灰心了。莫主编好像看破了我的心思，说："我们这儿不全是这款的。"他说完自己竟先笑了。

我想他这个人还挺冷幽默的，接着，他随手把武一导演刚交给他的稿件递给了我。

"你先看看，提点儿意见。"

我拿在手上认真地看，那是一篇灾难性报道，稿件的题目是《天灾之后》，讲述了云南某部的官兵救灾的故事。别看武一导演相貌粗犷，文笔却很细腻，整篇稿子也很流畅，如果说非要找出不足，只有一点那就是没有人物，无非是一个救援队完成了一件什么事而已，它并不能够打动我。

"怎么样？"莫主编问我。

"还行。"我说。

"能播出吗？"他接着问。

"能。"我答。

"说说理由。"他接着低头燃起一只烟，等待着我的回答。

我半天也没说出话来，他又重新拿起稿子若有所思，然后说："这个节目不成立。"

"哦。"

"没有主题，没有人物，只有一堆事件。"他把稿子放回了桌子上。

"哦。"

"你回去找一个题琢磨琢磨，拍一个节目我看看再说。"

"好。"

我也被分到了一个蓝色的小隔断里，从这一天开始，这个小方格就是我奋斗的土壤了。我书桌右上角贴了一个名签上面写着：周小倩。说明这曾经是她的办公桌，她的名字很好听，长相应该也很清秀，她怎么不坐在这里了？正在我寻思的时候，身后传来一个轻柔的声音。

"这是柜子的钥匙，给你。"

我转过头，看见一位姑娘，皮肤白皙，留着一头棕色波浪卷发，面目清秀，穿着黑色拖地长裙，正袅袅婷婷地站在那里。

"你好，我叫朱子，欢迎你啊。"

"你好。我叫沈慧心。"我向她伸出手。

"你也是导演吗？"我问。

"是，我在隔壁。刚才就看见你了，过来和你打个招呼。"她笑容甜美。

"难怪听莫主编说，我们这里的导演有很多款，像你就属于那种貌美如花型的？"我说完哈哈大笑。

"哈哈，好吧，咱俩是一款的。"

朱子的声音比我还温柔，一双如明珠的眼睛，透着灵气和浪漫。那一刻，我不再觉得只有武一导演才真正适合做导演。

"周小倩是谁？"我问。

朱子环视了一下四周，看见没人就小声地对我说："听说她在这儿工作三年了，节目一直也拍不好，没少挨骂，她没信心，辞职回故乡了。"

"挨骂，是那位莫主编骂吗？"

"不是，是制片人，他可凶了，我们都怕他。"

"哦。"

"干电视这一行，其实挺难的，做不好很快就被淘汰，这里不断是旧人去，新人来。"朱子说完轻叹了一口气，又说："没准儿哪天，你送我走呢！"

"我想不会有这一天。"我说。

朱子笑着点头。我们俩年龄相仿，都是二十六岁，她从贵州电台来，我从黑龙江台来，都在北京那所著名的电视学府进修学习过。唯一不同的就是我成家了，她还单身。

"那你以前的工作怎么办？"我问朱子。

"等这里稳定以后再说吧。"

"嗯。"

她拉着我转遍了整座电视台的大楼，有一个楼层的玻璃窗还挂着黑色的窗帘，我十分好奇地问："这里面究竟装着什么，这么神秘？"

"这是军方的保密视频，不可以发布。"朱子站在玻璃窗外看着里面说。

"呀，真神秘，这份工作好像间谍啊。"我说。

"哈哈，你以为间谍什么样的人都能当啊，你的想象力太丰富，适合当导演。"

"真的啊！"

"当然！"

我们在一起说说笑笑十分谈得来，俨然已经是一对朋友了。她着急做节目，陪了我一会儿就去机房了。

我在门口又碰见了武一导演，她热情地冲我打招呼："哎，你面试通过了吗？"

"让我先找一个选题做。"

"那就差不多，东北的吧？"她又问。

"对。"

"知道我凭什么猜出来的吗？"

"说话呗。"我说。

"不是，东北出美女啊，我算例外。"她爽朗的笑声一下子拉近了我们的距离。

武一导演竟然就住在我们学校附近的小区里，回去的路上，她给我讲了不少拍摄时要注意的事项。

"拍摄时，千万别让人瞧不起你，摆出一副可怜兮兮的样子等人配合你，因为部队根本不吃这一套。"

"为什么？"

"记者这么多，你自己不牛起来，谁在意你？"

"哦。"

她接着告诉我哪种枪的威力大，哪类干事不好相处，以及哪种陆战靴穿起来帅，还有在野外拍摄女记者怎么上厕所。

"你在外面拍摄，别把自己当女人，我一般都是让摄像在旁边给我放风，也不怕他笑我。"

"哈哈！"我笑着。

"还有一次，拍男兵洗澡，我差点儿和他们一起进去，幸好被摄像拦住了，不然，洗澡间里面会传来男兵的尖叫。"

说完她竟也扑哧一下捂嘴笑了，眼角上挤出了几道皱纹。她的这些采访花絮，个个听起来都笑料十足，难怪她能轻松搞定每一期节目。

下了地铁，我才和武一导演分手道别，我们俩互留了电话，她说："我这人就是认老乡，都在北京混不容易，以后有事儿就找我，别客气。"

"嗯！"

刚一走进宿舍大楼，我就被一层的管理员通知，毕业生必须尽快退宿，我来不及休息一下，就得赶紧跑到学校外面找房子。房源铺天盖地哪里都是，那些张贴在街巷上花花绿绿的租房广告，像似一张张漂泊的船票，发给每一位像我这样来北京打拼的游子。

带我看房子的中介小姐，骑着一辆小电瓶车载着我，穿行在一条条小街小巷里，我们已经看了不下十几处房子了，却始终没有我中意的一间，她的耐心正一点点消失。

"小姐，房子能住就行，要求低点儿吧！"她骑在车上大嗓门喊着。

"求求你，再看几家吧！"我央求她。

我算是一个比较爱干净的人，窗帘每个月洗一次，床单床罩每周一换，衣服天天都洗。我喜欢洁白的墙壁，透明的玻璃，有可以晒衣服的阳台。好不容易才达到了这些干净的标准，我又因为每间房里那各种各样陌生的味道，令我的胃里翻江倒海，我连一分钟都不能停留在那里。那位中介小姐最后说了一句："我看，你还是买一间新房子算了。"她转身骑着电瓶车走了，把我一个人扔在了马路上。

我一个人漫无目的地走着，街边的霓虹一点一点亮起来了，我看着那些亮着灯的一座座漂亮楼群，突然感到无比落寞，北京的漂泊还没有真正开始，我却感到有些凄凉了。我走到路口的公用电话亭，看见一块牌子上写着长途每分钟 0.15 元，就拿起听筒给楚天拨了过去，告诉他我的处境。楚天在电话那头儿温柔地说："大宝，别委屈自己，那就租一间新的吧。"

楚天虽然平日里生活节俭，一年到头也舍不得买几件衣服，却在大钱上从不和我计较。我这会儿才发觉他以前说的都对，平时没有一分一毫的累积，需要用钱的时候又怎么拿的出呢？租一间旧房子顶多八百块钱，但新房子得出两到三倍的价钱，而且房子一般都很大，想要一室一厅的小房子几乎没有。

晚上临睡之前，楚天又发来了信息："别管房子大小，租吧，以后爸妈、我妈、小宝去看你都方便，爱你。"

看着他屏幕上的短信，我突然好想他。楚天虽然平时没有那么多甜言蜜语，却总能以最切实的行动支持着我，单凭这一点，我应该感到满足和幸福。我一定要争取电视台的这次机会，又想起了阿昆曾经说过的那句话："这里和家乡的唯一不同，就是它有机会，而我怎么也要抓住它。"

第二天早晨，当我又踏进那家中介公司，昨天带我看房的小姐，看上去并不准备接待我这个"难伺候"的老客户了，连眼睛都不抬一下。

"我想租一套全新的公寓，这里有吗？"我问。

她一副爱答不理的样子："有，两千三，你能租吗？"

"行，我租。"

她这才站起来立即展开笑颜说："姐们儿，你早说啊，我给你选一套最好的！"

我被带到了一座新落成的检察院小区，距离地铁站只有不到十分钟的路程，我们要看的那间公寓在十六层，98平米，户型南北通透。最让我喜欢的是，它有一个独立宽敞的大阳台，站在上面，我能够遥望到学校的操场和宿舍，还有我们依恋的那间水煮鱼餐厅。守着这些青春记忆，日子总会过得温暖些，我没有任何犹豫就把它定下来了。

晚上，我一个人站在大阳台上乘凉，抬头竟看见了星星，虽然只有几颗，却勾起了我对故乡的思念。每逢秋天的时候，我和楚天、小米兰躺在床上总有说不完的话，那会儿，小米兰就嚷着把灯关上，她说要让星星的光芒照进屋子里。如今，我却与他们相隔两地，只希望星星能捎去我对他们的思念。

早晨拉开窗户，已经能够感觉到秋天的丝丝凉意了。莫主编之前交待我找选题的事儿还没有一点儿眉目，我就打电话给武一导演，想让她给我出出主意，可当电话接通的时候，我听见她在电话那头儿呜呜地哭起来。

"武一，你怎么了？"我问。

"没什么……"她哽咽着。

"到底怎么了？"我问。

她继续抽泣着："……我准备辞职了。"声音里夹杂着委屈。

"出来聊聊吧，我在学校北门的冷饮店里等你。"

"嗯。"

午后街边的冷饮店里，每一张小桌上都不空落，我选了一个靠窗的位置，点了一杯橘子水，坐在午后的阳光里等她。整整两个钟头过去了，也没看见武一导演的影子，给她打电话又关机了。就在我站起身准备走的时候，一个身材魁梧，脸上戴着一个黑色墨镜的男人出现在门口，他径直朝我走过来，把手上一个棕色的口袋交给了我，又转身匆匆地走了。

我顺手打开那个口袋，看见里面夹了两张纸，其中一张上面写着"离职报告"，是电脑打印出来的文体格式，适用于任何一个想离开单位的人，只是在纸张的下方签上了武一的名字。另一张是她亲笔给我写的信，我匆匆地展开：

慧心：

　　非常抱歉，我爽约了。你的笑容，让我一开始就认定，你就是我的朋友。请帮我一个忙，把离职报告交给莫主编，咱们后会有期。

武一

没有想到，有些人才刚出现在你的生活里，来不及进一步相处，就匆匆地和你道别，或许，生活本来就是不断上演着相聚和别离，只有珍惜当下就好了。

第二天，我一大早就来到了办公室，看见莫主编已经坐在位置上埋头改稿子了，空气里飘散着初秋的清冷，我走到他的座位边上，轻轻地把那封离职报告递到他的眼前。

他抬起头看着我："这是什么？"

"是武一……"我低声说。

"知道了。"莫主编没有看离职报告的内容，就轻轻放在一边儿了。

"嗯。"

"对了，你明天出差吧，去拍一个退伍战士告别军犬的选题，具体找元主编商量吧，他在隔壁等你。"

终于可以出差了，我应该振作起来，我转身去隔壁的房间敲门，看见元主编正背对着我在电脑前打字，但脑后却像长了眼睛一样盯着我看。

"沈慧心，你好！坐吧。"

这里真是到处都是奇人，元主编穿了一件黑色的背心，外面套着一个红色的马甲，头发稀少却排列整齐，嗓音像歌剧院里报幕的男高音。他转过身看了我一眼说："听说你是新来的导演。"

"是。"我答。

"行，就在北京军区拍。一期节目，拍摄时间一周，明早八点部队有人过来接，你一会儿问一下莫主编摄像是谁，明白？"

"明白！"

这番对话突然让我想起不久前，我和朱子的对话："我们好像是间谍啊。"

元主编看我还愣在那里，连忙说："是不是有点儿像军人在受领一项秘密任务？"

我赶紧回过神儿来："哈，有那么一点儿，我去准备啦！"

"你要说'Yes sir！'"他教我。

"Yes sir！"我还给他敬了一个不太标准的军礼。

元主编的脸上挤出了一丝笑容，像似对"新兵"的鼓励，听说栏目里每位导演的选题，都是由他来分配的。出了门，看见朱子手上正捧着高高的一摞磁带朝我这边走来，我赶紧迎过去，从最上面的一摞磁带拿下了一半儿的带子。

"怎么这么多带子？"我一边走一边问。

"我把最近的好节目都借来了，准备学习一下。"

"你好认真哪。"

朱子笑笑，我告诉她第二天就出差，她先是惊讶了一下，而后立刻说："好好把握，我们要做的就是抓住机会！"

"嗯。"我点点头。

朱子带我去九楼的对编机房看素材，那是一个十分宽敞的工作间，每张桌子上都放着两台机器，一台是播放用的，另一台是录制用的，为了不让机器暴晒在阳光下，窗户上全部垂挂着落地的绿色丝绒窗帘，阳光穿过缝隙照在暗红色的木质桌面上，也把放在它上面的那些磁带照得闪闪发光。如果拍出的节目也能闪光，作为导演来讲，哪怕坐在这里工作几天几夜都不会累吧。

"你熬过夜吗？"我问朱子。

"当然，有一次连着两天没睡。"

"啊？"我惊讶地看着那张吹弹可破的脸。

"不怕老啊？"我调侃她。

"没办法，制片人说不熬夜根本不会出好片子！"

"这也太绝对了吧？"我疑惑。

"一个地方干活有一个地方的规矩。"她一脸无奈。

"对了，你认识武一吗？"她问我。

"认识，怎么啦？"

朱子低头凑近我耳边小声地说："她那天被制片人骂了。"

"为什么？"

"具体我也不知道，估计还是拍摄的事儿。"

"制片人那么凶吗？"

"嗯，他骂人很无情，专捡些最有杀伤力的骂，你好好做节目吧，小心挨骂。"

从这一刻开始，电视台只留给我两个印象：第一熬夜，第二闪光。那是否意味着只有经过熬夜的片子，才真正能在荧屏前闪光？不然的话，那个我从未见过的制片人，可是会给你好看，我甚至有一种预感，我在这个地方也呆不了多久，因为我的自尊心强，如果像朱子说的那样，犯了错误就劈头盖脸地骂，我无疑是受不了的。

第二天一大早，我拎着那只来北京闯荡的红色皮箱，提前一小时等候在军事中心的门口。不一会儿，摄像丁老师也来了，他看上去四十几岁，穿着一件绿色冲锋衣，头戴一顶鸭舌帽，高高壮壮的身材，好像摄像都应该长成这样才对。

"丁老师，您好。"我谦虚地弓着身子向他问好。

他只是轻点了一下头，看上去十分严肃。在他脚下放着摄像机、三脚架、灯箱等一大堆拍摄工具。可是作为导演的我，却突然感觉到十分慌张，因为，我真害怕驾驭不了镜头，更糟糕的感觉是，这位丁老师看上去并不好相处，我突然间感觉自己就像一名士兵要上战场了，可还不知道这个仗该怎么打。

几分钟后，一辆军事越野车停在了我们的面前，从车里走下一个年轻的军官，二十几岁的样子，穿着笔挺的秋季常服。他首先伸出右手给我们敬了一个军礼，然后就忙着帮我们提东西，动作干脆利落。

"沈老师好，我叫周雷，叫我周干事就行。"他一边帮我开车门，十分周到。

丁老师上了车也不苟言笑，只是低头抽烟，看手机上的信息。周干事就陪着我说话，问这问那，无非是一些琐碎的闲话。军犬基地坐落在北京香山脚下，车子还没到的时候，我就看见远处山上大片大片的红叶染遍山野，简直美轮美奂。

"沈老师，马上到了，咱们先吃个饭，再去香山转转，这儿挺美的。"周雷说。

丁老师点着头说："嗯，这边风景不错。"他用手扶正了一下鸭舌帽，等着下车。

"我想先见一下叫王鑫的主人公，还有那只叫波波的军犬。可以吗？"我说。

周干事露出了有点儿为难的神情，他瞅了一下丁老师，又看了一下手表说："主任、政委都在等着哪，咱先见个面吧，主人公明天再说。"他一边掏出电话和领导联系。

"那就下午可以吗？"我问。

"好吧。"周雷勉强地说。

丁老师一脸无奈的样子，终于和我说了第一句话："着急是拍不出好节目的。"

"哦，我只想先了解一下。"我一点儿底气也没有。

第五章
导演，导演？导演！

那天下午，摄像丁老师在房间里休息，小周干事陪着我去犬舍四周转转。一排排铁灰色的笼子里，关着品种不一的军犬，我的脚步停在了其中一排的犬舍旁，看着里面的军犬正一个个卯足了劲儿地拼命对我吠叫。

"不穿军装的，它们都会这样警惕。"周干事对我说。

"哦。"

等它们叫累了，就用那双失神的眼睛，张望着犬舍门口的那条小路，像似在等待着什么。

一间犬舍的门边上，悬挂着一块木质的牌子，上面用毛笔工整地写着：虎啸，10岁，退役犬。这只德国黑背，周身泛着黑亮的光，目光不凶反而透着温和，只是左边的耳朵少了半边儿。

"它退役了？"我问周干事。

"明天就送走了。"他蹲下来用一只树枝和它问好。

"送到哪里去？"

"附近的一个农场。"

"虎啸的耳朵怎么会这样？"

"打架打的吧？"周干事也不确定。

在虎啸隔壁左边的笼子里，一只和它同样品种的黑背犬，像似了解虎啸耳朵的故事，它冲着我吠叫不止，跳上跳下。

"它就是波波，是你要拍的退伍兵王鑫的军犬。"周干事说。

"波波？"我走到它的犬舍边隔着铁丝网看着它。

和虎啸的安静相比，波波显得更加健壮而顽皮，它衔起地面上的一截小树枝，把头不停地左摇右晃，看见我正看它时，就又张开嘴用尖利的吠叫声和我对话了，嘴上的那截树枝一下子落在了地上，十分逗趣。

大约下午五点钟的光景，部队的营院里开始播放送别老兵的歌曲：

> 送战友，踏征程，
> 默默无语两眼泪
> ……

歌声飘进了犬舍，军犬们也立刻安静下来。我看见虎啸把身体蜷缩成一团，嘴巴下枕着自己的一截尾巴，慢慢闭紧双眼，像似跌进了年轻的回忆里。不一会儿，一股透明的液体从它眼眶里涌出来，润湿了鼻翼，它是也在思念着自己的主人吗？

突然，波波的目光里掠过一丝光亮，开始兴奋地跳起来吠叫。我循着它的目光，看见一个身穿冬季迷彩服的战士，逆着黄昏里温暖的光线，朝我们这边走来。

"记者，你好。"他首先和我打招呼。

"你好，你是王鑫，对吧？"我问。

"是！"他冲着我笑笑，露出两个酒窝，用手里那把钥匙打开了犬舍的那把铁锁。

波波热情地扑向王鑫，用舌头不停地舔着他，王鑫半蹲下身子配合它，轻抚着它的头。只可惜丁老师不在旁边，不然就不会错过主人和军犬相见这温暖的一幕。

后来，我还是忍不住拿出电话给丁老师拨过去，希望他能立即赶过来，可电话刚一接通，却被他挂断了，我就编了一条短信给他发过去："丁老师，请您速到犬舍旁，光线很好，我们开始拍摄吧！"

他半天也没有回音，我只好和王鑫聊天。他看上去特别精瘦，迷彩服也穿得晃晃荡荡。再有三天，他就要告别军营，以及他的爱犬波波了，但他看上去却十分平静。

"你舍得波波吗？"我问。

"没什么。"

我默默看着他给波波打扫完犬舍，就从墙上取下一根铁链儿，把它系在波波的颈上，牵着它朝操场的方向散步去了，我就一路跟着他们。

当夕阳快要落下的那一瞬，王鑫从兜里拿出一把梳子给波波梳理毛发，他的动作十分轻柔，波波的毛发也随着晚风起舞，那幅剪影诠释了战士对军犬的浓浓情谊。可惜我的手里没有摄像机，只能眼巴巴地看着金色的光晕从他们身上一点点消失不见。

直到晚饭的时候，丁老师才出现，他好像刚睡醒不久，嘴里还在打着哈欠，见到我并没有流露出一丝歉意，他难道不知道我已经整整等了他一个下午了吗？

"我给你发短信了。"我说。

"哦，睡着了。"他接着燃起一根烟，悠闲地看着饭桌对面的电视。

"晚上我们去拍吧。"我试着压住心里的怒气。

"拍什么呀，一个节目是有片比的，就是只能拍多少分钟，其余的全是浪费。"他把烟头掐灭，抬头看了我一眼。

"可是我们连一个镜头还没有拍。"我说。

他不说话，默默吃饭。

回到房间里，我打电话给朱子，问她该怎么办，朱子说："你不能和他急，他一定认为你是新导演，对于拍摄根本就什么也不懂。"

"换做是你怎么办？"我问。

"等呗。"

我又试着打电话给武一导演，她的电话仍是无法接通。对我而言，武一就像季风一样，不知道这个时节吹到哪里去了，面对如此不配合的摄像老师，她到底会怎样搞定呢？我发短信给她，根本也不抱着任何她能回复的希望。

晚上十点，武一的短信竟然回过来了："要记住，你是导演！去敲他的门，告诉他你要拍的内容，其余的不用管。武一。"

她的文字里依旧透着专业和霸气，真高兴武一并没有消失，她只是不愿接听电话。

我迅速照她说的那样，把能想到的镜头全部列出来，整整写了两大页纸。夜里十一点钟了，丁老师的窗户还亮着，我披上一件外衣去敲他的门。他好像刚洗过澡，头发上还在滴水，他一边用毛巾擦，一边歪着脑袋问我："什么事儿？"

"这是要拍摄的镜头。"我把镜头列表递给他。

"不用，我心里有数。"他冷冷地答。

那一瞬间，我真的是气坏了，也顾不得他是前辈，就气冲冲地对他说："我是导演不是吗？"

"没错，你是导演，明天再说，行吗？"他的语气强硬，丝毫不把我放在眼里。

我怒视着他，终于把导演的威风亮出来，他却一点儿不怕，我们僵持在那里，能听见浴室里没关紧的水龙头，滴答滴答地响。我扭头跑回自己的房间，一头扎到床上呜呜地哭起来，这可是我的第一期节目，可是我一个人再着急有什么用。从这一刻起，我才了解电视是一个合作的工作，如果没有合作的前提，一切都只能是零。

第二天清早，饭桌上，我仍旧没有看见丁老师，我也不问。周干事说："做电视的就是辛苦，天刚亮，丁老师就起来了。"

"什么？你怎么不喊我？"

"丁老师说不用人陪。"周干事立即解释。

"可我是导演！"

我放下碗筷就冲出了门，看见远处的操场上，丁老师正把镜头对准了王鑫和波波。我放轻脚步朝丁老师走过去。他知道我来了，站起身来也不搭腔，继续把眼睛贴到巡视器里，寻找着按下红色录制键的机会。

他随手把麦克递给我："你有什么问题，问吧？"

"现在？"我问。

"对，同期声效果好。"

我接过麦克，朝王鑫走过去。丁老师并没有关机，他安静的脚步轻轻地紧随在我的身后。

"这是你最后一天带波波了？"我问。

"嗯，还有一次训练。"

"什么训练？"

"给军犬一个炸药包，命令它去炸远处车上的一个目标。"王鑫的手指向远处停放的一辆废弃的汽车。

为了把这组镜头拍充分，丁老师把机位架到了波波要登上的那台废弃的汽车旁。

周干事在一旁提醒他："这个位置有点儿危险，往后退吧。"

"没事儿，我有数。"他摆好了机位等着波波来。

几秒钟后波波迅速地冲到车上，它用牙齿奋力拉断火线，但炸药包却没有动静，波波又仔细盯着看了一会儿，只听见王鑫紧张的声音朝它命令着："波波，走！"

波波才迅速地转身。一股浓烟迅速弥漫在车上，王鑫从远处飞奔过去，在红色的火光中抱起了波波，飞奔着朝医务室跑去。整整一公里的路程，丁老师始终没有关机，他一直扛着二十几斤的摄像机在后面纪实拍摄。

到这一刻，我也才了解那只叫虎啸的老军犬为何耳朵会少半边儿，军犬就如战士一样，在如战场的训练场上洒下汗水，牺牲青春。黄昏里，虎啸被一辆军车运走了，波波在犬舍门口用目光和它道别，或许，它们永远也无法再相见，就像波波和王鑫一样。

那天傍晚，来犬舍牵波波的是一位新教导员，他的个子不如王鑫高，皮肤白净，看上去性格十分温和。然而，波波却把头甩在了一边儿，摆出一副不理他的样子，但那位教导员好像并不心急，他坐在了地上，静静地陪着它，直到月亮升起的时候。

然而，在丁老师的镜头里，我竟发现了王鑫。他正藏在犬舍旁的一面矮墙边，偷偷地看着波波和新教导员见面的一幕。那一刻，我的眼泪流下来，几多不舍，几多牵挂，几多离愁，原来都在这悄悄地一瞥里。

第二天一大早，全体官兵站成两列，在营区门口送别退伍的老兵。我看见王鑫已经摘下了帽花和徽章，换上了一件蓝灰色的羽绒服，手里提着一个军用旅行包，眼睑低垂。他在深情地给战友们又敬了一个军礼后，就转身上了一辆白色的面包车。

"看！波波！"人群中不知道谁喊了一声。

所有人的目光都投向了甬道的尽头，看见波波正奋力地朝面包车的方向跑来，身后牵着它的正是那位新教导员。王鑫迅速从车子上跳下来，也迈开双腿去迎接着波波。分别永远是世界上最苦痛的事儿……

在车子缓缓开动后，王鑫把脸贴在车窗上，凝望着蹲在地上的波波，这一层薄薄的玻璃，却隔成了一段永不能相见的距离。波波突然挣脱了新教导员的绳索，迈开大步追赶着那辆载着主人的白色面包车。

王鑫把头伸向窗外，大声喊着："波波，再见，再见！波波……"

直至他看见波波变成了一个黑色的小点，彻底消失在他的视线里……

当我坐在电视大楼九楼的机房里，回看这段离别的画面时，泪水再一次夺出眼眶，这是全片最后一个镜头。坐在我旁边的朱子说："太感人了，慧心，你竟然做的这么好。"她的脸上也挂着泪水。

"丁老师拍的很好啊。"她说。

"嗯，多亏他。"我说。

"你后来是怎么说服他的？"朱子好奇。

"其实他确实心里有数，他有属于他的创作，是我误会他……"

丁老师在拍完这一期节目后，就没有再来栏目了。后来听说他远赴俄罗斯去学习油画了，这和电视分明是两种不同的艺术，他都已经三十几岁了，还有时间改行，我真钦佩他的勇气。不过，我还没来得及和他说一声感谢，他的双脚就已经踏在了异国的土地上，就像武一导演一样，也如季风一样轻轻飘远了。

我决定把对丁老师未说出口的那一声感谢，全放进这部片子的创作里，我开始埋头整理素材。

　　有天晚上，楚天打来电话告诉我，小米兰已经不上幼儿园了。在我离开故乡来北京读书前，婆婆就曾和我商量过她想带小米兰，我当时就对她说："妈，除了怕您累外，小米兰需要生活在集体里，她会学习很多知识。"

　　婆婆当时就没再强求，没想到我才刚走没多久，她竟说服了楚天不让小米兰去幼儿园，我心里是有一些生气，只听见楚天和我在电话里解释着："反正妈退休前就是初中老师，难道连自己的孙女儿都不能管好吗？"

　　"你说呢？慧心。"他又问。

　　"你都已经决定了，还问我做什么呢？"

　　我有些生气地挂断了电话，本以为楚天会再打过来，起码再多说几句宽慰我的话，可是他一直也没有再打。

　　我也习惯了他的这副样子，就一头扎进那日夜颠倒编片子的情绪里去了。

　　整整七个夜晚，我坐在那间宽敞的编辑机房里，一帧一帧编辑着画面。机房里挂着的都是清一色的丝绒落地窗帘，这让我经常把日夜搞混，累了就趴一会儿，醒了就继续编辑，我甚至有恍若隔世的感觉，楚天和小米兰早已经被我忘在了脑后。

　　当这期节目，在电视台九楼审片室审看的时候，莫主编坐在我旁边，坐在他前面一排的是徐总编，听说他是一位很资深的电视人，曾经做过中国电视里程碑式的作品《望长城》，这让我忽然回忆起在电视学院第一天上课，看的就是他的这部纪录片。没想到，短短两年之后，他竟然成为了审看我节目的总编，命运有时候就是这么奇妙。

　　"小沈，节目很好，尤其喜欢你对镜头的剪辑，顺畅得就如一首清新的诗。"徐总编回过身子对我说。

　　"对，小沈不像一个新手，很有天赋。"莫主编在一旁补充着，他转过头对我笑，温和的目光如午后里的一片阳光。

我不知道该答什么好，只是笑盈盈地点着头。

这次审片，让我这个一只脚迈进电视台的临时工，终于可以获得转正的机会了，听朱子说我们都被列为电视台第一批正式招聘的导演。

"慧心，我们成为正式的导演啦！"她上前拥抱着我。

"是啊，我在北京当上导演啦！"我快要笑出眼泪来了。

不过，我们只有回原来单位办完离职手续后，才能名正言顺地成为电视台的一员。我立即拿起电话，想把我心底的思念和做这个节目的成就感告诉楚天，我们好久也没有联系了，可电话一接通，却听到他的这一声责问："好久不见，你终于打电话了？"

"我嘛？"我有些惊讶。

"我还没生你的气，你怎么可以在这里生我的气？"我说。

"可笑！"

他的语气里充满着挑衅和愤怒，让我把想说的话全部咽了回去。我重新变得骄傲起来："好啊，我从今天开始，我才不稀罕讨好你！"我干脆挂断了电话。

我一个人走在起风的秋天里，看着漫天飞起的黄叶，就像自己一样漂泊无依。直到暮色降临，我才拖着脚步好不容易挪到了家。远远的，在大门口，我看见一个穿着红色风衣的女孩，坐在单元门口的台阶上左顾右盼，手上轻轻悠着一个帆布手提包。等她回头时，我才认出她是好久不见的薇薇。

"你怎么会找来？"

"学校附近的检察院住宅，不就是这一栋吗？"她站起身来。

"怎么想起来看我呢？"

"秋天了，不想一个人听叶子飘落的声音。"

"你啊。"

"去学校的核桃林，再听一次核桃落地的声音？"她的一双目光充满着热情。

核桃林里的几张石椅石凳仍在，有风吹过时，鹅黄的叶子被哗哗地吹落一地，偶尔有几颗核桃落在上面，只听见那声音是轻轻的，就像一声叹息。那年夏天我们在这棵树下听核桃落地的声音，已经是不再属于这个季节的声响，似乎有些久远了。

"我来是告诉你，我正式和那家卫视签约了。"薇薇说。

"恭喜你，肖峰呢？"我问。

"我们一起。"薇薇把头仰向天空。

"阿昆呢？"

"他们好像分手了。"

"什么？"我一脸惊诧。

其实，这个结果，我原本早该预料到，爱情根本不像昆昆曾说的那样："爱情可以经得住考验。"现实的生活里，有些爱情就是当距离拉开后，感觉渐渐消失，就像两条相交线，在相遇之后，最终仍要分道而行，从此再无交集。

"你和肖峰是不是……"

薇薇明白我的意思，她连忙说："绝不是因为我，我保证。"

"好吧，我相信你。"

"慧心，你知道你身上哪一点最可贵吗？"

我摇头，她说："你肯相信别人，记住，这是你最大的优点！"

对于肖峰的近况，薇薇只字未提，我也不想多问。她的话明显比从前少多了，好像有什么心事。我本想约上她再去水煮鱼餐厅吃一顿，她却连连摆着手，接着低头从帆布包里拿出一把风干了的玫瑰花递给了我。

"大作家，这个给你，我现在不大喜欢娇艳的花了，只喜欢风干的。"

"这话你曾经说过啊。"

"风干了记忆后，它最终会属于我。"她站起身背向我，没有回头，就继续迈大步朝前走。

看着那个背影，我才发现薇薇瘦了，曾经像小鹿一样活泼的她，转眼换了神采，对我而言，怎么忽然那么陌生了呢？

在这个清冷的秋天，昆昆会抱着旧日回忆度过，还是能像我曾经看到的那个她，逆着夕阳的温暖光线，在失落的日子里也能奋勇向前，继续做那个最快乐的自己？

炊烟升起，窗外飘起了雨，街道上的灯一盏一盏亮起来，把路面照得亮亮的，空气里飘来湿润的风，越是这样的光景里，心中越盛满着无尽思念。如果这时有楚天陪在身旁该多好，我们共撑一把伞，他的一只手搂着我的肩膀，永远庇佑我沐浴在人生的风雨中，未来无论走多远的路、多黑的夜，我都不会再害怕。

肖峰和昆昆的爱情谢幕了，我和楚天的呢？我们能在未来长长的时光里，爱情不被距离而改变，继续为彼此守候吗？这个雨夜里，我突然好想他。如果他能在这个时候打来电话，我会对他说："我哪里也不想去了，只想回到你身边。"

雨一直下，枕边的手机，也在雨夜里安静地睡去。

第六章
要做一块吸水的海绵

　　星期一一大早，我去单位办理相关入职手续，一进 505 办公室，看见莫主编已经在批阅文稿了，那会儿才刚过八点半。书桌上照例摆着一包烟和一个银质的烟盒，他手里正握着半截铅笔，眉头紧锁，嘴里正细细地斟酌着一字一句，等他觉得琢磨好了，才开始刷刷地在纸面上书写，那流利的声音十分顺耳。我轻轻走到他身旁："您为什么不用电脑改？"

　　"我这个人笨呗。"他抬头笑笑。

　　"哪有啊？"我笑笑。

　　"有，不过，得说我像一块海绵。"他又说。

　　"海绵？"

　　"就是把别人好的意见，一下子全吸收了。"他放下笔，看着窗外，思忖着什么。

　　"哦。"

　　"要做这一行，你们也应该学做一块吸水的海绵。"他低下头继续改稿，不理我了。

　　我转身回到自己的座位上，过了一会儿，朱子也来了，她的脸上挂着泪痕，手里捧着一摞磁带疲惫地坐在我身旁，一看就是熬过夜了。

"你也做了一个悲情的节目？"我问。

"别问了。"她面色苍白，写在脸上的除了疲惫外，还有沉沉的失落。

她把磁带一盘一盘地码好，然后拿起书桌上准备好的带签，仔细地塞进磁带上那一小片透明的塑料纸里，泪水却还在眼眶里打转，强忍着不让它落下来。

"嗨，怎么了！"我轻轻喊着她。

这一声呼喊竟让她再也控制不住，眼泪啪嗒一声重重地落在磁带盒上，她用手抹了一把说："甭管我。"说完起身打开柜子，从里面拿出一块毛巾，朝门外走去。

"这批的也太狠了，一点儿尊严都没有。"走廊里传来一个男同事的声音。和他一起进来的，还有组里的一位老同事，叫明丽，年纪同我和朱子相仿。

"你就是沈慧心吧？"那个男同事一看就是自来熟，主动过来和我搭腔。

"你的节目太棒了，感动值为一百零一，我是流泪看完那期节目的。"他伸出手和我相握，我一脸不好意思。他接着一本正经地和我说："我预测你是未来最有潜质的导演，我叫亮子，也将是继你之后最出色的导演。"说完他爽朗地大笑，脸上细细的干纹聚集在一起，像一只可爱的招财猫。

亮子那天穿了一条黄色裤子、黑色T恤衫、白色球鞋，卷曲的小平头，漂染了一抹绿色，看上去十分追求时尚，我又想起了之前莫老师说的那句话："我们这里的导演有很多款，每款都很独特。"

明丽扯了一把椅子坐在我旁边说："哎，简直太过分了！"

"到底发生什么了？"

"朱子被骂了，节目不好看。"明丽说。

"被谁骂？"我问。

"制片人呗。"她说。

虽然我还没有经历过审片，但从明丽和亮子的神情上看，我知道那是一次无比痛彻的心路历程。

"那句确实有些重了，'不行就卷铺盖走人。'"亮子说。

"哎，那都是气话，甭往心里去。"明丽摇摇头。

"我脸皮这么厚，都快 Hold 不住了？何况她一个女孩儿？"

朱子洗过了脸，从外面走进来，头发上还在滴水，眼睛里布满血丝。亮子敞开一个大大的怀抱，朝朱子走去。

"没关系！有一次，我被骂得比你还惨。说什么我就是一个猪脑子，根本不会思考，不过，猪还有一个可爱相，我只有可恨，估计连猪听了，都会替我难过。"

他说完给朱子扮演着，接着说："请问你看过这么妩媚的猪吗？"亮子右手举起了一个兰花指的动作。

朱子被他一哄，转脸笑了，我却在一旁暗自庆幸，在《与军犬离别的日子》审片时，制片人刚好出差，所以我才"逃过一劫"。那个同事们眼里"尖酸、刻薄、挑剔、追求完美的制片人"究竟是什么样呢？我既想见到他，又害怕见到，因为对于我这个新手来讲，缺点总比闪光点多。在我心里，他像一位神秘的谜一样的男子。

"慧心，莫主编叫你。"一个声音从走廊里飘来。

我轻轻拍了一下朱子，就转身飞跑着去主编办公室了。一进门，见到莫主编正坐在门口那张黑色的长沙发上，手里拿着一张白色的表格。见我进来，他抬起一双笑眯眯的眼睛对我说："慧心啊，赶紧订票，回趟老家！"

"是让我休假吗？"我敞开笑脸站在那里。

"年轻轻的，总想着休假啊？"他说。

"哈哈，不是。"

"找你来，是因为要和电视台签约的话，就意味着你要离开原来的单位，必须办离职手续。"

莫主编把那张白色的表格递给了我，我拿在手上逐行地看着，页面下方那个"北京某某电视台"的红色印章，像电流一般瞬间击中了我，它让我的每个毛孔都为它舒张，这是我来北京求学盼望的最好结果吧？此刻，它多像一张华丽丽的邀请函，热情地向我伸出了手，正热切地等着我的答复。

可是说心里话，那一刻的感觉却十分微妙，既欢喜又难过。我能够瞬间想起楚天那张犹豫的脸，想起远方的小米兰，正趴在窗前望着门口那条小路，等着我从远方归来，想起爸妈那日渐苍老的面庞。如果我同意了这份邀请，就意味着我从此将与他们分别更久，一时间，我整个人愣在那里不知如何是好？

"有些犹豫？"莫主编问。

"嗯。"我点了点头。

"你要知道这算是百里挑一了，其实，有时候难做的不是决定，而是你追求的是什么？"

莫主编的话说得很淡，在我心里却感觉很重。他给了我一个星期的假，让我先到单位楼下的订票点，购买第二天中午的火车票。那么，二十四个小时后，也就是后天的中午，我就能见到快一年没见的楚天和小米兰了。

在我跑回办公室收拾东西的时候，莫主编站在门口对我说："慧心，不急的话，帮一下亮子，他的节目临时通知明天播，两集，恐怕赶不过来。"

"哦，好啊！"我赶忙站起身随莫老师一起朝机房走去。

其实，亮子这两期节目本来预计一周之后播，但部队宣传部门临时通知第二天统一播出，显然他们忽视了做电视和纸质媒体，以及广播完全不同的制作方式，因为十几道工序共同配合，哪里是那么简单的事儿？对我们而言，先不管这两期节目好看不好看，能按照播出时间做出来就是胜利。

机房是在电视中心对面的一栋居民楼里，是栏目特意花钱租下的。由于是日播节目，播出任务比较紧，只用九楼的大机房是远远不够的，那里不过是把需要的镜头罗列出来，进行简单的粗编而已。最后的精编与合成，一小部分在电视中心的十楼完成，其余大部分都要到那间租来的公寓里完成。

"还是第一次来这里吧？"莫主编喘着粗气一边上楼梯一边问。

"早就听说，可一直没机会来。"我跟在他后面。

楼梯又窄又陡，机房在整栋公寓的三层和四层，从外表看就是两户普通的人家。可当我一推开门，简直是惊呆了，电视所有的工种都在这里汇集齐了，每间房子都是南北通透的，大概有 70 平米大。东边的一间屋子是精编室，亮子正坐在非线的旁边，低头看着稿子，琢磨着编什么镜头。中厅的小沙发上，给节目做包装的技术人员正在电脑前认真地绘图，那两个小伙子也就二十出头的样子，真是青春逼人。北边的一间屋子里，传来叮叮咚咚的音乐声，门开着，一位长发披肩的年轻小姑娘，正坐在椅子上给节目加音乐。我站在门口好奇地看着，她立即停下了手里的活儿把头转向我说："慧心姐来了？"她一脸笑盈盈，难怪能做出那么美的音乐。

"是玲玲吧？"

"姐姐，你的军犬节目，我是一边加着音乐，一边哭得稀里哗啦。"

"真的啊。"我一脸笑眯眯的。

"需要加班吗？"我问。

"不加班来不及。"她低头又忙起来。

莫主编坐在东边那间精编屋子的沙发上，看着亮子他们编的镜头，脸上布满了愁云，他不停地看看手表，接着又抓了抓头发，又使劲儿地摇了摇头说："不对，不对，不是这样的，瞎编。"他唉声叹气起来。

亮子和非线就一起转过了头，等待着莫主编的发话。

"全片第一个镜头就不吸引人，怎么让观众看下去？"

他从沙发上腾地站起来，走到电脑边上，用手指着他们编好的第一个镜头。那是一个空空的部队院落的大景，只是交代了一个地点而已。

莫主编一边摇头一边说："这是一个烈士牺牲的节目，要带着心里的情绪编，要能听见自己的呼吸。第一个镜头有意义吗？改！"

"那换成什么呢？"非线一脸迷惑仰着头问。

"你们这都擎等着现成的是吗，想啊！"

我站在那里盯着电脑屏幕看，也不知道该做些什么，莫主编转过脸说："慧心，你也别愣着，把下集先往下接着编，我们这儿弄上集，夜里就都出来了。"

"哦。"

那会儿的时间是下午四点，明早八点之前，两集片子就要全部完成。八点半要送到中心领导那里终审，这还包括给音乐和包装留出时间。一期二十五分钟的节目，大概要编辑一千多个镜头，一分钟最快要编辑一小时，而我和亮子每个人并没有二十五个小时的时间可以利用，我掰着手指在那儿算。

"好了，慧心，先把重点说的话剪出来，然后重点编情绪镜头，一些过场镜头最后编，填空就行！"

莫主编是现役军人，肩膀上有三颗闪亮的黄星星，他在说上面那番话的时候，就像在战场上，一个指挥员正在指挥一场焦灼的战斗，我们都是他手中的兵，这场仗他怎么指挥，我们就怎么打。

越是忙的时候，机器越是不给力，我们那台机器只编了几个镜头就死机了三次。在第四次听见电脑重新启动的声音时，莫主编把头转过来说："再死机一回，我就从这楼上跳下去算啦。"

果然，这句话一说完，机器立刻好使得不行。原来，它也惧怕人的威严，总是哄着它，它就和你闹别扭，但你要是硬起来，它还真是乖乖地听话。连机器都被莫主编管得服服帖帖，我在心里只有钦佩的份儿。

五个钟头后，到晚上九点钟的时候，我已经按照莫主编说的，把整个节目的框架全部搭建完毕，他走过来看了一眼说："这样快吧？"

"嗯，挺快的。"

"无论是做节目，还是做事情，头脑里首先要有头绪，先做什么，后做什么。"他说完燃起一根烟，倚在门口得意地和我们聊起了天儿。

"我这脑子笨得不行，你们都是聪明人，高学历，我啥也不是都能想到，所以，你们要在困难面前，先藐视它，再重视它，没有什么过不去。"

亮子上午那张还惨白的小脸儿，在这一刻才终于露出了轻松，他说："您刚才说的每个地方，我都记在本子上啦。"

他说完把手里拿着的一个蓝本子举起来给我们看，这份用心和细致，不单只是朱子有，每个导演的身上都有这种特质。

莫主编看了一眼说："亮子，光记没有用，转头来哪天上厕所，不小心用啦。"他哈哈笑着，皱纹里藏着智慧。

接着又语重心长地说了一句："要记到脑子里，对吗，慧心？"

"嗯。"

我和亮子一起点点头。

这一刻，我又想起了他说的那一句："要学做一块吸水的海绵。"只五个钟头的加班，我就从中吸取多少经验啊？这一刻，我突然觉得，做电视是一份很有意义的工作，每一个镜头的编辑，都饱含着你对生活的理解，你的阅历、审美、思考，这是一个挑战智慧的行业。看着莫主编做片子的沉稳，我想未来我要走的将是一段很长很长的路，现在对我而言，只是蹒跚学步，什么时候，我能像他那样从容呢？

过了一会儿，莫主编的电话响了，他也不背着人，随手接起来，可是刚才还露着笑意的一双眼睛，立刻失去了神采。直觉告诉我们，他接到了一个不太好的消息。我看着他又习惯性地挠了挠头发，看了下手表，然后一字一句地说："最后一次见她（他）是几点钟？"他皱紧眉头，等着对方的回答。

我和亮子默契地互看了一眼，立即能够明白这一定是莫主编家里打来的。听他接电话的内容，好像是他们家有人走失了，估计是他父母中的一位，我们也突然神情紧张起来，没有了刚才编节目的斗志。我和亮子都竖起耳朵听着接下来莫主编要做什么。

"我现在回不去，回去也没用，赶紧报警吧……"他交代着。

等他接完那个电话，机房里的气氛一下子变得沉闷起来，大家都默默地低头干着手里的活儿，一点儿工作的状态也没有。亮子还是比较机灵，他立即起身去中厅接了一杯水，给莫主编端过去："您回去吧，我和慧心在这里可以的。"

"回去也没用，咱们继续。"莫主编又坐回到那张大黑沙发里。

剩下的三个小时，一直到午夜十二点，莫主编除了偶尔站起来吸一根烟外，整个人就一动不动地坐在电脑前，他和非线把之前编辑过的所有镜头又重新过了一遍。其中有一个镜头是烈士的母亲，在见儿子最后一面时，声嘶力竭地呼喊："我的儿子，谁也抢不走我的儿子，你还这么年轻，怎么舍得离开妈妈？"她哭晕在地上，一旁的解放军战士，把她搀扶出了殡仪馆的告别厅。

莫主编的目光，停留在屏幕上。这个镜头已经被非线编进了片子里，一共有三十秒钟长，算是一个记录的长镜头。而且片长本来也有点儿短，这个镜头是无论如何都应该保留的，可没想到的是，莫主编竟缓缓说了一句："我看还是拿掉吧！"

"这是全片的一个感动点啊，母亲失去了儿子，会让多少人跟着流泪啊？"亮子说。

莫主编没有回答，深邃的眼神像暗夜里的灯火，他轻抽了两下鼻子，像似在强忍着眼眶里暗涌的泪水。在这个镜头里，他不仅仅在为英雄的母亲难过，或者在那一瞬间，让他想起了自己的母亲，就在几个小时前，她才刚刚走失，直到现在也没有音信。他本来可以离开这里和家人一起去大街小巷寻找，可是他此刻仍选择留下来，在赶制这期第二天播出的节目，甚至没有和制片人打个电话请示一下，哪怕只回去几个小时也算做一些儿子该做的事儿吧？那一刻，我不理解他。

"拿掉吧。"他的语气坚决。

"为什么呀？莫主编？"亮子问。

"因为年轻战士的离去，最悲恸的可能是他的母亲，但我们的节目不是要把悲恸放大，而要传达出英雄的事迹如何感人，让更多的人为他的离去感到痛惜和怀念，这才是主旨。"

那么，拿掉这个三十秒钟的镜头，这个空白处该填什么呢？我和亮子完全没有想法。他的眼皮快要耷拉下去了，显得十分困倦，为了提神，他不停地把手里那根圆珠笔按上按下弄得啪啪作响。那一刻，他或许也在心底小小地抱怨："本来一个长镜头挺好的，非要拿掉干嘛？能先播出不就行吗？"

虽然他没有把话说出来，但我在心里也这样想，或许这一点上，我和亮子是有共识的。

莫主编又重新把亮子的稿子拿在手上，一页一页地翻看着，不知道他到底想在其中找些什么？过了一会儿，他把放在沙发上的棕色皮包拽过来，从里面掏出一根铅笔，在稿子上又书写起来，那刷刷刷的声音，好像都写进了我们心里，几笔之后又停顿下来继续沉思，然后再写。我和亮子看着他面面相觑，只是等待着最后他如何填满这三十秒钟。

趁着这份空闲，我开始抬头打量起这间屋子，它应该是 90 年代初建造的房子，墙壁被重新粉刷成了翠绿色。两台非线编辑机器的上方，是三排钉上去的架子，用来摆放一些小零件，那上面有一把手枪形状的烟斗、一块马桶盖式的蛋糕模型、一群穿着绿色树叶可爱的小精灵，还有一位年轻公爵揽着公主跳舞的八音盒。最特别的应该是一个穿着黑色风衣的劫匪，用枪劫持一个酒吧女郎的模型，那位女郎只穿一件热裤，脚底蹬着一双黑色战斗靴，由于被劫持让她受到惊吓，嘴巴张得老大，而劫匪却面带滑稽的笑容。或许，当工作累的时候，抬起头看看这些新鲜玩意儿，那些倦意就随之消解了吧？给我编节目的非线说，这些都是制片人亲手布置的，看得出他是一个心思细密并有着浪漫情怀的人，他对节目的那份严苛，我是无论如何也想象不出来的。

"好，你们听一听。"

莫主编的声音打乱了我的思绪，接着他一字一句认真地把写好的一段话充满感情地念出来：

> 年轻的战士，
>
> 还来不及把那班岗站完，
>
> 来不及品尝一下中秋的月饼，
>
> 甚至，
>
> 都来不及把刚发的新军装试一试，
>
> 就这样匆匆地走了。
>
> 他走得太匆忙，
>
> 来不及让母亲多看他一眼。

他走得太匆忙，

来不及和战友道别。

他走得太匆忙，

只有短短的 22 岁……

等他把这段话念完，我的鼻子酸酸的，亮子也在那里擦衣袖，显然，他也哭了。两名非线编辑也在那里点着一样频率的头，其中一个非线说："我掐了一下时间，整整三十秒，莫主编，您太厉害了！比机器卡得都准。"

"我们都被感动了，您怎么没有？"我问。

"创作者要保持清醒的头脑，感动不一定是流泪，真正打动心灵的东西才是高级的。"

我们立即把补充的这段话发给了配音老师。夜里三点，配音传了过来。在编辑线上重新播放的时候，我们又一次被感动了，配音老师的声音低沉、悲而不伤，丝丝扣扣的怀念，从心底里缓缓升起。更奇妙的是，他从念第一个字到念最后一个字，整整三十秒钟，一帧也不差。

接下来莫主编做了如下安排：凌晨三点到五点，节目全部交给了后期的包装组，负责音乐的玲玲从五点到七点半上音乐，之后责编在八点前负责检查声音和视频指标。我和亮子被安排的任务只有一项：休息。

莫主编又抬起手腕看了一下表说："我先回家一趟，审片之前我回来。"

他随即把沙发上那个棕色的皮包挎在胸前，转身走出了机房。我和亮子站在窗户前，看见他的身影在暗红的黎明里远去，直至消失在对面街上亮着霓虹的十字路口。

以前，我真不太相信，某某某为了工作，几天几夜不回家，某某某为了大家，牺牲了小家。那些所谓的"英雄"，在我看来即使不是编纂的，在真实生活里也并不多见。可是这一夜，我亲眼目睹一位电视工作者的敬业，给我带来的直接影响就是，我要好好珍惜这份高尚的职业，哪怕它给予的工资十分有限，但我从中得到的却是一份十分宝贵的经历，它未来给予我的酬谢，一定是我意想不到的更丰厚礼物。

第二天早上八点半，片子准时在电视中心九楼的审片室审看。坐在第一排的徐总编不时地点着头，在他看到最后那个三十秒的补充段落时，竟把眼镜轻轻摘了下来，用手拭了一下眼眶，他被感动了。在认真看了一下片尾编导的名字后，他转过身朝我和亮子点了点头，然后说："这么短的时间，片子能做到如此程度，确实了不起，祝贺你们。"他站起身和我们握手。

走出了审片室，亮子显得十分开心，他拍着我的肩膀说："慧心姐，谢谢你。我现在一点儿不累了，就像打了振奋剂，哪怕现在再让我加个班，我也情愿。"

"我也是啊。"我笑着。

我们没有等电梯，从侧面的楼梯一直跑到五楼的 505 办公室，我们俩想知道莫主编来没来，他的母亲找到了吗？那会儿的时间差不多快九点了，只见到制片老师早已把房间打扫得一尘不染，空气里飘着清新的消毒液的味道，十分醒脑。

"慧心，你不是定了今天的火车票吗，别晚了。"制片老师站在门口对我说。

"哦，多亏您提醒，我差点儿忘了。"

"莫主编还来不来？"亮子问他。

我和亮子对视了一下，制片老师好像明白了，他随手点燃一根烟，好像听起来并不奇怪。接着他告诉我们，莫主编的老母亲快 80 岁了，早几年得了阿尔茨海默症，病情时好时坏。莫主编是一个心细的人，在母亲穿的衣服上，缝制了一个便条，上面写着老人的名字、病情、住址、联系电话。虽然他已经雇了人照顾她，可是稍不留神，老人就会自个儿走丢，不过，这些年，多亏有了那张便条，每次都会有好心人把他的母亲送回家。

"那回来了吗？"我问。

"今天早晨五点钟，被执早勤的交警送回家的。"

我这才安心地回家收拾东西，拎着那只红色皮箱直奔火车站。回家乡的那趟列车开车时间是中午十二点，我提前两个小时就到达了站台，坐在一个木头颜色的长椅上，静静地抬头仰望着蓝天，鸟儿轻盈地在天空上划过痕迹。对面的铁轨上，一辆辆列车呼啸而来，把写着"北京"两个字的站牌，不断闪回在我眼前。我拿出背包里那张"北京某某电视台"的入职表格，看了又看，北京注定是我人生中要经过的一个站台，既然来了还有什么犹豫的呢？

想一想莫主编的那份敬业，我想此刻答案已经写在了我眼前。这场宿命的安排，我没有办法去逃避，唯一能做的就是也像鸟儿一样展开我的双翅，无论海洋还是天空，飞跃上去才能领略风景。我想要留下来，像莫主编那样做一块吸水的海绵，即使十年之后，我在这里一无所成，这块海绵给予我的丰盈收获，将是我一生之中最珍贵的记忆宝藏。

对面铁轨上不再有火车来往了，写着"北京"两个字的站牌，终于安静地等候在那里，时刻欢迎着来这座都市的每个人。那时我就在想，什么时候，远处的那辆列车也会把楚天和小米兰一起带来，我们一家人能不能也把这里当成永远的故乡？

第七章
和故乡的重逢

为了给楚天和小米兰一个彻底的惊喜，我没有把回家这件事告诉他们，连我的父母也没有透露半点消息。因为只有这样的话，惊喜才不会变味儿，那是给彼此等待已久的神秘礼物。

火车缓缓开动了，车窗外飞驰着一片片"秋水长天"。我看见一座座流动的村庄上，到处都是收割的景象，远山被云雾遮罩得若隐若现，炊烟袅袅。山坳上，一位老人正牵着一头老牛，缓缓地行走在片片金黄的麦田里，神情是如此恬淡，就像从一幅油画里走下来，生活的鲜动，远远比我们想象中要更加丰满。

对于朴实的农民来讲，土地是他最忠诚的守候；对于飞翔的鸟儿而言，天空是它最美丽的守候；对于流动的那一弯弯河水，海洋深处是它最向往的守候；而对于我而言，遥远的故乡，一直以来都是我心底最长久的守候，我却与它好久不见。

一个人坐在卧铺车厢里的边座上，我徜徉在窗外的秋色里，看着它一点点由繁茂变萧条。等火车驶出了山海关，一片片熟悉的黑色土地，才露出了故乡的本色，光秃秃的树干上，一根根婆娑的枝条，在狂风中乱舞着。

此刻，北京对我而言，仿佛是昨夜里做过的一场梦，我从这一刻彻底醒来，拥抱曾熟悉的味道和好久不见的故乡。

我拖着那只红色的皮箱走出了站台，钻进了一辆红色出租车，直奔公园的华威小区，车子在一单元的门口停了下来。平日里，婆婆最喜欢坐在门口的空地上修剪叶子、晒太阳、织毛衣，晾衣服，可是今天的晾衣绳上，连一只蝴蝶也没有落在上面，它空空的在风里上下晃荡着，窗台下放着小米兰那只红色的塑料小圆凳。

婆婆家住一层，电子大门紧锁着，我输入了门牌号码，只听见嘟嘟的忙音。没人在家吗？我拿出电话打给楚天，直到第六声他才接起来。

"慧心？"他疑问着。

"嗯，你在哪里？"我问。

"在医院。"他的声音很轻，夹杂着疲倦。

"啊？谁病了？"

"是我妈。"

"怎么了？"

"就是咳嗽，没事儿，正打吊瓶。"

"等等，我马上过去。"

"你？"楚天惊讶。

"我回来了。"我说。

"啊……"他有些不敢相信，停顿了一下才回过神儿来。"太好了，我去接你，记得在铁路医院那站下车。"他的语气充满了惊喜。

我匆匆挂断电话，飞跑着追上了一辆18路公交汽车，十几分钟后，远远的，我就看见楚天正扯着穿着一条红色裙子的小米兰，等待在站牌下。我隔着玻璃和他们挥手，小米兰瞬间松开楚天的手，像一只轻盈的小燕儿朝公交车驶来的方向飞奔而来。她的头发披散着，手里握着一朵紫色的牵牛花，脚上蹬着一双露脚趾的小熊凉鞋飞跑在风中，其实，她才更像几米漫画里那个唱着"生活多美好"的女孩。一年未见，我亲爱的宝贝，你知道我有多想你？

一下车，我就一把将她抱在怀里，低头去闻她脸上、头发上，那奶香而又淘气的味道。她用一双手捧起我的脸，看了又看，长长的睫毛下忽闪着一对亮晶晶的大眼睛，然后轻轻地从嘴里地吐出了这几个字："我的公主，你回来了？"

孩子眼中的离别，永远如童话般美丽。两年的时间，对她而言，我像似一片云去远行了，如今，又像一片云一样飘回来，不像我眼中的这番离别，涌上心头的只有苦痛。

我抱起她来对她说："这个花是送给我的吗？"

"是呀，我刚才在医院的花坛里采下的，送给你。"她把牵牛花别在我的头发上。

我才发现她的一双小手黑黑的，指甲里沾满了泥土，红裙子上还有残留着没有洗掉的汤渍，脚趾的指甲也被剪得参差不齐。她见我在看她，就把脚趾往鞋里缩了缩，抬起目光看着我，挤着一对会笑的眉毛，我们并没有因为长长的别离，而有一丝陌生和疏离。

"我写给你的信，还有圣诞卡，你收到了吗？"她接着问。

"当然，我把它们都挂满了房间。"

"真的吗？"

"真的。"

楚天向我走过来，一手提起地上的红色皮箱，另一只手伸向我，熟练地把我的手牵在他的手心儿里，目光里凝聚着思念和笑意。他明显瘦了，眼眶凹陷，两只手干干的，身上还穿着前年秋天在站台送我时，穿的那件白色格子衬衫，上面布满了褶皱，他的皮鞋上也落满了灰尘，露出脚踝的黑色袜子，有一只还翻卷着边儿，发际周围飘着一缕白发。只有两年时间，楚天就要变老了吗？

"妈怎么样了？"我问。

"没事儿，只是咳得厉害。"

小米兰拽着我的手，一路跑到了住院部二层的病房里。靠近窗户的那张病床上，躺着我的婆婆，她看上去十分虚弱，身体侧卧着。见我进来了，脸上才勉强露出了笑容，一只手轻轻抬起来，示意我到她那儿去。

"妈，你好些了吗？"我握住她的手，坐在了床边。

"你回来，我的病就好了。"她用另一只手轻轻地抚摸着我的手，目光上下打量着我。

"慧心，你还是那么漂亮。"她说。

"没有啦。"我低着头不好意思。

"这次回来，就不走了吧？"她的目光里充满着焦急的等待。

我不知道该如何回答她，就回头望着楚天，他站在我旁边对我笑着。

小米兰突然抬起头对婆婆说："奶奶，你身上穿的这件衣服，是我妈妈的，她这回回来了，你可要还给她啊。"

"好，还给她，当然要还给她。"婆婆把头扭向我，接着说："你一点儿也不用担心，小米兰仍是最喜欢妈妈，别管走多远，谁也改变不了。"我朝她使劲儿地点点头。

因为我的归来，婆婆坚持要出院，怎么也不肯把剩下的药打完。我们一家四口，拎着住院的瓶瓶罐罐，打了一辆出租车回了家。车上，婆婆咳嗽得有些厉害，她不停地用手捂住嘴咳，我用一只手轻拍着她，才稍微平静了一小会儿。"年龄大了，都会得病，不碍事。"她对我说。

等我一双脚踏进那个久别的家时，才发现它更像一个出租屋，客厅的地上堆满了衣物，大概是正值换季，才被楚天从床底下翻出来的。我突然才缓过神儿来，小米兰刚刚竟然穿了一条红色的纱裙，这明明已经进入秋季了啊，连北京都要穿长袖了，楚天怎么这么粗心。

"你怎么不穿厚衣服呢？"我蹲下身子问小米兰。

"因为我喜欢穿裙子。"她低头摆弄着衣服上的小花。

客厅对面书柜上的书，被歪歪扭扭地摆放着，有几本书因为被摞得太高了，随时都有掉下来的危险。矿泉水机里已经没有一滴水，蓝色的瓶身上到处都是小米兰的涂鸦，我看到了其中的一句话："妈妈，我爱你。"

"我生病这段日子，家里乱极了，楚天一个男人，光带着孩子就不容易了。"婆婆哈下身子去捡地上的衣物，接着又咳了起来，她站在那里喘着粗气。

"妈，喝点儿水。"

"不碍事。"她随手拉开了客厅旁边的一扇门。"我自己住一间，他们父女俩住这间。"

我走进去简直不敢相信，这是小米兰和楚天每天生活的住处。房间里并排摆放着三张木床，那是我们当初卖房子的家具，床上四处散落着小米兰的玩具，还有楚天主持节目的稿件，上面都被小米兰歪歪扭扭地写上了字，窗子上还挂着一个蝴蝶形状的风筝。小米兰迅速地钻到门口的柜子里，在里面叮叮咚咚地敲响着门。

"看看我在哪里啊？"她在柜子里面叫着。

一屋子的杂乱，我的脚甚至都没有落下的地方。我匆匆换了衣服，去厨房做了几道菜。吃饭的时候，只见小米兰狼吞虎咽，一点儿也没有了淑女的样子，她把喜欢的菜，飞快地夹到了自己的碗里。

"小米兰，吃饭要慢点吃哦，只夹自己周围的菜。"

"我喜欢这样吃。"她嘴里塞满了饭，扬起筷子对我说。

"小孩子，哪有那么多规矩，随她……"还没等婆婆把话说完，她又剧烈地咳嗽起来。

"明天还是回医院吧？"我说。

"你不走，我就回去。"婆婆添了一句。

我低下头默默吃饭，楚天看了婆婆一眼，她也不再说话了，我突然想起晚饭的时间，应该是楚天主持节目的时间，他怎么坐在这里吃饭了。

"你不是应该主持法制节目吗？"

"哦，我请假了。"他冲我挤挤眼睛。

跑了一天的小米兰，确实有些累了，刚吃了饭，她就打着哈欠，坐在我的怀里要我给她讲故事，我刚开了一个头儿，她便睡了。楚天把她轻轻地抱到床上，盖上了秋被，在她脸上亲了一下，就转过头对我笑着。

"她还没有洗漱。"我说。

"我们在家，怎么舒服怎么来，不讲那么多规矩。"他说。

"她长大了，总要立些规矩。"我说。

"好啊，她妈妈回来了，就等你给她立呢。"他从身后揽着我的腰，紧紧地抱着我，生怕我一动就会飞了似的。

"你怎么突然回来了，决定不走了吗？"楚天把下巴依在我的肩上，喃喃地问。

"我……"

还没等我开口把话说完，楚天就打断了我，他用一双大手把我的腰揽得更紧了，我倚靠在他怀里，像跌进一个温暖的小窝。我的脸颊紧挨着他的脸颊，他的胸口紧贴着我的背脊，那强有力的咚咚咚的心跳声，像似发出一声声思念的叩问，卷涌着绵绵的爱意，流淌进我的心田，那是别离许久的温暖，在秋夜里荡涤着寒意。我像一只冬眠的小虫，每个细胞一点点苏醒，身体变得软软的，懒懒的，等待着沐浴春天的雨露。

"你知道吗，我被电视台录取了。"我喃喃地说。

"嗯？"他好像没听清。

"我被电视台录取了，我想留在北京。"我把每个字咬得很慢，就像倒进了他的脑中。

这一句像似一个魔咒，点醒了沉睡在爱意中的人。他的两只手渐渐松开了，刚才还有些滚烫的脸颊，突然因为抽离了温暖，也变得凉凉的，那个暖暖的胸口，也瞬间被移走了，这让我背脊上的温热一点点散去。我这只冬眠的小虫，还没有完全安全苏醒，似乎又回到了冬天，回到了自己的洞穴里，我回转过身看着他。

"怎么了，你不高兴？"我问。

"没什么，睡吧。"他淡淡地说，转身躺在床上，只留给我一个冷冷的背脊，在黑夜里泛着暗白的光。

我在那片暗白光的周围，也躺下了，窗外的大树上，知了在热烈地鸣叫着，和屋子里的安静形成了强大的反差。我知道，正背对着我的楚天并没有睡，他的一声又一声叹息，还是像一颗颗石子重重地砸进我心里，我把手从被子里伸出来，本想轻拍他一下，却又立即缩了回来。

因为短暂的安慰对他来讲是无用的，他从此将与我面临长长的别离，对于一个不准备回头的我，他的"反对"好像并没有任何意义，而甘心情愿送我离开，也不是他从心底里愿意做的，这一刻，我不该打扰他，无论第二天早晨醒来，他用怎样的面孔对待我，于我而言都是应该接受的。

半夜的时候，婆婆的剧烈咳嗽声从客厅那端传来，我起身披上衣服走出去，倒了一杯水，轻轻地走到她的门边。

"慧心啊。"婆婆问。

"妈，您喝点儿水吧。"我推开门，把水递到她床前。

"没事儿，这咳嗽真是熬人。"她一口气喝下去半杯，把杯子递到我手里时，轻轻地拍了我一下，目光里透着慈祥。

"好啦，去睡吧。"她又躺回被子里，月光照在她脸上，能看清她脸上露出的笑意。

第二天清早，我起来时发现楚天已经在厨房里忙活早餐了，小米兰被婆婆带去公园遛弯了，我穿着睡袍披散着头发倚在门边看他。

"起来了？"他转过头对我笑，比窗外的阳光还灿烂。

"嗯。在做什么呢？"

"给你煮的白粥，你不是最爱喝吗？"他走过来给我一个拥抱。

楚天总是这样，我们之间无论因为什么小事吵架，一般来讲，主动示好的那个人永远是他。他的这个举动就是表明，我去北京发展这件事，在他这里是正式通过了，夫妻之间的这点儿默契，在我心里还是有数的。

"不生气了嘛？"我捏着他的鼻子问。

"谁让我喜欢你呢？"他也回身捏我的鼻子。

窗外的鸟儿唧唧喳喳地叫着，我相信鸟儿是能听懂人类的语言的，它们是这世界上最聪明的聆听者。

空气中飘散着熟悉的秋天味道，阳光从枝叶间洒落在我头上，楚天骑着摩托车载着我疾驰在秋天的暖阳里。我轻闭着眼睛，多希望时光就停留在这一刻，不再往前走，这样我和楚天就不会再分开了。我把两只手紧紧地环抱着他的腰，就像当初我来北京求学时，给他那个拥抱一样，充满了感激和不舍。他感觉到了，在后视镜里对我笑。

已经两年没有再踏进广电大楼了，当我远远地看见那幢红褐色的十层高楼时，心底里竟涌起一丝酸楚，这里是我和楚天相遇、工作的地方，有多少青春记忆住在这里啊，离开，哪里是一件这么容易的事呢？

当我坐在老台长办公室对面那张椅子上的时候，他以为我要回来上班，热情地给我沏了一杯茶递到我眼前，在茶香氤氲的暖雾里，我看不清他的表情，却听得清他亮如洪钟的声音。

"回来就好啊，楚天一个大男人，带着孩子真是不容易啊。"

"是。"

老台长突然把话锋一转说："你这也算学成归来，值得庆祝，正好咱们这里也成立了纪录片部，你去那儿如何？"他舒服地往椅背上靠了靠等着我的回答。

我沉思了一下，脸上虽挂着笑容，却不知道该如何开口。

"慧心，好好干，再干一阵，就可以独立挑头儿了，现在不急，我们都很看好你。"老台长一定误以为我是急着想当官，我得赶紧把想说的表达清楚。

"其实，我今天来，是想和您辞职的。"我抬起头迎着他的目光郑重地说。

"你说什么？"他的身子往前倾了一下，目光里充满了不相信和疑虑。

"辞职？"他又重复了一遍。

"嗯！"

我使劲儿地朝他点点头，用坚定的目光告诉他，这是真的，我准备离开了。

屋子里静极了。六年前，交通台成立之初，我和楚天就是在三千人的激烈竞争中考进来，当时就是他亲手挑选的我们。他还曾得意地说："我挑人最有眼力了，这个台的未来，就交给你们了，任务很重啊。"

"台长放心。"

这是我当时和他承诺的。六年之后，我却用二十分钟的时间，去说服他允许我离开。生活是多么的充满变数，我们当初的愿望，总有一天会更改。就在我说完最后一个字时，老台长从椅子上缓缓地站起来，轻轻地叹了一口气说："人各有志，往高处走总是好事，不过，你想过楚天和小米兰吗？他们怎么办？"

　　这是我最难回答的问题，我又沉默了，看着窗外的树叶正哗哗地往地上落，太阳的光斑照在上面，闪闪发亮，我就像那树上的叶子，被梦想的风不知道吹到何处？

　　"好啦，慧心，既然决定了，就相信自己。别为难了，到北京不容易，什么时候累了，想回来了，这里依然是你的家。"

　　老台长说完后，从我手心儿里接过来那张表格，在上面写上了"同意离职"四个字。那一刻，我的心里除了感谢外，更多的是一种无以言表的愧疚，愧疚我没有为这个台奉献更多的力量。未来就像一座不知道有多高多远的山，而我已经准备向那座山挺进了，或者荆棘密布，或者长路迢迢，可是，摆在我面前的已经别无选择，我只有选择这一条路。

　　当我把这个离职的过程告诉我父母的时候，他们什么也没说，只是一头钻进厨房，给我做了一桌子菜。爸爸拿出了压箱底儿的好酒给我倒上，缓缓举起酒杯，妈妈瞅着爸爸，等着他对我的嘱托。"爸妈只有为你高兴，我的女儿很了不起，有志向。北京很远，要照顾好自己，趁我们身体还好，小米兰，你就放心吧。"爸爸说道。

　　正在专心吃菜的小米兰，忽然听明白了姥爷的话，她立即把筷子扔到桌子上，转身跑进房间把门锁起来，我赶忙站起身来去敲那扇门。

　　"小米兰，开门啊，妈妈还不走呢？"

　　"我以为你回来就不走了，你骗人，你还是要走的，我再不喜欢你了。"屋子里传来她的哭声。

　　妈妈把饭碗放下，走到门前说："小米兰最听姥姥的话了，用不了多久，你和爸爸也会去的。对不对，慧心？"妈妈转头看我。

　　"对啊，当然了，我们一家人永远都不分开，如果你不把门打开，我现在就走了，不回来了。"

我用了最愚蠢的激将法对她，希望她知道那是妈妈对生活的选择，谁也改变不了。当然，作为她最信赖的妈妈来讲，是应该多考虑一下她的感受，可是这一点我远远没有做到，只知道用最笨的办法去让她接受这个决定。

　　门缓缓地开了，她用一只手擦眼泪，另一只手里抱着一个布娃娃，她一步一步走向我，眼泪不停地流。"那你什么时候回来？"她问。

　　"冬天，飘雪花的时候。"我说。

　　"是要过新年吗？"

　　"嗯，其实也很快啊。"我蹲下身子给她擦眼泪。

　　"那好吧。"她把布娃娃递给我接着说："你把她带上吧，就像带上了我。"她又看了一眼布娃娃，接着塞到了我手里。

　　我才发现，在我两年前离家的时候，小米兰的个子还没有卧室的书桌高，可是现在她站在我面前，头已经高出了书桌。那些成长的时光，我没有陪在她身边，我终究是欠她的，只盼着有一天一家人团聚，再来补齐这份妈妈对女儿的亏欠。

　　爸爸给小米兰倒了一杯果汁，把头转向她说："小米兰，来和姥爷喝酒，咱们为妈妈高兴，好吗？"

　　"好。"她跑餐桌边，一本正经地坐着，端起了果汁和姥爷碰杯，学着大人的样子说："我也祝妈妈梦想成真，干杯！"

　　可那一刻，我真的不知道，我的梦想是什么？我茫然地举起酒杯，在仰头的那一瞬间，透过明亮的杯子，我看见一家人的喜悦与不舍，都融进了这浓浓的一杯酒里，这场对梦想的饯行，没有离愁，只有祝福。

　　晚上走的时候，妈妈又把我冬天穿的几件大衣准备好了，我最喜欢的辣椒酱，已经被她装在一个透明的玻璃瓶里。爸爸还送给了我一个水杯和热水袋，提醒我出差的时候多喝热水。哥哥大老远地跑回来了，送给我一个绿色的玉坠，对我说："这是特意给你选的，一家人的希望都在你身上。家里不用惦记啊，你婆婆那边，你想好怎么和她说了吗，听说她正病着。"妈妈也跟着在一旁唉声叹气起来。

　　"这个我还没想好，等一阵再说。"

"还是趁早说吧。"

"嗯。"

楚天打来电话说晚上有会，我就没有继续在爸妈家等他，一个人牵着小米兰朝公交车站点走去。刚走了几步，就听妈妈的声音从阳台上传来："到家里打个电话。慢点儿。"

三层的阳台上，爸爸也从妈妈的边上伸出脑袋，朝我挥一挥手，他们脸上漾着温暖的笑意。从小到大，这种阳台上的分别数不胜数，那是父母对子女的暖暖牵挂。他们老了，其实多希望我能陪在身旁，住在同一座城市，哪怕一周回家一次，还是能够做到的，可是对于遥远的北京来讲，我或许要一两年才能回家一次。他们即使嘴上不说，我心里也是知道的，我的这次远行，他们并不舍得。

"回去吧，等我电话。"我挥了挥手，小米兰也学着我的样子，把一对小手高高地扬了扬。

一直走到红色的站牌下，我们才停住脚步。小米兰仰头看着上面的字，用一只小手认真地数着："妈妈，我们要换三次车的。"

"不是可以直接到家吗？"我说。

"不可以，我们不能坐 7 路了，要先坐 3 路，再转 1 路，最后转 13 路就到公园了。"

"什么时候开始的？"

"已经很久了呀。"

车来了，我们并排坐在第二排的位置上，我靠着车窗，她坐在我旁边，脑袋斜过来和我一起看窗外的风景，夜晚的霓虹一盏一盏点亮，像星星的眼。

"北京有霓虹灯吗？"

"当然有，有很漂亮的霓虹灯。"

"北京有蛋奶冰激凌吗？"

"有啊，还有许多叫不上名字的冰激凌。"

"还有什么？"

"天安门、故宫、王府井大街，对了，还有地铁……"

"什么是地铁？"

"就是在地下面走的车，非常非常快，像风一样。"

她停顿了一下，歪着脑袋想象着地铁的模样，过了一会儿，她突然说："可是北京没有小米兰，也没有爸爸。"她仰起小脸，眨巴着那双黑黑的眼睛。

这一句瞬间击中了我的泪点，眼泪一行行流下来，小米兰没有看见。

夜色的故乡，像一池温柔的水，小米兰趴在我的怀里睡着了，我用手轻拍着她。再过几天，我又要离开了，我们这一场匆匆的相见，在女儿的童年里，不知道能留下多少印记。看着她熟睡的模样，我脑海里一遍遍地回想着她刚才的话："可是，北京没有小米兰，也没有爸爸。"

对啊，我为什么要去那里呢？这一刻，我多想留下来，可是一切已经由不得我。

剩下的几天，婆婆的身体仍旧十分虚弱，每天都躺在朝南的那个房间里。上午的时候，阳光照进来，她除了看看报纸外，就戴着花镜给小米兰织毛衣，嘴里念叨着："趁着身体还能动，多织几件，就怕以后动不得了。"

"等您好了再织吧？"我说。

"也不知道什么时候能好？"她轻轻地叹着气，又开始飞快地织起来。

下午的时候，我把小米兰的衣服都洗了一遍。婆婆大部分时间都轻闭着眼睛，不过，只休息一小会儿，剧烈的咳嗽声就把这份宁静破坏了。我在外面的阳台上晾衣服，就立即跑回房间里给她倒水，她从床上坐起来，一口气喝完了说："慧心，咱们聊聊天吧？"

"好啊。"我搬来一把椅子，坐在她的对面。

"你都走了两年了。"

"嗯。"

"日子真快，一转眼，我都没想到会到这个岁数了。"

我把被子给她盖了盖，认真地听她讲话。

"慧心啊，你唱首歌给我听吧。"

"想听什么呢？"

"轻轻地敲醒你的心灵……"她说。

"哦，那首叫《明天会更好》。"

这是婆婆手机的铃声，是小米兰帮她选的。没事儿的时候，她就会拿出手机来静静地听这首歌。对我来讲，那是初中排练节目时必唱的歌，这么多年一直熟记在心。我清了一下嗓子，轻轻地哼唱起来那段旋律：

> 轻轻敲醒沉睡的心灵
>
> 慢慢张开你的眼睛
>
> 看看忙碌的世界
>
> 是否依然孤独的转个不停
>
> ……

婆婆随着歌声，把目光投向窗外。那里的不远处有一段铁路，傍晚的时候，从屋子里能听见火车通过时，奔驰在铁轨上的声音，我想每次我离家的时候，她一定坐在窗前，看着火车载着我远去，而再过几天，这样的情景还会重现。她的眼角里溢出泪水，思绪好像飘到了很远的地方。

"楚天小时候，在学校里学的第一首歌就是这个，回来就给我唱。"

"他唱歌好听吗？"

"比不上你。"婆婆又笑了。

她看了一会儿窗外，觉得累了又躺下来，轻轻地闭上了眼睛。在我给她盖好被子，准备转身离去时，她又忽然叫住我说："听楚天说，北京电视台要你了，这是好事，我不会拦的。"她把手伸过来和我相握。

"妈……"我不知道该说什么。

"你看看北京有什么工作，等稳定了，让楚天也去吧。"我看见笑容在她脸上绽放。

"等您好了，一起去，好吗？"

"好。都去！"她使劲儿地点了点头。

然而，和婆婆的这份约定，在我心里真不知道哪年哪月能够实现。

临走之前，我把小米兰的衣服整整齐齐地叠好，按照季节的划分，把它们摆放在柜子里，上面贴着纸条写着：春、夏、秋、冬，并画上了一个小女孩四季里的模样，旁边写着：小米兰。她觉着好玩，就在那个女孩的旁边多画了一个大女孩，上面歪歪扭扭地写着：妈妈。我的手还牵着她的手，这是她多么渴望的画面啊，如此简单的要求，在我这里却变成愿望。

我告诉楚天，小米兰必须上幼儿园，要学习知识，懂得礼貌，还要有许多伙伴，因为婆婆病了，不能让她再为小米兰挨累，楚天满口答应着。我让他当面许下承诺，他就假模假样地说："一切悉听遵命。"

"如果不去幼儿园怎么办？"

"凉拌。"他说完哈哈地大笑。

"没和你开玩笑。"

"是！"他说。

我回来这段时间，楚天每天去单位晃一下，就回家陪我们，看上去十分悠闲，虽然没有直接问他，却也觉着怎么连常规的采访也不做了，地方台和北京比起来，确实悠闲了许多。不过，从前我在这里上班时，也大抵这么轻松，这也确实没什么好奇怪的。

已经许久没有听楚天的播音了，一天早上，我早早地把波段调到交通台，等着早晨七点半的那一档《法制早新闻》。

"早上好，我是建伟，我是姜宇。《法制早新闻》在直播间向您问好。"

收音机里传来的不是楚天的声音，婆婆也从房间里探出头，一副疑问的样子。我立即拿出电话打给他，过了好半天，他才接起来。

"怎么不是你主持？"

"哦，我们换班，得下一周了。"

"哦，这样啊。"

"妈，他们轮班，他下周主持。"我抻着脑袋先和婆婆禀报，她才放心地织毛衣了。

我在电话里告诉楚天，电台的老朋友刘美芳和董晓群要请我吃饭，问他要不要一起去，楚天说他有会不去了，让我们好好聚，还嘱咐我那两位女生尤其喜欢八卦，她们说的话不能全信，他说完这话，我才觉得楚天其实也挺八卦的。

月牙湖餐厅，坐落在电台旁边，一弯月牙型的白色建筑，盛开在牡丹江畔，如清清江水上的一叶扁舟，俘获了不少年轻人的心，但凡约会、聚餐，月牙湖餐厅无疑是最上档次的选择，我们午间的约会就选在了那里。我选了一件蓝色圆领衫，外面套了一件白色风衣，头戴一个天蓝色发卡，是小米兰送我的，肩上背了一个卡其色的双肩背包，脚上是当秋最流行的海蓝色松糕鞋，唇彩是珠光加金粉的。董晓群见到我的第一句话就是："首都来的媒体人，就是比我们洋气哦。"

董晓群是整座电台最时髦的，她的老公是军人，常年不在家，她把满肚子委屈，全花在了他给的那张工资卡上，用来作为不能天天相陪的补偿，许多装饰品都是请国外的朋友代购，她永远是流行季的风向标。那天，她穿了一件黑色羽毛外衫，上面还镶有许多白色的珍珠，蹬着一双红色拉带儿高跟鞋，潮范儿十足。

"慧心，原来我以为我最潇洒，现在才发觉，你要比我还潇洒一百倍。"

刘美芳倒满了一杯橘子露递给我，朝董晓群看了看，瞥了她一眼说："那是当然，哪像咱们这样，天天老公孩子围着转。我支持慧心去北京。"

在我离开交通台之后，就把午间那档《你的故事我的歌》交由刘美芳主持了。她的老公汪建伟和楚天同在《法制早新闻》做主持工作，当年，他们兄弟合力，才一个娶到我，一个娶到刘美芳，我们在一起的时候，经常拿这件事打趣。

"还是你嫁得好，建伟把我栓得死死的，哪儿也去不了。"

我一脸嬉皮的模样，举起橘子露说："谁让他那么爱你呢。"

刘美芳比汪建伟小十二岁，婚礼当天，建伟就感言，这一生什么也不想做，只想痴心守着刘美芳过日子。那番表白，曾一度成为那个年度最感人的结婚誓言。转眼六年过去了，刘美芳最大的感受就是："找一个比你大的人，最大的好处，就是可以随便任性，不必担心自己变老。"

刘美芳那天穿了一件白色的套头衫，精致的面庞一看就是用心保养过。她好像突然想到了什么，对我神秘兮兮地挤着眼睛。董晓群正在一边儿优雅地吃着河蟹。

"慧心，在北京有没有遇到追求你的啊？"

"说什么呢？"我说。

"窈窕淑女，君子好逑，这个很正常。"刘美芳穷追不舍地问。

董晓群也把那只肥美的河蟹放到了一边儿，我的这个回答，比起那只蟹看来要重要得多。

"没有！"我果断而坚定。

"才怪！"董晓群在一旁嘟起嘴。

"难道你有不成？"我问。

董晓群的脸瞬间红了，刘美芳瞪起眼睛看着她，我也在一旁打趣着说："你看嘛，明明自己心虚，还找别人的茬儿。"

"好啦，我也没有，女人一般都不会。"

她说完这句话后，我们两个才一起赞同地点着头。

突然，董晓群把话锋一转说："不过，我和你说啊，慧心，这男人还真不好说。"

她说着把黑色外套脱掉，露出一个玫红色的吊带儿低胸打底衫，一双手轻抚着脖颈，做出一个十分撩人的姿势，再向我们抛过来一个香吻说："哪天，楚天碰到一个像我这样的女子，你敢保他不会动心？"

我忍不住哈哈大笑起来，刘美芳也笑到整张脸都变了形，她在那里拼命地瞪大双眼，两只手不停地按着眼睑处，生怕在此堆积了皱纹。

"你不会看好楚天了吧？"刘美芳大笑着。

"他像一尊雕像那么严肃，只有慧心能爱上他。"董晓群说。

"对啦，《法制早新闻》来了一个漂亮的实习生，叫沈春然。每天都像一个小跟班似的跟着楚天，你可要留心啊。"刘美芳一脸郑重地对我说。我只是淡淡地笑笑："没事啦。"

"心大的女人最幸福。"董晓群说。

无论刘美芳怎么形容那个沈春然如何漂亮，在我这里都是永远不会担忧的，因为，我太了解楚天对我的感情了，我相信他甚至超过相信自己。

"楚天不怕考验。"我说。

"一年可以，两年也可以，三年五年谁敢保证？楚天也不是神仙。"刘美芳的语气十分肯定。

那一天，当我们三个人离开月牙湖餐厅时，天上的月亮已经升得老高了。刘美芳说等我再回来，要一起见证一下她说的话，她不相信楚天能够经得起考验，我答应了她。楚天在门口接我们，他把她们两个一个一个送回家后，就一边开车一边和我聊天，我抬头看了一眼窗外阔别两年的故乡明月，在心里祈愿，我不在这儿的时候，它能庇佑我的家人平安幸福。

"真希望明天别来到。"楚天说。

"我走久了，你会不会变心？"我问。

"你看，我说你和她俩聚会少听八卦嘛，来了吧？"他说。

"才不是。"

"你问明月吧？"他一脸坏坏的样子。

"明月只知道我心，不知道你心。"我看着他。

晚风吹进来，把我的头发扬在窗外，我正用一只手拢头发，楚天把手伸过来，握着我的手说："别瞎想了，早点回来就行啦，北京也不是那么好混的。"

"我才不要混。"

"哈哈，对，因为你是沈慧心。"

"那你爱不爱我？"

"爱，爱，爱，要说几遍才放心？"

"要一千零一遍，不，要一万零一遍。"

"好，那就一万零一遍。"说完，他把我的手握得更紧了，就像拥抱着我的心。

第二天清晨，婆婆早起给我包了饺子，在阳台上送别了我，等我走到小区的路口再回头时，她仍站在那里和我摆手。瘦削的身子嵌在窗户里，显得格外孤单，我露出大大的微笑也举起手和她挥别，我多么希望每一次离别都是轻松而充满暖意的。这一别，只有等到冬天过年的时候才能见面了。

楚天拉着穿着白裙子的小米兰的手，一直送我到故乡的车站，在车窗下和我挥别，眼里噙着泪水。火车缓缓开动了，我看见小米兰拼命地跑在前面，手里还握着一朵小花和我挥舞着，她奔跑的样子，比两年前更有力了。逆着午间的阳光，我看见她的另一只手也在抹着眼泪，楚天在后面追上她，把她一把抱在怀里，父女俩继续追赶着火车。我的眼泪在车窗里流，模糊的视线里，我看到一大一小的两个身影，一点一点消失不见，我期待冬天的雪花能快点飘落下来，那样的话，我们一家人又可以相聚了。

第八章

我们只是陌生人

从故乡回来，再重新走进"北漂"生活，需要从心底升起巨大的勇气。我提着那只红色的皮箱，一个人走出北京的站台，阳光暖暖地照在身上，这里要比故乡热上几度。在经过过街天桥时，身旁挤满了和我一样提着箱子的旅人，他们操着不同的方言，神情疲惫或者欢喜，他们要去哪里，我不知道，唯一相同的是，我们都想在这座城市里找寻梦想，哪怕日子过得漂泊无依。

那时我在心底里一遍遍地对自己说：这只不过是一场短暂的分别，相聚才是长久的，我得学会去过这种孤单的日子。有一天，离别故土的伤感，终能从未来那些扑面而来的日子里逐渐淡去。

我租的那间公寓在十六层，对面就能看见我曾就读大学的校区，和曾住过的那间位于十九层的宿舍阳台，一个人的时候，我喜欢坐在那里看风景。对面的阳台上经常会有三五个同学聊天，手上还在比比划划地指着远处，他们是不是也在指着那家水煮鱼餐厅？他们不时跳跃欢笑，就像薇薇、肖峰、阿昆、明子、小萌和我刚来时对未来的憧憬一样。两年过去，虽然物是人非，却还能想起当初大家一起对着夜空许下的誓言：青春不老，梦想万岁。

我搬来一把白色的靠背椅子放在阳台上，再搬来一张小书桌，上面放了几本书，拿起书的时候，其实还在想着那个阳台上，一会儿还会上映什么熟悉的场景，我是一个多么怀旧的人。

在我回来的第一个晚上，就给莫主编发去短信，告诉他："离职手续已办好。"他简单回复："好。明天来单位交。莫一鸣。"

从他编辑的短信里，就能看出他的性格：认真、谨慎、一丝不苟。连标点和姓名都一一署上，作为主编，已经把习惯带到了生活里。其实，真实的相处中，他并不是一个无趣的人。

第二天，在我把离职手续交到政治部的时候，正好碰见朱子和明丽从里面走出来。明丽把原来的一头长发剪到耳际，笑容明媚的和我打招呼："慧心，你回来了。赶紧去交吧。"

"好久不见。"朱子走过来拥抱着我，脸上挂着泪滴。

"你又怎么啦？"我问。

"交完这个离职表格，感觉孤苦伶仃的。"她说。

"我也是这样的感觉。"明丽双手抱着肩，倚在走廊的墙上和我说话。

"为什么有这样的感觉？"

"你想啊，曾经我们在电台都是有编制的，如今，我们只能签合同。"明丽说。

"那就签好了。"我说。

"可是，我们不是和电视台签。"朱子说。

"那和谁签？"

"一家人才派遣公司，电视台再和他们签。"

"啊？"我拿着表格愣在那里。

她们两个朝着我使劲儿地点着头，那一刻，我连走进政治部那扇门的力气都没有了。这哪里像在办理入职手续，就好像是一棵没有根基的树，从远方飘零到此处。换一句话说，我们的新单位并不乐于接纳我们，他们只把我们当做一个劳动力被派遣到这里而已。我的心瞬间有些后悔，可是故乡那边已经辞职了，走到这里，我们似乎已经毫无退路。

"慧心，要签就赶紧交离职手续吧。一会儿人多了。"明丽催促着我。

"交吧，反正已经这样了。"朱子说。

我在她们两个的注视下，才脚步沉重地走进那扇红木质地的门。交出离职手续的那一刻，就意味着我和故乡的电台再没瓜葛。在我走出政治部的时候，明丽和朱子还在走廊上等我，她们问我是不是有一种麻麻的感觉。

"麻麻的感觉？"我问。

"对于明天没有底了，我们在这里干不好被开掉后，我们能再去哪里呢？"明丽说。

"嗯。"前途瞬间变得暗淡起来。

那一刻，从走廊的窗口吹进来几缕清风，我把头转过去，迎向那风吹的方向，明丽和朱子也把头转过去，抬起脸沐浴在那缕清风中，我们像似一棵棵没有根基的草，风吹向哪里，哪里便是停留的地方。

"加油吧，来！"明丽把手伸过来和我、朱子分别击掌。

2007年9月16号，我们三个在电视台七层的走廊上，立下志向：梦想从这里升起，我们要凭借自己的力量，能在这座大楼里站稳脚跟，不被随意开除。对于家人，我们三个达成了一致的口径："我们正式成为电视台的一员啦！"

当我把这条编好的短信发给楚天时，他像预知了事实的真相一般回复到："大宝，无论怎样，我都会永远支持你！"我没有再回复给他，因为实在不知道该说什么。

进入到十月，元主编派给朱子一个武警缉毒的节目，明丽要去拍边防巡逻，我则被派去到北京香山脚下的一支步兵部队，拍摄狙击手的集训。临出发前，制片人召集大家和几位主编一起开了一个策划会，请每位导演都说说有什么设想。

这是我头一次见制片人，他叫纪春明，三十几岁，组里的人都喊他纪导。他个子不高也不低，梳着一个"板寸"，看上去十分年轻干练。他的眼神格外犀利，好像能随时洞察周围的一切，声音很低很沉，说话时常用肯定句和疑问句，举手投足间透着一股霸气，不过，他脸上的笑容却一直是温和的，我有点儿想象不出他在审片的时候，到底会有多么挑剔和严厉？

"慧心，一看就是东北女孩。"他上下打量我说。

"嗯，是。"

"只有自己在这边吗？"他问。

"对，爱人和孩子都还在老家。"我答。

"为了理想，都不容易。"他很同情我们的表情。

"组里女孩都结婚了吧？"他又问。

明丽和朱子相视笑笑，纪导也笑嘻嘻地望着她俩，朱子含羞地低下头，我还不明所以，明丽就先说话了："你看，我们仨，都来自地方台，慧心结婚了，就差我和朱子啦。"

"工作重要，爱情也不能丢。"纪导认真地说。他随意抓起摆在他面前茶几上的一把瓜子嗑了起来，接着说："好啦，说说选题的事儿吧。"

明丽做了一个细致的提纲，把要拍摄的要点逐一列了出来，主题是一定要拍出边防军人的苦，纪导不停地点着头，看上去十分满意。轮到朱子了，她手里也握着一个小本子，神情大方地表达，她的拍摄构想是想和缉毒官兵亲临一线，最好能拍到当场制服毒贩的画面。纪导嗑瓜子的速度慢了下来，突然，他把手里的几粒瓜子扔到桌子上，拍了拍手说："这个好，记者就要亲临一线，多展示现场，这是我们节目的根本。"他又转过头对莫主编说："老莫啊，以后没有现场的稿子，给导演退回去，做纪实节目哪能没有现场？"

"嗯，回头我再分头和导演们说。"

元主编突然想到了一个形容现场重要的绝佳的词儿，他拍了拍脑袋说："就像是两个人搞对象，总说甜言蜜语有什么用啊，得来点拥抱啊、亲吻啊，啥啥啥的，哈？"他一副色眯眯又滑稽的样子。

"这个比喻贴切。"纪导在一旁哈哈大笑。

轮到我阐述观点了，要命的是我基本没有准备，只是拿着一张空白的 A4 打印纸，手里握着一支笔等着做记录，纪导的脸突然一沉，笑脸不见了。

"慧心，没有准备，你开什么会啊？"他劈头盖脸的语气。

"我……"我试图解释。

莫主编见状立即给我解围，他语气和缓地说："慧心做的节目很不错，上一次《军犬离别的日子》收视率第一。"

纪导并没有因此而改变有些愤怒的神情，他直起身子接着说了这样一番话："打仗不能打无准备之仗，做节目就像打仗，导演就是将军，你都不知道如何布局，你打个狗屁仗啊？"

他越说越愤怒，抬起两只拳头把茶几砸得咚咚直响。对于这突如其来的转变，我还不能立即适应，想解释却又说不出话，那一刻，我只能拼命地咬紧嘴唇，把头埋得低低的。工作这么久以来，这是我第一次被领导骂，不争气的眼泪也扑簌簌地直往下落。坐在一旁的朱子立即说："慧心刚来，不知道开会要准备提纲。"

莫主编也立即接过这个话茬儿说："怪我，我应该早和她说的。"

元主编见状，他立即把鞋子脱下来，两条腿盘在沙发上，半眯着眼睛，嘴里念念有词，然后抬起右手做了"善哉善哉"的动作，静静地等待着什么。坐在一旁的纪导看着他这副样子，瞬间被他逗乐了，他最后在那张玻璃茶几上又重重地砸了一下拳头，站起身朝外走，走到门口又转过来头说："行，多的不说了，我看最后的结果。"

元主编这才睁开眼睛说："慧心啊，老衲只能帮你这一次啦。"说完站起身来哈哈大笑地拍着我。

明丽和朱子也赶紧拿出纸巾帮我擦眼泪，明丽说："他就那样，这里每个人都被骂过，你要知道，他是处女座，就是要求完美，太挑剔，习惯就好了。"

"嗯。"我点着头。

那天，我像一只受伤的小鸟，想腾空起飞，却全身无力，我在自己的那间小隔断里，呆呆地坐了许久。不知什么时候，莫主编的声音从身后传来："慧心？"

我转身回过头，看见他正倚在门口抽烟，手里还端着那个精致的银色烟盒，把落下的烟灰都轻轻弹到那里，目光里透着温和与安慰。

"小事儿，以后只要是开会，就得准备，万一需要发言呢。"

"现在即便说了想法，到了现场还会改。"我说。

"那不一样，有了基础，改也会改得更好。"

莫主编接着给我讲起发生在一位女导演身上的故事，他说她就是太随意了，到了部队这也组织拍摄，那也组织拍摄，一天动用了三百多号兵，所有新式武器逐个拍个遍，拍到晚上才发现没有人物，得重新再拍。部队一听不干了，就连夜打电话给纪导，说那个导演工作能力太低，后来，栏目领导再和她谈过话后，她自己主动交了辞职信。

"这说明一个什么问题，你说？"莫主编问我。

"拍摄要有准备。"我答。

"嗯，工作也好，生活也好，做好最充足准备的那个人，获得成功的可能才会大一些。"

那天和莫主编聊完天儿，感觉心情平静了许多，他给我讲述的那个女导演，怎么听着都像许久不联系的武一导演，不过，无论是不是她，他的这番善意的提醒，让我感觉他更像一位朋友。

晚上，我又独自一个人在阳台上乘凉，看见对面十九层的宿舍阳台上，一个男人正双手扶在栏杆上，抬头仰望暗蓝的夜空。他看上去三十几岁，应该也是来读研究生的学生，夜色太重看不清面庞，但可以看出颇有着几分艺术气质。那天他穿了一件白色衬衫，胸前的几颗纽扣是解开的，露出了里面的一根红色线绳，头发凌乱，手上正燃着一支烟，微红的火花在晚风里忽明忽暗。他好像感觉有人在偷看他，突然朝我阳台的方向看了一眼，我赶紧把目光移开，迅速关上了阳台上的灯，躲在窗帘后看见他又在仰望夜空了。

躺在床上的时候，我在想，是不是来北京的人，无论是男是女，时间久了，都会生出几分忧郁的气质。这座城市在给人梦想的同时，也把压力和茫然一起给了你。

我和摄像东子约好第二天早上七点到单位集合，我们得取机器、做登记，还要拿带子，八点整部队的车就会准时在门口接我们。

我早上五点钟出门的时候，天空还是暗黑的，没有透出一丝光亮。那时候我就想楚天若在我身旁，一定会紧牵着我的手送我到路口，不会像此刻这样快步地提着皮箱，狼狈地跑，生怕有人突然蹿出来。在跑过小区大门口的时候，我已经累得上气不接下气了，可是等了快有二十分钟，也没有一辆出租车经过，我不停地看着手表，眼看就要来不及了。

正在这时，从小区对面的校园里开出了一辆白色的轿车，在经过我身旁的时候，突然按响了喇叭。我低下头看着车窗被缓缓摇下来，一位穿着白色衬衫的男士，正手扶着方向盘歪着脑袋和我说话："赶时间吗，去哪里，我顺路的话送你。"

"去北二环。我给你钱。"我迫不及待的样子。

"上车吧。"

如果换在平时，一般遇到陌生人我的提防性极高，在公共场合有人过来主动搭腔问路，我都显得小心翼翼，唯恐避之不及。而眼前这个同样是陌生人，我却没有因此而感到害怕，直觉告诉我，这个人并不危险。

我拉开后面的车门，先把红色皮箱放上去，跟着也坐在了后排的座位上。他瞬间启动了车子，好像也不打算和我搭腔，接着随手旋开 CD 按钮，一首老歌缓缓地从回忆里流淌了出来：

I had a dream

Strange it may seems

It was my perfect day

Open my eyes

I realize

This is my perfect day

……

是肖峰曾经唱过的那首《Never grow old》，怎么会是这首歌？单凭他也喜欢这一点，我就感觉他也如故人一般亲切，我竟主动开口问他："你也喜欢这一首？"

他专注地开车并不答话。清晨的光线透过车窗照进来，让我看清楚了他的轮廓，白色衬衫，头发凌乱，脖子上也挂着一条红色线绳，难道他是……是对面宿舍阳台上……对，我忽然想起来了，他就是昨天晚上我看见的那位，在阳台上孤单仰望夜空的男子，我看他的时候，他正好把头转向我的阳台，像似发现了我，我才匆匆地关掉了阳台的灯。

正在这时我的电话响了，是楚天打来的，他问我这么早起来是不是有车，害不害怕，现在在哪里？我支支吾吾地答："有车啊，这边天已经亮了。"

"坐出租车吗？"他又问。

"哦。"

"车号告诉我，如果到了单位接不到你电话，我好报警。"他认真地说。

"算了吧，哪有那么多坏人？"我说。

"快点儿，车号多少？"他焦急地问。

正在我左右矛盾的时候，在前面开车的那位"故人"突然转过头对我说："告诉他车号是京A38986。"

我把车号读给楚天，他认真地记下才挂了电话。"故人"的车开得很稳，连转弯的时候都感觉很轻盈，车子里没有一点晃动，一路上他一直循环播放那首《Never grow old》。不到二十分钟，就把我送到了单位的门口，在他停稳了车后说："到了，下车吧。"

"我叫沈慧心，谢谢你送我。"我说。

"不用谢！"

他竟然没有介绍他自己，也没有下车帮我拿皮箱的意思，而是专注地看我拿完东西，然后抬起眼睛对我说了句："好的，沈慧心，再见！"

他竟然不到一分钟就记住了我的名字。"你等一等。"我终于想起什么，连忙从皮包里掏出五十元钱递给他。

他笑笑，把钱顺势接过去说："好吧，谢谢你光顾生意。"然后轻踩油门，飞驶而去。

奇怪的是，这一次普通的相遇，我却在脑子里反反复复地想了又想，他住在我曾住过的十九层的宿舍里，他仰望夜空的那个大阳台，留存着我许多青春的回忆。如今他又变成了我的邻居，在我需要的时候突然出现，他也喜欢我曾喜欢的歌《Never grow old》，这一切是多么的奇妙？或者，世界本来并不大，人生何处不相逢？我总有一种预感，我们以后还会再相遇。

这一次陪我去拍摄的摄像是东子，听说他是栏目里的金牌摄像，他的画面唯美至极，几乎不用填解说词，就能把你想要表达的展现出来。起初，我并不相信天底下竟会有如此牛人，可是在我们到达狙击手集训队的第一天，我不得不相信了。

狙击手集训队一共有六十几人，都是从全军部队挑选出的精英，本来整个集训过程全是封闭的，但因为我们是军事记者，才被特批来这里拍摄。负责集训队的教官叫陈大羽，人长得十分干瘦，个子一米七五的样子，眼睛很小，像黑暗中的小老鼠放出的一对机灵的光。令我没想到的是，和他第一次见面竟差点儿起了冲突。

摄像东子十分勤快，他手里的摄像镜头，好像比别人的多长出了鼻子和眼睛，总能准确地嗅到和看到值得记录的东西。那天在射击训练场，一名狙击手在练习瞄准的时候，身子稍微晃动了一下，就被陈大羽劈头盖脸地骂道："动什么动，只有四十分钟就坚持不住了？"

那一天，天气格外酷热，下午两点钟，正是地表温度最高的时候，足有 40 度。狙击手们全部卧在一座小山的沙地上，右手的胳膊肘挂在滚烫的沙粒上，已经被磨掉了皮，汗珠顺着迷彩帽滑落在狙击枪的瞄准镜上。此刻，太阳在头顶就像一个火炉，都快把他们烤干了，身体稍微晃动一下，在我看来是再正常不过的反应，却不曾想会被教官骂。东子用镜头记录下了这个细节，却被陈大羽发现了，他快步走向东子，用手里的文件夹重重地拍打着他的摄像机，并用一样严厉的语气训斥着我们："拍什么拍，我们不是演员，也不想上什么电视？"

东子并没有因此感到意外，他手里的机器始终没有关机，连陈教官的这番话也被记录在了镜头里。我站在一旁也觉得他有些过分，就理直气壮地说："如果你们心理素质过关，根本就不必害怕被拍。"

"都是狙击精英，心理素质当然过关。"他大声回答我。

"那你怕什么？"我继续追问。

"我……"他终于语塞了。

为了避免尴尬的气氛持续太久，陈大羽竟主动走开了，对于我们的拍摄，也是睁一只眼闭一只眼了。我在心底暗自高兴，却又不知道他葫芦里卖的什么药，说不定这一切只是缓兵之计。东子好像能够洞察出我的想法，他朝我挤了一下眼睛，就迅速地扛起摄像机朝山下跑去了。

很快，东子就消失在一座小山的背后了，一蓬蓬浓密的枯草，遮挡住了我正搜寻他的视线，我一个人站在原地左顾右盼。这时站在一旁的陈大羽突然说话了："你这个导演怎么当的，摄像都管不了？"我知道他一定是在报刚才我回击他的"一箭之仇"。

我翻了一下眼睛，不想理他，就坐在一位狙击手的身旁，看见他握枪的手已经隐约地开始晃动，脸上的肌肉正微微抽动着，一滴正落下的汗珠砸在了狙击枪的准星上。这一幕显然也被教官陈大羽看在了眼里，他的脚步停在狙击手的眼前，厉声地说："如果你现在放弃，那么之前的努力就全部白费，你还得重新来过。"

这句话像似给那位狙击手打了一针强心剂，他的目光重新变得犀利起来，脸上的肌肉痛苦地扭成一团。那一刻，我不再去想摄像东子去了哪里，而是一边看着腕上的手表，一边盯着这位狙击手，我倒想看一看，他究竟还能坚持多久。教官陈大羽的一句话，总不会把他变成一尊雕像吧？说实话，我根本不相信所谓的"精神胜利法"，我只相信我的眼睛所看到的现实。

可是，你知道当眼睛盯着一个东西很久的时候，困倦就会趁机袭来，虽然那天我头上戴着一顶翻边儿的白色遮阳帽，但在午后阳光的炙烤下，根本不起任何作用。渐渐地，我感觉脸颊有些发烫，甚至带着些微微的灼痛感，滚烫的沙粒就像一颗颗被烤红的木炭，透过我穿的牛仔裤蒸烤过来，热浪在我衣服里四处滚动。如果那时天空能飘下来一场雨，我和正趴在地上训练的狙击手们，一定都会冒起了烟，这绝没有一点儿夸张的成分。

"还有多少分钟可以停下来？"我抬头问陈大羽。

没想到，他竟理也不理我，把我晾到了一边儿，只听见他的声音在一片太阳光里回荡："敌人就是你自己，战胜了自己，就意味着战胜了敌人。"

那一刻，我简直气愤极了，真想站起来怒斥他一顿，他到底有什么了不起？就只会来来回回地走着、看着，他就只会练别人，自己到底有什么本事？突然，就在我想把目光从他身上移到腕上的手表时，只觉得眼前一黑，隐约中，我好像听见了一个声音在呼唤着我："沈慧心，你说你为什么要偷窥我？"

我拼命想睁开眼睛，却根本睁不开，只隐约看见一个黑影在我眼前晃来晃去，我去抓他又抓不到。终于想起来了，他就是早上送我出门的那个陌生男子，我只有用声音去回应他："谁偷窥你了？是你刚好看见我。"我争辩着，一遍两遍三遍……

"慧心，醒醒！"

这回我听见了东子的声音，我试着缓缓睁开了眼睛，他坐在我的床头边。坐在他旁边的是一位穿白大褂的年轻军医，他说："你晕倒了，怎么还做着梦？"说完他张开嘴笑着。

"我嘛，我怎么可能晕倒？"我问。

"别说你，战士们训练虚脱也是常有的事儿。"军医说。

我这才想起来问东子，他到底跑哪里去了，把我一个人丢在那位飞扬跋扈的教官身边。还没等我开口，东子把小板凳往我床前搬了一下说："我到更高的那座小山上去拍大景了。"他露出两颗兔子牙，十分可爱。

"那个人呢？"我问。

"带狙击手们去跑山了。"

"跑什么山？"

"听说叫笨蛋山，谁跑不上去谁就是笨蛋。"

"哈哈……"我笑得前仰后合，然后迅速从床上跳到地上，弓着身子准备穿鞋。

东子拦住了我说："哪儿都别去，还是我去。"

"我也去。"我倔强地说。

"现在还不行。"他命令着我。

我被东子重新扶到了床上，抬眼看了一下手表，时间是下午的五点多钟，这么说，我刚刚昏睡了两三个小时，而那个疯教官还在带着狙击手们训练，我简直不可思议。

"放心吧，该拍的我全拍了，就差笨蛋山那边。"东子说完穿上椅子上的一件黑色冲锋衣就出门了。

军医也把门轻轻带上出去了，我还是偷偷地溜下了床，拉开门看见长长的走廊上，只有一片黄昏的光落在地面上，像一面光亮的镜子。我踮着脚穿过了那条一半暗黑一半光亮的走廊，可是出口的地方并不是我熟悉的招待所的大门，而是一个侧门。走出去刚好看见一个废弃的操场，那里空无一人，只有几片叶子夹着地上的沙土飞扬起来。远处是一排排绿色的靶子，下面有许多弹壳散落着，我走过去捡起了一枚放在手心儿里看，弹壳是金黄色的，很亮，看得出是刚从枪膛里打出来不久，那么这又是谁打得呢，这里究竟是哪儿？

正在我拿着弹壳思忖着，电话响了，我以为是楚天，迫切地对他说："楚天，每次我最需要你的时候，你总会把电话打来。"我热切地等着他对我说的话。

"沈慧心，听得出来我是谁吗？"

"你是……"

那个声音冷峻、干脆，又有些陌生，更多的是神秘，不过我知道我一定听过。是他？我脑海里迅速想起了对面宿舍十九层楼上，在夜色中看星空的男子，早上还用车送过我的人，是他吧？不，怎么会呢，我们根本没有留过电话，或者，我是不是又在做梦，这个神秘的地方和这个神秘的电话，都一定是在梦境中出现才对，它并不是真实的。

"沈慧心吗？"电话那端他在追问着。

"对不起，你打错号码了。"我说。

我挂上电话飞速地朝来时的那条走廊跑去，可是我根本找不到自己的房间，拉开每一扇门，都是一张张空空的行军床，和上面几个叠得整整齐齐的"豆腐块"，房间里飘散着一股汗酸味儿。我又跑上了二楼，窗外突然响了几声惊雷，把黑黑的走廊震得轰轰响，声控灯忽明忽暗，我想起了曾经看过的许多奇幻电影，这个神秘的军营，怎么会这么蹊跷？

突然之间连一个人影儿都没有了，我伸出脑袋去看楼下站岗的哨兵，哨位上只有一个穿着迷彩服的稻草人，我找不到任何人，这些本是故事里的情景，就这样真真实实的被我目睹着，我下意识地掐了一下自己的手臂，果然很痛，这当然不是梦，我又抬起腿朝楼下跑去，或者，离开这座空空的大楼，我就不会再害怕了。

我跑到了一层，再次看见了那条暗黑的走廊，由于我根本分不清楚方向，所以随便找了一个方向跑过去。在我找到出口的时候，竟崩溃地发现还是那个废弃的操场，远处一排排绿色的靶子在被风吹起时，上面的靶纸啪啪作响，散落在地上的弹壳在风里滚来滚去，像似突然长出了脚，而我的背后竟还是是一座空无一人的大楼……

害怕和恐惧正一点一点向我袭来，我迅速拿出电话给楚天拨了过去，可是电话里只是一阵忙音，楚天到底在干嘛，人家出差也不问候一声。我又给东子打过去却是无人接听，世界此刻安静得就像只剩下我自己，我渴望听见熟悉的声音，哪怕我们是陌生人都没有关系。我在通讯录里看见了莫主编的名字，对，我应该打给他，问问他该怎么办，毕竟他是我的主编。

夜晚的风吹过来，带着丝丝清冷，不一会儿，那场我下午在训练场期待飘来的大雨，却在这个时候降临了。我站在那个侧门的过道上，背后是黑黑的走廊，正面是滂沱的带着蓝色亮光的雨。莫主编的电话也没有人接听，那一刻，我要哭了，我迅速地又翻看着电话，终于看见了一个已接来电，我随手拨了过去，令我没有想到的是，电话那端竟有人接起来。

"你终于肯打过来了，沈慧心。"他说。

"是你。"我蹙着眉毛。

"你在做什么？怎么感觉从一个遥远的地方打来。"他说。

"你怎么会有我电话？"我问。

"这个不重要。怎么感觉你的声音怪怪的，你还好吗？"他的语气里透着关切。

"你找我有什么事儿吗？"我问。

"嗯，你什么时候回来？"他问。

我最讨厌别人故弄玄虚的语气，总是以一个什么样的借口，来牵着你等着他，我才不会这么傻，这个人一定是情场高手，或者是无聊透顶，千方百计找到了我的电话，他以为我是随便搭讪，就能很快结交成朋友的人吗？

"对不起，我们还不认识。"我说。

"我叫白若辰。"他介绍着。

"为什么要找到我？"我问。

"因为你是沈慧心。"他说得我一头雾水。

"我们只是陌生人。"我说。

"陌生人不全是恶意的。"他说。

可能是太累的缘故，我慢慢地蹲下身子，听着他的电话，管他是不是陌生人，有什么用意，起码这一刻，我是有人陪伴的，原来我是一个多么脆弱胆小又意志力差的人。这一刻，我更需要楚天，可是他不在我身旁，白若辰却像从天边坠落的一颗星辰，在我最无助的时候，在电话另一端，能让我听见一个人温暖的声音。

"好吧，我暂且相信你没有恶意。你知道我现在的处境十分危险。"我说。

"怎么呢？"

我把之前经历的一五一十地讲给他听，他竟在电话里哈哈大笑："你这么有想象力。你的心境什么样，周围的环境就是什么样？"

"我该怎么办，我根本找不到出口。"

"原来你这么胆小。"他竟然敢继续嘲笑我。

就在我想用言语回击他的时候，电话突然没有电了，连最后一个陌生的声音都消失不见了，什么若辰，分明就是一颗流星，还没看清楚它的模样就匆匆滑落了，他应该叫流星，想到这里，我忍不住笑了。就在这时，从我身后突然传来了一阵整齐的脚步声，我转过身，看见大部队汗流浃背地走进来，我一眼就看见了陈大羽。

"喂！你们去哪里了？"我质问他。

"全体休息。"他的命令在走廊里回荡着。

见他不理我，我就又追了上去，挡在了他的面前，对他说："哎，我在问你话。"

他一只手推开我，仍自顾自地前进，在走到一个房间的时候，他突然蹿进去，并立即反锁了门。我使劲儿地敲着那扇门，边敲边大声地喊："就知道躲起来，我看敌人来的时候，你到底躲不躲？"

走廊的尽头，我看见东子也大汗淋漓地扛着机器回来了，他的脸上雨水和着泥水，整个一个泥人儿，只有笑起来牙齿是白白的。他走到我跟前说："刚才部队在紧急拉动，我们登的那座笨蛋山可远了，本来早该回来的，天下了雨，车子抛锚了，我就拍狙击手们在雨中推车，那个镜头棒极了！"

东子对镜头的热爱是出自骨子里的，单凭这一点，我想许多摄像都很难超越他，因为他可以牺牲一切去拍一个节目。听说中国的大部分版图上都留有他的足迹，所以一年到头他四海为家，三十几岁了，也没时间交女朋友，额角上已经开始冒出白发了。能和他合作这一期节目，是我莫大的荣幸，看着他脸上淌下来黑黑的汗，我的眼睛竟然湿了。这期节目，无论多累多难，我都不要再退缩，这个陈大羽，我是拍定了。

狙击手训练的那座山上，白天热，夜晚冷，和北京的市区相比，住在这里的最大好处就是，晚上的时候抬头就可以看见闪着光的星星，像小时候在乡下奶奶家看见的一样。那天站在阳台上，我会情不自禁地想起一个名字：白若辰，这个仿佛从另一个星球来的"陌生人"，怎么会和我的生活联系在了一起？头顶上那些闪着光的星星，像在对我说："这根本没有什么稀奇的，住在地球上的我们，认识一个新的朋友并不是什么新鲜事，别管他来自哪里，谁和谁又不是从陌生到熟悉呢？"

晚上我回到房间里，立刻把手机充上了电，生怕会错过楚天打来的电话。我们果然心有灵犀，就在我想拨给他的时候，楚天的电话也在这一刻响起来了。

"你知不知道我刚刚都要吓死了？"我和他撒娇着说。

"慧心，听我说，立即回来，好不好？"他的语气十分急促。

"发生什么事了？"我问。

"我很累，既要上节目，又要管小米兰，妈最近又病着，更糟糕的是，最近我总睡不着觉。"他的声音里夹杂着疲倦。

"去医院看了吗？"我问。

"不想去，可能是我精神太紧张了。"

"可是我还没有拍完节目。"我说。

电话那端先是一阵沉默，然后我能听见楚天沉沉的叹息声，不用看我就知道他的脸色一定很阴沉，或许他现在连胡子都没有刮，衬衫也没有换，就靠在沙发上给我打电话。过了一会儿，还是我先开口说话。"不然，等拍完这个节目，我就请假，好吗？"我说。

"好吧，你尽快。"楚天匆匆挂断了电话。

楚天是一个十分独立的人，没有迫不得已的情况，他是不会这样突然让我回去的，可是我怎么也不能丢下工作先跑回家吧，事情也不至于到了那个紧急的地步。我心里既惦念着他和小米兰，又想赶紧拍完节目。

我把想拍陈大羽的想法告诉了东子，没想到我俩竟想到一起了，他说："电视就像读小说，越有矛盾越好看。陈教官的身上多有戏啊。"

东子拿着镜头纸轻轻地哈上一口气，使劲儿地擦起镜头来，那股子劲头好像不拍出点儿什么决不罢休似的。

"可是记录他怎么也得一段时间。"我在一旁唉声叹气。

"着急什么啊？纪录片就得花时间啊。"

"可是……"

"可是什么？"他问。

"哦……"

东子根本不知道我到底要表达什么意思，算了，和他说也解决不了任何问题。我把下午看到的那个废弃的操场，声情并茂地描述给他听，没想到的是，他的神情像是在听一部侦探小说，十分入神，眼珠不停地咕噜咕噜地转。

"太好了，这种神秘的环境是构成故事的绝佳表达！"东子显得十分兴奋。他立即给我使了一个眼色，说完又随手拿起了机器，我了解他的个性，他想现在就让我带他去那个神秘的地方。

"现在？"我抬头给他指了一下腕上的手表，已经快晚上十点了。

"走吧。"他不由分说地走在了前面。

下午那条暗黑的走廊，到了夜里更是漆黑一片，好在有东子走在前面，我就不那么害怕了。十点钟，军营里已经吹了熄灯号了，每一扇窗子都是黑洞洞的，我凭着记忆找到了那个侧门，可是它只是一扇透明的玻璃窗，那个白天看到的操场，晚上怎么突然不见了。

"还是回去吧。"我在后面催促着。

"一定还有门通向操场，我们去问一下门口的哨兵。"东子迅速地向前面一个哨位跑去，把我留在原地。

远处有一束灯光照过来，我下意识地抬起头去看又看不清，他朝我走过来，脚步飞快，像发现了一个可疑的目标，他把手电筒冲我上下摇晃着，我立即大喊着："东子，东子！"

"大半夜的喊什么喊？"我听出来了，是陈大羽。

"你这个记者真奇怪，不是晕倒，就是侦察，你到底要干什么？"他把手电筒照在我脸上，像在逼问着一个敌人。

"你才奇怪呢，你有什么权利干涉我的自由？"我说。

"难怪你不是军人！"他竟然这么说。

"是军人像你这样也没什么了不起！"我不屑一顾。

东子终于跑过来了，看见我和陈大羽又在掐架，赶紧挡在我们中间和陈教官客气地解释着："嗯，没事，我们出来透透气，商量一下明天要拍的内容。"

陈大羽的突然出现，让我和东子的计划泡了汤，他劝我们赶紧回去睡，部队没准儿什么时候又紧急拉动，哨音一响，到时候想睡都睡不成了。他是好心，可是我却偏偏不领情，我拉着东子朝外面走去，东子只能回过半边儿脸冲他不好意思地笑了笑。

当晚值夜岗的哨兵在晚风里站得笔直，还没走近，我就和东子打赌，没准那根本就是一个稻草人在装着样子糊弄人，我走过去上前就朝"他"挥了一拳，那人竟突然开口说话了，吓得我立即藏到了东子的身后。

"沈导，不好意思，吓到你了，下午练据枪的时候，你就坐在我旁边。"

"哦，是你啊，你怎么站得那么直啊。"我嗔怪着说。

他用手扶了一下头盔憨笑着。聊天中我才知道，他当狙击手已经有三年了，是陈大羽手把手带出来的徒弟。这次集训，都是从全军特种部队里抽调出来的狙击精英，但每个月底都要淘汰一批，最后只留下二十个人，简直是百里挑一啊。

"你的陈教官真不招人喜欢，教官没有被淘汰吗？"我问。

"哈，其实他人不坏，就是压力太大，来了快两个月了，谁也不想打背包回去，他忍心淘汰谁啊？"

"最近一次淘汰是在……"东子问。

"明天。"他说。

"你叫什么？"我问。

"赵成金。"他答。

赵成金说的这个淘汰赛，勾起了我的兴趣，我问他到时会有什么样的场面，他脱口说出了一个词儿：残酷。他所在的部队一共选上了两名狙击手来这儿集训，不过，在不久前的一次淘汰赛中，他的老班长寇瑞瑞却出局了。送他走的那天，他俩都哭了，老班长最后只留下一句话："坚持到最后，你要替我留下来。"

说完这话，赵成金从迷彩服的上衣口袋里，掏出了一个红色的小本子，随手递给了我，它只有普通日记本一半儿的大小，不过看上去却很厚。我打开了第一页，上面写着"狙击手日记"五个字，下面的落款是寇瑞瑞。到这一刻，我才知道，来这儿集训的每个人，都有一本这样的日记，上面记载着狙击手训练的点滴。在那上面我看见了几个关键词：风速，呼吸，弹着点，太阳的位置。寇瑞瑞在这本狙击日记的最后一页这样写道："本想留下来，却没能如愿，让我的兄弟赵成金继续记录吧。"

我和东子交换了一下眼神，或许，明天的淘汰赛，会有许多精彩的亮点，狙击手无论是留下还是离开，都是推动故事发展的要素。那一夜，我激动得难以入眠，白天发生的事像过电影一样在我脑海里播放着，白若辰这个陌生人的名字，好像已经很久远了，就像隔了一个世纪那么长。

最有戏剧性的一幕，真的像小说一样在生活中上演了，但却是我和东子都不希望看到的结局。在第二天的淘汰赛中，赵成金意外地提前出局了，宣布成绩的时候，我看见他正低着头，手里拿着一根草棍儿在翻动地上的泥土，显得有些失意。

东子把镜头对准了他，他抬起脸冲着我们点了一下头，神情十分低落，我并没有上前安慰他，而是站起身朝不远处的陈教官走去，他手上拿着成绩册，手里拿着一支笔在划淘汰人员的名字，我一把抢过成绩册说："我可以看看吗？"

他顺手递给了我，他脸上罩着一副黑色的墨镜，但我能感觉出他内心的矛盾，曾经那个满身长刺的狙击手集训队的教官，这一刻终于沉默了。赵成金是他大老远从河北驻地亲手挑选出来的，他的心理素质和狙击技能都属上乘，何况寇瑞瑞已经被淘汰出局了，陈大羽把所有的希望都寄托在赵成金的身上，还剩下最后两轮的淘汰，他怎么就在这时出了状况呢？

那本成绩册是陈大羽天天拿在手上的，每次狙击手在打枪的时候，他就两只手背到身子后面，其中一只手拿着它，据枪训练他照旧是这个姿势，在狙击手的身后走来走去，看谁偷懒了，就随手把成绩册卷成一个筒状去敲他们的脑袋。这本成绩册，无论对他还是对这些洒下汗水的狙击队员，都意味着捍卫荣誉的艰辛历程，对他们而言，更是掌握他们生死大权的"生死簿"。

我查看了一下赵成金的排名，三个月下来，他的成绩没有跌破10名之外，十分稳定，这一次，怎么可以突然排到了第38名，就像股市的大盘，从高点一下子滑落到谷底，别说对他和陈大羽，对我和东子来讲，也是无论如何不能接受的。

"你应该问问他究竟是怎么回事？"我对陈大羽说。

"不用问，狙击手的心理变化，哪怕你呼吸重了一口气，可能都会影响成绩，我们的任务是一枪毙命，你懂吗？"他又拿出原来的气势和我说话。

"我虽然不懂，可是决定成绩的要素不光全是人吧，没有客观因素吗？"

我的这句话倒是提醒了他，他先是愣了一下神儿，而后迅速地朝赵成金走去，我和东子也小跑着跟了过去，东子顺势打开了机器。走到赵成金跟前的时候，赵成金站起身来用目光迎接着他，陈大羽二话不说，捡起了放在赵成金身旁的那把狙击枪，然后快速走到靶位边上，伸出右手，示意旁边的供弹员给他几发弹，接着迅速挂上了弹夹，瞄准，击发。在打完最后一枪时，他把枪扔在了地上，朝二百米外的目标靶跑去。

我和东子把机位架在射击地线上，东子用了长焦镜头，把远处陈大羽看靶纸的镜头拍摄得十分清晰。他右手托着腮帮，目光聚焦在被子弹穿过的墨绿色靶纸上，接着又用手在上面丈量着距离。在沉思了片刻后，他突然转过身朝我们走过来，脸上的神情不再是之前的低落，而好像是带回了一个新的发现，黑色高腰的陆战靴在镜头里显得格外威武。

"我判断是枪的问题。"他走过来对我说。

陈大羽说这话的时候，语气十分肯定，那双黑亮的小眼睛顿时又冒出了希望之光。他立即掏出手机给生产 88 狙击枪的厂家打了电话，让厂里的工程师下午就赶来山上，他的态度十分恳切，近乎有点哀求的意思说道："我刚才试打过了，弹道偏得很远，这关系着一名狙击手的荣誉，请一定赶过来，拜托了。"

挂上电话之后，我问他："怎么这么确定，难道每次打枪之前不检查一下吗？"

他先是沉默了一会儿，然后抬起头，目光坚定地看着我说："是枪的问题，我有把握。"

中午在食堂里，我们没有看见陈大羽，赵成金匆匆吃了几口饭后就朝外走去，我和东子也追了出来。我们三个走在一个山坡上，那里是他们每天练习据枪的地方，一路上，赵成金不发一言，他走得很慢，似乎要记住这片洒下他和班长寇瑞瑞汗水的训练场。

"或许还有希望。"我一边走一边说。

"不可能再打一次。"他说。

"有可能是枪的问题啊。"我又说。

这句话让他停住了脚步，他用手把迷彩帽抬了一下，稍缓了一下说："今天打枪确实感觉不一样，里面的枪机反应十分迟缓，我的扳机扣出去了，可是子弹半天才飞出去。"

"你为什么不对陈教官讲？"东子问。

"不想让其他人怀疑他的公正，我是他带出来的，我打不好，不可以找太多的理由。"

"你这都是什么逻辑？"我哑然一笑。

赵成金蹲坐在了地上，看着远处的笨蛋山，他突然回头对我说："你们能帮我一个忙吗？"

"如果真是枪的问题，你完全可以留下来。"我说。

"不是，我想借用你们的镜头，和教官说几句话。"

"这个不难，当然可以。"东子把机器对好了焦。

他把迷彩服的领子整理了一下，又调整了一下面部表情，对着我们的镜头说了下面的话：

"其实，我知道你的腰不好，站久了，就会痛很久，我们练习据枪时，你都不肯坐在一旁休息，我对不起你……"

赵成金说着泣不成声，他用帽子把脸遮起来，整个人不停地抽搐着，直到这一刻，我才有些了解陈大羽了，他的冷漠背后，或许也有一颗柔软的心，只有懂他的人才能体会，赵成金算一个。被他感染，我突然萌发了一个想法，这部片子，就以赵成金的视角来讲述陈大羽和他的狙击手集训队，因为和他相比，我们对陈大羽的了解太片面了，那样对他不公平。

下午的时候，生产88狙击步枪的厂家工程师来了，检验的结果和陈大羽判断的一致，枪机受损，导致子弹偏离弹道轨迹。所以，赵成金可以重新再打一次证明自己，而他的成绩不负众望，排在了四十几名队员的第3名，赵成金还是从前那个赵成金。我第一次看见陈大羽笑了，在夕阳的剪影下，那个笑容那么深刻。

从那之后，我和东子每天都和集训队的队员们一起出早操、吃饭、训练、拉动，唯一的不同，就是他们穿着军装，带着枪，我们穿着不带军衔的迷彩，拿着机器。训练间隙的时候，陈大羽会捡来许多废弹壳给我，他说："来，送给你，做个纪念。"

"这么多弹壳，我用来做什么？"我问。

"做一个弹壳风铃吧。"他说。

"风铃？"

"嗯。"

我脑海里突然想象出一幅画面，当这串弹壳风铃挂在故乡的窗口，发出叮叮当当清脆声响的时候，小米兰会抬起那双灵动的大眼睛，看着它在风里摇曳，然后伸出小手再一次拨动它，就像听见来自远方妈妈的思念。躺在病床上的婆婆，在听到这声响的时候，心情会不会舒缓一些，伴着节奏唱那一首她最喜欢唱的《明天更美好》？

训练间隙，我拨了一个电话给楚天，想问一问他好些了没有，可是电话始终是无法接听的状态。我又打电话给爸妈，他们都说楚天有一周没有来了，小米兰倒打过两次电话，他们嘱咐我只要安心工作就行了，应该没什么大事。

很快，狙击手的训练进入了白热化，他们开始练习远距离目标射击，三百米，五百米，六百米，八百米。当我用望远镜看见远处山上那些目标靶：钢板、玻璃、盘子、瓶盖，在被打中飞起的那一瞬间，背后依托的岩体也被打穿了，不断地冒起黄黑色的烟，把葱郁的山林笼罩成了一个战场。我一边惊叹我身旁的狙击手瞬间能把子弹打到那么远那么准的本领，一边在倾听由子弹连起的音响里，那一种凄零而残酷的美。

最后一天淘汰赛后，赵成金终于圆了老班长寇瑞瑞的梦想，他被留下来了。我们的拍摄也即将结束。正在队员们对着我们的镜头，泪流满面地讲述这一路的感动和艰辛时，我和东子却找不到陈大羽了，东子用胳膊肘碰了我一下，我沿着他的目光，看到远处的那座"笨蛋山"上，陈大羽正一个人背着枪孤独地跑着，这是他在向这片他们训练了三个月的大山，做一种特殊的告别，这一刻，我们没有再打扰他。

在我和东子收拾好背包，准备离开的时候，赵成金来了，他说带我们去一个地方，我和东子对视了一眼，似乎明白他要带我们去哪里。在又一次经过那条暗黑的走廊时，我问赵成金："明明我也住在这栋大楼里，白天怎么就找不到那个侧门？"

他笑了一下说："那里有一个机关，不启动它的时候，在走廊外面呈现的是一个透明的玻璃窗。"

"哦？"我和东子都睁大了眼睛。

"晚上，我们按照特殊的信号在操场集合，进行夜间狙击训练，打出的子弹都是无声的，所以，你们根本无从察觉。"

我也轻轻地按下那个黑色的像一颗纽扣的机关，很快，像舞台的幕布一般，白色的玻璃窗瞬间被升起，拉下来是那扇我曾经见过的侧门，紧接着，那个神秘的操场就出现在我和东子的面前了。我看见远处的靶位下，依然零散着许多冒着烟的弹壳，东子迅速把机器开机，准备记录下这个场景，却被赵成金拦住了。"给我们保留一些空间吧，不然，就不神秘了。"他说完咧嘴笑笑。

"怎么不早告诉我？是他不让吗？"我问。

"他说得对，没有必要，毕竟我们不是演员。"

"那我们是朋友吗？"

"当然，我会记住你们。"

离开的时候，赵成金汗流浃背地从大楼里跑出来，手上晃动着一个弹壳风铃，他一边跑着，一边在风里挥舞着给我看。走到跟前的时候，他递给我："是我们陈教官让我送给你的。"他脸上的汗珠晶晶闪亮。

车子开动了，我和东子在车窗里和他挥手，他的背影拉伸在窗外的景物中，绿色的迷彩装，明媚的笑脸，还有一个庄严的军礼。我的鼻子又开始发酸了，我努力地往上吸着气，希望能够顶住奔涌而出的泪水，告别，总是这样伤感的。

车子在一个十字路口停下了，东子准备下车了，他说租来的房子就在附近。我问他什么时候去单位，他把头顶的鸭舌帽往下压了一下说："等我这次相完亲吧！"

"第几次啦？"我问。

"七八十次啦吧？"说完，他又露出那对可爱的兔牙，哈哈地笑了。

我目送着他离开，他大步流星地走在秋天亮着光的街道上，几片树叶从他经过的树下飘落下来，一转眼，秋天快过去了。

在我打车回到住处的时候，电话响了，这个号码看似熟悉，我接了起来，没有想到是白若辰。

"为什么要缠着我？"我问。

"你忘了你在危险的时候，我在电话里陪着你。"他说。

"我看你才危险。"我说。

"是吗？"

他的声音好像是从周围不远处传来的，我四下环顾着，终于抬头在对面十九层的宿舍大阳台上发现了他。他正抬起一只右手和我挥舞，嘴角上扬起一丝得意。这让我第一次看清了他的脸，有点儿宽的额头，黑黑的粗眉毛，双眼皮，眼睛像一弯深蓝色的月亮，配上一个略高挺的鼻子，尖下巴。

"有什么事吗？"我问。

"我们可以谈谈吗？"他说。

"不可以，因为我不认识你。"

"可是我认识你很久了。"

我本想干脆地挂断电话，可是他的声音很特别，像一块醇厚的干奶酪的味道，飘散在晚风里，紧紧吸引着你听下去。还有，他怎么知道我回来了，我的电话他从哪里得到的，他到底要干什么？加上他那副不太讨厌的外貌，直觉告诉我，他并不是一个坏人，只是一个寂寞的人。

"这位白同学，和你做邻居非常高兴，但我有一个习惯，就是不喜欢被打扰，你明白吗？"我说。

"下楼见一面，好吗？只要五分钟，我会把所有疑问告诉你。"

我犹豫了片刻，又一次皱紧了眉头，我怎么可以随随便便被人约出去，偌大的北京，什么样的人都有，我没有长出能一眼分辨好人坏人的眼睛，我能做的只有保护好自己。

"不好意思，我不能去，再见。"

放下电话后，我把阳台上的落地窗帘使劲儿地拉上，迅速关上了灯，不过，好奇心使然，我又悄悄地蹲回地上，把窗帘掀起一个缝隙，看看对面那个人在干嘛。他仍是我第一次看到他的姿势，扶在栏杆上，抬头仰望着星空，手上握着半根烟卷儿，在晚风里火光忽明忽暗，映衬着那张俊朗而明净的脸。

　　第二天，我起了一个大早，不想和这位陌生人以任何形式相遇，我一个人背着黑色的双肩挎包，走在散着浓雾的街头。远处，一排路灯还闪着月光的白，卖早餐的小摊上飘着热气腾腾的香味儿，我走过去要了一份鸡蛋灌饼，回身的时候，竟一头撞进一个人的怀里，抬起头一看竟是白若辰。

　　"老天爷，你要变成我的影子吗？"我说。

　　"是谁规定我不能和你同一个时间买早餐？"他说。

　　我没有理他，快步朝前面的地铁口走去，出乎我的意料，他并没有跟上来。地铁里密密匝匝的人群，我随便找了一个缝隙钻了进去，藏在一层又一层的人墙里，我突然感觉很安全。当我脚踩在黄线外等地铁时，突然有人在后面拍了一下我肩膀，我回头一看又是白若辰那张脸，一脸的嘻哈表情。不过，我已经不再是青春期的女孩子了，对于这种邂逅没有丝毫兴趣，他倒感觉十分得意，好像在为自己这种无聊的设计乐此不疲，那一刻，我甚至觉得他有些幼稚。

　　"我和你同路，去永定大街。"他说。

　　"随便你。"

　　地铁里，妈妈突然从故乡打来电话，她一般不会这么早打来的，我有一种不太好的预感，我紧张地把话筒贴在耳边轻声地问："妈，是不是楚天有事？"

　　"只是开摩托车撞到树了，擦破点儿皮，你能赶回来最好。"

　　"楚天在您旁边吗？"

　　"他在输液，不太方便接电话。"

　　"哦。"

　　"而且他的睡眠不太好，需要调整一下。"妈妈的声音充满着焦虑。

"我今天就去和莫主编请假。"我说。

"好，你回来就好了。"

挂上电话后，我的心像一块石头噗通一声沉到了海底，我仿佛看见楚天正在水里挣扎，他快透不过气了，正用一双手拼命游向我，目光里好像在说："慧心，求你了，你快回来。"

我的泪水无声地滑落下来。几天前，当楚天给我打那个电话让我回去时，我就应该放下工作，直接飞奔到他的身边，他就不会出现精神恍惚，开车撞到树上了，我在心底万分自责。如果时光可以倒流，我甚至愿意放弃北京回到故乡。

在我走出人潮汹涌的地铁，朝对面马路上走去时，白若辰仍紧紧跟随着我，他关切地问："别着急，需要我帮忙吗？"

我终于忍受不了了，突然停住脚步转过身对他嘶吼："你到底要干什么？你知不知道，我的爱人刚刚出了车祸，我现在要赶紧买票回家，我没有时间陪你玩浪漫，我是已婚的女人，有一个六岁的女儿，我不是你想象中的女人，所以，再见！"

他安静地听我说完这些话，脚步停在了原地，我迅速转身大步地走过斑马线，随手拦上了一辆出租车。其实，前方一百米处就有一辆公交车直通电视台，可我要节约所有的时间，只为以最快的速度赶到楚天的身边。

莫主编给了我一周的假，说节目可以延缓点儿播出，但最多不能超过十天。播出线就是战场，每个人家里都有事，但播出那一天如果开了天窗，就是事故，我们谁也承担不起。等我收拾好东西走到电梯门口时，莫主编从办公室走出来，站在走廊过道上望着我，他的声音从我身后传来："别慌，过马路的时候，一定要看着点儿。"

只这一句叮咛，就足以让我的鼻尖再次冒起酸意，举目无亲的北京城，这一个温暖的身影伫立在那儿，就好像自己并不孤单，我朝他使劲儿点点头，他抬起右手和我挥了挥，也轻点着头，直到电梯门关上的那一刻，他的手也没有落下。

回故乡的列车没有卧铺，我就坐在硬座车厢的一个角落里，默默地看着窗外。快入冬了，田野上一片枯黄的景象，每经过炊烟升起的村庄，看着一个个简陋的茅草屋，我就在想，其实，人活在世上，需要的东西本来并不多，我和楚天、小米兰住在这样的房子里，应该也很幸福，只要一家人平安地在一起，就是这世界上最美的幸福，而我们都是贪心的人。突然间，想起了在北京读书那会儿，室友昆昆说过的一句话："人活着，不应该太贪心。"我好想打个电话给她，却找不出一个问候的理由，最终还是打消了念头。

楚天住在故乡第一人民医院的一间重症病房里，头上包着几层白色的纱布，皮肤暗黄，人瘦了许多，眼眶凹陷下去。我搬来一把椅子在他身边坐下来，眼泪就开始不停地流。

"他已经醒了，你可以和他说话。"护士在一旁说。

听到这句话，楚天抬起重重的眼皮，努力地打量着我，眼圈瞬间红了。我握着他的手说："楚天，我回来了，你好些了吗？"

他只是冲我微微地点点头，我继续问他："还疼吗？"

他又摇了摇头，我接着问："小米兰好吗？"

他不再回答了，只是默默地看我，目光里似有千言万语，眼泪顺着鼻翼的一侧流到枕头上。

"楚天，你为什么不说话？"我握紧他的手。

我抬头看了一眼护士，她戴着蓝色口罩，正在一个操作台旁调配药剂，轻轻地摇了摇头。我站起身跑出门外，爸妈坐在门口的长椅上，妈妈见我出来一把拉住了我的手说："慧心，别着急，医生说伤到了大脑的 S 区，目前还不能讲话，叫运动型失语，但是他能听懂我们讲话，也理解我们说什么，只是不会表达。"

我松开妈妈的手，挣脱着朝医生办公室跑去。主管的宋医生正在看刚出来的脑部 CT 结果，他说："你是患者的妻子吧？"

"是。"

接着，他给我让出了一把椅子，让我坐在他的对面。

"医生，他能恢复从前那样吗？"我着急地问。

"这个不好说，得看恢复的情况，个体之间的差异很大。"

他从白大褂的上衣口袋里，拿出一根很细很长的笔，指着对面灯箱上的 CT 片子。在右边的脑区周围，有一个暗黑色的影子，他告诉我那是出车祸的瞬间，由于撞击出现了脑出血，而它导致的后遗症就是楚天现在这个状况。他们临床要做的就是迅速凝血，如果血块吸收好了，加上适当的康复训练，或许可以恢复语言功能，但前提只是一个"或许"。

"医生，我不要什么或许，我希望你能答应我，一定可以医治好楚天。"

"真的对不起，我理解你的心情，但不能给你承诺。"

我只有点着头，离开了医生办公室。那一刻，我认为医生就像上帝一样，穿在身上的那一袭白衣，似乎就是一个盔甲，他能挡住病痛，揪出病魔，并置它于死地，我希望宋医生会是那一个。

那天晚上，我让爸妈回去休息了，病房里只有我一个人陪着楚天。他目不转睛地看着我，我用一只手轻抚着他的脸，这脸上的温度，我有多久没有感觉了，他把我的手放在他的胸口上，缓慢地、用力地在我的手心儿里写下两个字：想你。我点了点头，对他微笑着，然后用低低的耳语说："我也想你。"

月亮升得老高的时候，楚天的目光移到了窗口，夜里的秋风呼呼地吹，把树上的枝条打得沙沙作响。我去找了一条毯子给他盖上，他使劲儿地摇头，比划着手势，意思是让我把毛毯披在身上，我照他说的话做了，楚天才放心地睡去。我一夜未睡，静静地看护着他，生怕他想喝水，或者上厕所。我也在思考着，生活的意义究竟是什么，如果楚天不能恢复语言功能，我们未来的生活该怎么办？

或许是我的归来让楚天的病情迅速好转起来，没过两天，楚天就从重症病房搬进了普通的病房，我也终于可以回家看一眼婆婆和小米兰了。

阳台上曾经摆满的花盆都不见了，窗外的晾衣绳上挂满了小米兰的衣服，是婆婆带病洗的。我用钥匙开了门，看见一只小鹌鹑摇摇摆摆地走了过来，露出一双黑黑的眼睛望着我，那架势就像主人的姿态。

"纯纯，谁来啦？"是小米兰的声音。

"还能有谁，你爸呗！"婆婆的声音从里屋传来。

"妈，是我！小米兰，是妈妈！"我一边脱鞋，一边朝她们喊。

小米兰披散着头发蹬蹬蹬地从屋子里跑出来，小脸黑黑的，清清的鼻涕流了一半儿。她又长高了，穿着婆婆去年给她织的那件红毛衣，由于胳膊长长了，袖口处又接了一块，腿上穿的毛裤也是用各种散线编织在一起的，像夏天的彩虹。她好像不太相信我回来了，一直愣在那里，害羞地用牙咬着嘴唇。

"不认识啦？是妈妈！"我朝她敞开怀抱。

"丁香仙子，你回来了。"她说。

"我回来了。"我一把把她抱进怀里。

小米兰拉着我的手，来到了里屋婆婆住的房间。一张大床上面摆满了各种小米兰的图书，还有玩具，婆婆盖的被子上面还放着一个水果盘，里面有切好的水果块，上面还插着牙签。婆婆从躺卧的姿势，缓缓用右手支撑起身体，先把一只手伸过来说："是慧心，慧心回来了。"

"嗯，我回来了。"

很快，婆婆的眼睛湿了，小米兰瞪着一对大眼睛望着她，她不知道奶奶为什么哭。地上的鹌鹑长鸣了一声，似乎对我的归来表示着欢迎，或者不满。

第十章
圣诞节的礼物

　　我的突然出现，让婆婆和小米兰都惊喜不已，尤其是小米兰，她像一个小尾巴，紧紧地跟着我。我去厨房炒菜，她就搬来一个小板凳，坐在上面陪着我。我去门口晾衣服，她就屋里屋外地忙活，一会儿拿夹子，一会儿送挂钩，来来回回地在我眼前飞，像一只小蝴蝶。我去买菜，她就提着篮子跑在前面，逢人就说："你看，这是我妈妈，她回来了。"

　　还没等别人回应，她又忙不迭地补充一句："你看她漂亮吧？"弄得对方有些不好意思，连忙点着头夸赞着："小米兰，你妈妈真漂亮，真年轻。"她才乐颠颠地又回头挽着我的手，亲密地朝前走。

　　"自己夸自己多不好啊。"我说。

　　"没夸呀，本来就是呀。"

　　婆婆并不知道楚天住院的事儿，不过，毕竟母子连心，晚上，等小米兰睡下后，她就招呼我去她的屋子里坐会儿，我把白天洗过的衣服拿过来，一边和她聊天，一边叠着衣服。

　　"楚天出差了，才让你回来的？"她戴着老花镜看着我。

　　"嗯……怕您一个人照顾小米兰，太累了。"我说。

"哪有啊，还有你爸妈呢，我们三个老人没问题。"说完，她的老毛病又犯了，剧烈地咳嗽起来，整张脸涨得通红。

我一边拍着她，一边说："妈，你该去看看。"

"看了，就是肺炎，老了，抵抗力差，没事儿。"

她又随手把放在枕头边的半截毛衣拿过来，开始低头织毛衣，刚低头织了两行，又抬起头看看挂在墙上的钟表，接着把头转向窗外看，刚好对面的铁轨上，有一列火车疾驰而过。她转过头对我说："慧心，楚天出差也不来个电话，我心里惦记着。"

我抬起眼睛说："哦，没事儿，很快就回来了。"

我都不敢抬头正视婆婆的目光，她真诚得像一个孩子，我却在蒙她。坐了一会儿，她又把手里的毛衣放下，接着把老花镜也摘下来放在床头柜上说："慧心啊，北京好不好？"

"好啊，什么时候，带您去看看？"

"去，咱们一家都去。"她笑着。

忽然她好像又想起了什么："慧心啊，明天，陪我上趟街吧。"

"您要买什么？"我问。

"给你买件衣裳，年轻姑娘都喜欢好看衣服嘛。"

"不用，我有。"

"去吧，我也散散心。"她说。

等婆婆睡下后，我赶紧给爸爸打电话，他在电话那头说："好多了，人也精神了一些，白天的时候，就拿着笔和纸，随便在本子上画来画去。"

"画来画去，画什么呀？"我好奇。

"根本看不出什么，只是几个线条，他写出的字也是歪歪扭扭的，很难辨认。"

爸爸的声音有些低沉，我赶忙安慰着他说："这刚几天啊，怎么也得恢复一阵儿，不许着急，您要是着急，我不是更着急吗？"

"嗯。"

"我明天去医院换您和妈。"

"不着急。"爸爸说。

"嗯。"

我站在窗户边，尽量用到最低的声音，但这通和爸爸的电话，竟被小米兰发现了，她从棉被里露出一对大眼睛，定定地瞅着我。我挂上电话从窗边走过去，给她做了一个保密的动作，然后亲昵地趴到她的枕头边说："这个千万不能告诉奶奶，她会着急的。"

"爸爸病了吗？"她问。

"是小病，几天就好了。"我把被子又给她盖了盖。

小米兰立刻掀起我的被窝，像一条小泥鳅滑滑地钻进来，她说："我早知道他病了。"

"怎么呢？"

"他脾气很不好，总是怒气冲冲，我很害怕他。"她用两只小手捧着我的脸接着说："不像你这么温柔。"

我笑着，用手轻拍着她。她身上肉嘟嘟的，肚皮吃得圆滚滚，我的手指一碰她，她就痒得咯咯直笑，然后她把手伸进我的咯吱窝逗我笑。我的目光无意间瞄到了窗户底下那个放鹌鹑的小笼子，我问她："那只鹌鹑哪里来的？"

"是在公园桥底下捡的，它的一只脚受伤了，像小鸭子一样，慢腾腾地走到我脚边，我就把它抱回家了。"

"它会叫吗？"

"会啊，声音是'呱嗒，呱嗒，呱嗒……'"

我们只说了几句话的功夫，她就沉沉地睡着了。台灯下，我静静地看着那张熟睡的脸，像月光下的睡莲，粉嫩的肌肤湿润润的，眉毛清淡得像一抹云烟，小嘴唇像被画笔画出的那般完美，我有一个多可爱美丽的孩子啊，为了她，无论生活面临多少困境，我都得走过去，明天早上醒来，我要重新打起精神来。

第二天一大早，我就把陈大羽送给我的那串风铃，挂在了婆婆的窗口，清风吹过来，弹壳发出清脆的声音，婆婆认真地听着那声音，小米兰也把眼睛闭起来静静地享受着，婆婆在一旁轻轻地说："以后这日子就不寂寞了。"

还有那只小鹌鹑，它竟也会抬起小脑袋向风铃的方向张望。

那天上午，我挽着婆婆，牵着小米兰，还有那只小鹌鹑一起上街去了。小米兰把鹌鹑放在了书包里，只把它的小脑袋露出来，没有见过大世面的小鹌鹑，东瞅瞅、西瞧瞧，作为主人的小米兰自然是得意得很，她一高兴，就把它从书包里放了出来，让它大摇大摆地走在了马路上。奇怪的是，小鹌鹑竟会听话地跟在小米兰的身后，这惹来路上许多行人好奇的目光，坐在一辆自行车后面的小男孩，用手拍着她妈妈的肩膀着急地说："妈妈，我也想要一只跟在我后面的鹌鹑。"

小米兰抬头望着我，一脸骄傲的神情，她说："妈妈，纯纯真是太棒了。"

婆婆主动掏钱给我挑了一条碎花的裙子，那上面是一片片红色和黄色的花，连成的一片花海。棉布的质地十分舒服，在初冬的天气里，再配上一件外套，应该十分好看。婆婆非要我立即把它换上，当我从试衣间里走出来时，她不住地点着头，走到我身边摸了一下裙子的面料说："棉布的最舒服，买啦。这衣服在人穿，你穿什么都好看。"

这是婆婆第一次给我买衣服，她说总见不着我，到了北京穿上她买的衣服就能想着她，我说那是当然的了，婆婆的嘴一直笑着就没有合上过。在我去北京这几年，这一次回来她好像格外想我，其实，我总有一种感觉，她是希望我回到故乡的，只是她在用另一种方式在告诉我，在哪里都不如在家里好。

我去花店给楚天买了一捧紫色的勿忘我，那是我最喜欢的花，低调而寓意深远，我手捧着花，像一个情窦初开去约会的少女，我想让楚天看到我的新裙子，还有这美丽的花。可是，整个病房我都找遍了，也没有找到楚天，护士说上午还见他了呢，应该走不远，因为他连衣服都没有换，我又掏出手机给爸爸打电话，他说中午见他睡了就和妈妈先回了。

楚天一个人又会去哪里呢？我只好坐在病房里等他，随手拿起放在他枕头边儿的一个小本子，上面都是他随便画的，就是爸爸之前电话里告诉我的。我仔细地一个一个辨认，在那些长长短短凌乱的线条里，楚天到底想画些什么呢？好不容易，我终于辨认出一个"我"字，他把它写得长长的、宽宽的、扁扁的，如果我没有数清楚笔画和"我"字相同，估计也猜不出来。看着那些歪歪扭扭的字我竟突然有些心酸和自责，是我的离开，才让他承受着巨大的压力，他又要供我读书，又要养家，又要照顾生病的婆婆，还有小米兰，他得的这场病的病根在我身上。

后来，我倚在椅背上睡着了，醒来的时候看见楚天坐在我对面的床上，他的头发刚刚理过的样子，毛茬儿还落在衣领边儿上，他的脸上没有笑容，目光里透着颓废，皮肤暗沉，像落在秋天里等待入冬的一片黄叶，凄冷而荒凉。我有些心疼他，立即站起来坐在他的身旁，我用手给他指桌上花瓶里的勿忘我，对他说："你还记得这花的名字吗？"

他轻轻地摇了摇头，没有表情。

我站起来从花瓶里拿出一枝，晃在他的眼前给他看，我说："勿忘我！"

他不感兴趣地把头转向窗外。

"楚天，你怎么了？我这两天在陪小米兰和妈妈，你看，妈给我买了新裙子。"我站起身来转了一个圈给他看。

他看也不看，拿起枕头边上的那个小本子，开始歪歪扭扭地写字。我趴在他肩膀上看，这一次，我竟然很快认出了他写的字，从笔画上看，好像是这四个字：我要离婚。

他写完后把头转向我，重重地点了点头。我的眼泪瞬间涌出来，几乎同时，我抢过那个小本子，把他写的那一页狠狠地撕掉了，我站起来抹着眼泪说："你前天还说想我，怎么今天就变卦了？你为什么要抛弃我？我才不会同意。"

我一边说一边使劲儿地摇晃着他的胳膊，他像木头一样不回应我，我继续撕扯着他的衣服，像一个失去理智的困兽，我一边哭一边喊："你就是懦弱的，一点儿病就承受不起，你就是自私的，你心里好过才最重要，你都不顾小米兰了吗？"

他依然目光呆滞，似乎小米兰这个名字和他一点关系也没有。那一刻，我才突然了解，沉默是最具有杀伤力的武器，他的沉默和无言，让我突然觉得世界一片灰暗，曾经他的心对我是敞开的，可这一刻，他连唯一的一扇心门也朝我关上了，"我要离婚"这四个字，已结结实实地把我击溃。我蹲下身子把那个他写字的小本子从地上捡起来，小心地放回到他的手里，我对他说："楚天，我知道你难过，可是，最难走的路，你不希望我陪你吗？"

他继续摇了摇头，我用双手捧住他的脸，让他看清我的目光，我希望他能从里面找到一丝眷恋和勇气。可是，他立刻闭上眼睛，拿开我的手，我几乎能够感到他心如止水。

我本想转身拉开那扇距离我只有一米的门，冲到外面宽敞的地方放声大哭一场，因为我的心也碎了。可是，我的脚步就像粘在了地板上一样，一步也动不了，我站在那里看着他，累了，就又坐回到椅子上，我终于也不再讲话，病房里只能听见外面嘈杂的声音，虽然与我们无关，却觉得充满了生机，而我们俩被那熟悉的生活突然隔离了。

快中午的时候，栏目的莫主编打来电话说，我拍摄的《狙击手集训队》的那集稿子准备两周之后播出，他问我家里的事情是否处理完了，能不能赶回来。听到他声音的那一刻，我竟然忍不住哭了，他在电话那端静静地听着。等我稍微平静了一会儿，他才说："家里的事情重要，别着急，先用其他的节目顶。"

我强忍着哭泣点了点头，甚至都无力去和他说一句"好"。他接着又嘱咐了我一句说："天大的事儿也会过去，有需要帮助再打电话。"

我遇见了一个多么好的主编，他总是那样从容不迫，我还能想起那个加班的夜晚，他的母亲走失了，他却仍不动声色地编完了一期节目，那份坚强和镇定让我钦佩，当困难来临的时候，我得学习他身上那份冷静和智慧，就像他说的那样，天大的事儿也会过去。

再后来，只要我在，楚天就不吃也不喝，除非我离开，我只好让爸妈过来照顾他。在爸妈来医院之前，我只留给他一句话："好的，楚天，让我考虑一下，我不会和爸妈说，只要你好起来，我什么都答应你。"

我的心乱极了，一个人哪儿也不想去。就在我漫无目的在大街上游荡时，碰上了以前的同事刘美芳，他的爱人汪建伟和楚天同在一个法制栏目。她把车停在我的身边让我上车，等我坐稳了后，她看着我有些同情地说："楚天病了，你的气色也这么差？"

"没事。"

我们去了电台旁边的蓝色港湾吃饭，饭桌上，她无意间的一句话顿时刺痛了我："你不在家，楚天也怪可怜的，总是回家管孩子，组里不让他主持法制节目了，只负责编稿子。"

"这是什么时候的事？"我问她。

"好久了呀，楚天没和你说呀。"

"没有啊。"

"他是心疼你，怕你担心呗。"

我再也坐不住了，拿起衣服就准备直奔医院，刘美芳立即拦住我说："哎，不是我说你，北京就那么好啊，放着好老公不要，好孩子不管。"

她的这句话听起来虽然像责怪我，我却希望她能再说得狠一点，因为一直以来，身边所有的人都在鼓励着我，羡慕着我，包容着我，听这样的话，我或许才能彻底清醒，是我亏欠楚天的太多了。

刘美芳还告诉我，有一点我永远也不必担心，那就是楚天绝不会做一点儿对不起我的事，虽然那个叫沈春然的实习生总是粘着他，但楚天从来只是一副冷冷的面孔，他的时间只分两段，家里和单位，其余的就连组里吃饭，他都从来不去，他是一个难得的好丈夫和好爸爸。

接下来的时间，我打算用冷处理的方式对待楚天，就是得沉住气不去找他，不去看他，不去理他，让他好好地静一静心，等他日渐恢复了健康，慢慢有了自信，或许他的心境就和现在不一样了。这段时间对我而言最重要的事，就是承担起一个家庭主妇该做的事，照顾好婆婆和小米兰，北京这两个字暂且就不去想它了，如果它和我有缘，我们一定可以再相见。

有一天，婆婆起得很早，她穿了一件白色棉麻的衣服和黑色裤子，我看见她时，她正坐在地板上穿旅游鞋，看上去很吃力的样子，我站在门边对她说："妈，你这身衣服，应该配皮鞋才对。"

她回过脸说："年轻的时候，没舍得给自己买过一双好鞋，脚都挤变形了，皮鞋更是穿不得，你呀，年轻，得买好鞋，才能走好路。"

我问她去哪里，她说去趟楚天乡下的舅舅家，让他陪着去给楚天的爸爸上坟，我说又不是清明和七月十五，为什么要去呢？她说自己总有一种预感，楚天碰到不好的事情了，她想去找他爸爸说一说心里话。我立即蹲下身子，帮她把头发挽拢了一下说："好吧，路上慢点儿，我等您回来。"

婆婆出了门，一个人走在小区的甬道上了，她瘦瘦高高的个子，微微的有一些驼背，步子也迈得十分沉重，那背影看上去有一丝孤单和凄凉，她好像能够感觉出我在看她，就回过脸儿和站在阳台上的我招手。这个我正站着的位置，每次去北京，她都是站在这里目送我的，那会儿，楚天会推着自行车，上面放着我的红色行李包，我挎着楚天的胳膊，抬头和他说这说那，然后我们两个人就一点一点淡出婆婆的视线，那种心情会很失落吧？小米兰那时就依在她的怀里，看着爸爸妈妈的背影越走越远，那种感觉一定会伤心吧？只是我从来也不知道，人一旦站在别人的位置上，世界和风景会如此的不同，而我，一直都站在自己的位置上。

婆婆出门的那天，我偷偷带着小米兰去了趟医院，我叮嘱她不许出一点点声，小米兰很听话，她手里抱着她的朋友纯纯，在身后紧紧地跟着我。在走到五楼走廊的时候，她把上衣拉链拉起来，把纯纯藏在怀里。透过门廊的玻璃，我看见走廊尽头的长椅上坐着一个人，他低着头在看报纸。我让小米兰认一认是不是爸爸，她双手趴在玻璃上，大眼睛搜索着玻璃窗里面的一切，她突然转过头对我说："不是，那个人看上去一点儿也不活泼。"

"你再看看，或许是呢。"我说。

"不是，他太瘦了。"她又说。

"你再确定一下。"我搂着她的肩膀。

"不是，都说不是啦。"她终于不再往里看了。

正在这个时候，坐在长椅上的人突然站起了身，朝我们这边走过来。怎么能是楚天呢！他的胡子都没有刮，走路的姿态没精打采，头一直低着，步子缓慢极了，毫无生机的一张脸。可是，那目光里的冷漠与颓废，那张蜡黄消瘦的脸，又怎么能不是楚天呢！我不想在他最坏的状态里，再去和他见面，那只会更刺激他，为了不让小米兰看见一个如此没有朝气的爸爸，我一把扯住她的手，准备拉着她走出医院。正在这时，纯纯却不小心从小米兰的怀里掉出来了，它像撒了欢儿一样走两下，再飞两下，在起飞和降落中，享受着一只鹌鹑的自由，小米兰也高兴地和它一起疯。

然而，这份欢笑的声音也并没能引起楚天的注意，他径直走过来，用手拉开了玻璃门。纯纯正飞到他的脚边，他竟也没有抬起头去看一眼，继续朝前走。小米兰立即把纯纯抱起来，然后轻轻抬起头，这下她终于看清了，这个像木偶一样面无表情的人，竟然就是她的爸爸。她快速藏到了我的身后，像不认识他一样，显得害怕极了。接着，楚天抬起头看见了站在他面前的我，他的目光终于像被惊醒了一下，久久地，久久地凝望着我。

"楚天，你好些了吗？"我问他。

他仍然没有表情，我怎么忘了，他现在不会讲话呢。我用手想去搀扶他，却被他的手冷冷地打到一边儿。小米兰看见后，立即对他喊道："爸爸，爸爸！"意思是提醒他，是我们，是他最亲爱的妻子和女儿！

这时，主治宋医生恰巧从玻璃门里走出来，看见我们一家三口碰面的情景，他也摇了摇头，然后对我说："给他一段时间吧，他接受不了自己，这都很正常。"

我无奈地点了点头，我的楚天仿佛一下子死去了，眼前的这个他是那么陌生和无情，不过，有一个声音在耳边一直在告诉我，他只是暂时睡着了，总有一个时刻，楚天会苏醒过来，他还是曾经那个细心、睿智、温柔的楚天。他，并没有死去。

我拉着小米兰先回了家，路上她不停地问我，爸爸怎么了？我告诉她，他现在生病了，需要一段时间才能恢复得和从前一样，她又问到底是什么病这么可怕？我说一种丢失记忆的病，不过，只有在家人的帮助下才能够好起来，我问她愿意帮他吗？她说当然愿意，她十分不喜欢这个爸爸，她要那个曾经的爸爸快点回来。

那天晚上，婆婆很晚才从外面回来，她看上去累极了，但神情是喜悦的。她放下背包，连鞋都顾不上脱，就坐在地板上对我说："这下妥了，楚天没事儿了，我和他爸说了一天的话，这些年，他总怪我们去看他太少。"

她稍缓了一下对我说："楚天来电话没有啊？"

"爸爸在医院里。"小米兰披散着头发从屋子里出来，手里还抱着纯纯。

"在医院？"

我想了想，说谎终究是一时的，如果楚天病一年，还要继续瞒着婆婆一年吗？不如早点告诉她，她心底那块石头才能落地，哪怕对她来讲并不是一个好消息。我把楚天的情况，一五一十地和婆婆讲了一遍，她的镇静却出乎我的意料，她说："人活着不能没有病。有病了也不怕，又不是什么要了命的病。"

说完，她就催促我早点去睡，明天就把楚天接回家里来，哪里也不去了，她这把老骨头保准儿能把他自己的儿子医好。小米兰说："你又不是医生，用什么医呢？"

"用心哪。"她说完就一瘸一拐地进了屋，把门轻轻带上了。我低头看见地上那双白色旅游鞋的鞋跟儿上，有磨破脚的血迹。

我打电话给宋医生征求他的意见，楚天的情况能否出院，他先是一阵沉默，接着勉强地说："行，那就回家看看吧。"

第二天是个好天气，一大早，婆婆就把屋子里的花全搬到了阳光下，绿意葱葱的叶子，闪着晶莹的光亮。初冬的天气里，风刮起来也是清冷的，婆婆又把花一盆一盆再搬进去，累得满头大汗，我问她这是在做什么呀？她说给它们透透气儿，就好像给自己透透气儿一样。

"慧心啊，只要楚天的脑子没问题，不说话也没事，他终究也变不成哑巴。"

"为什么啊。"

"因为他的病好了，自然就说话了。"

那天，我哥哥开车把楚天接回了家，他穿了一件白色夹克，灰色西裤，头发也没刚剪时那么楞了，人看上去精神不错，尤其是他看到了久别的母亲，嘴角竟漾起一丝微笑。婆婆手里拿着一件刚洗的衣服，站在晾衣绳下，她走过去冲他笑了笑，就拍着他的肩膀说："大小伙子，不能趴下。"像命令的口吻。

那段日子，楚天像一下子回到了小时候的时光，每天在阳光下，婆婆都牵着他的手，陪着他一起散步。婆婆指着大树上的鸟窝对他说，在他八岁的时候，因为上房掏鸟窝，一脚踩空了就摔了下来，连续几天高烧不醒，婆婆就跑去村口找了一个土郎中，那人见了楚天就说："这个孩子命中注定有一大劫，说不好在哪一年，但只要扛过去了，人生之路会顺顺当当。"

楚天抬头望着那空空的鸟巢，思绪好像飞回小时候的夏天，他一身蓝色的学生服，脖子上还挂着一个青色的小葫芦，是婆婆自家院子结的，那个时候的俊美少年，如今是否就遇到了命中注定的"劫难"呢？

小米兰的爱宠纯纯对于楚天的归来，似乎并不友好，它总用嘴去啄楚天的裤腿儿，嘴里还发出"呱嗒，呱嗒，呱嗒"的声音，好像在和他辩解着什么。那会儿，楚天就会蹲下身子认真地听它讲话，就像在听小时候树窝上的鸟儿唱歌，哪怕他不懂它的语言。小米兰经常会趴在地上，看一看爸爸，再看一看纯纯，觉得有趣得不行，仰天咯咯咯地笑个不停。纯纯那会儿就会表现得更加英勇，它像小鸡叨米一样，频率加快地叨着楚天的裤腿儿左摇右晃。楚天就站起身来，抬起左腿，再抬起右腿，一开始是纯纯逗楚天，后来渐渐变成了楚天逗纯纯，还有一直在旁边看热闹的小米兰。

我呢，作为一个旁观者，总在一旁静静地呆着，不参与也不评论，只是偶尔会被他们的一两个表情逗笑而已。我变成了喜欢呆在厨房里的灰姑娘，拿着一本书坐在燃气灶前烧水、做饭、炖鱼，从锅里飘出来的淡淡饭香，总能给我几分辛苦的慰藉。循着那飘散的香味儿，小米兰就会跑进厨房，向我伸出一片薄薄的舌头，我会随意在那上面放点儿什么美味，她就满足地闭上幸福的眼睛享受着。只有看到她那阳光般的笑脸，我才会觉着辛苦的日子也是温暖的，是她让我支撑着走下去。

婆婆早就看出了我和楚天之间的问题，有天晚上，她把我们俩叫到床前，一手握着楚天，一手握着我，然后看了看我们说："上天把你们安排在一起，是有道理的。夫妻之间，得珍惜在一起的缘分，不能别扭着过日子。"

我和楚天谁也不看谁，婆婆就把我的手放进了他的手心里，然后稳稳地握上。楚天的手依然那么温暖，我的却如一块冰，凉透了的冰，就像我的心，楚天用力握了一下我的手，那一瞬间，我仿佛觉得他的心又向我敞开了，窗外的月亮含情脉脉，就像爱人久别的温柔。

日子一天一天滑过，转眼就快到十二月了，楚天虽然还不能讲话，却能在小本子上写字了，每一个字都很清晰，虽然不好看，却很好认，不好看的字没有浪漫，却有款款的温情。有一天，他在小本子上写道："慧心，十二月快乐。"

我看到后也在上面写："楚天，十二月快乐，一月快乐，每一天快乐……"

他又写："你比我会写。"在后面附上一个笑脸。

我又写："你的心好了吗？"

他画给我一个哭泣的小脸，十分滑稽的表情，我知道，他的心快修补好了，即使这样，我也已经很满足了。

楚天生病了，每个月的工资只有一千五百块钱，而我没有节目就等于没有工资，我们就靠以前积攒的一些钱过日子。婆婆和爸妈，总会偷偷地往我的背包里塞些钱，少的几百，多则几千，我把这份感恩默默地放在心里，期待以后有能力的时候，再慢慢地回报给他们，可不知道那样的日子，是要等一年、二年、五年，或者十年，甚至更久？

距离圣诞节还有几天的时候，楚天在卡片上写给我说，以前的一些老听众给他发短信，向他咨询法律问题，这让他突然意识到自己的职业生涯远没有结束，他好像看到了一束光从幽暗的现实中照进来。每天天不亮，他就坐在书桌前认真查看法律书籍了，他把每一个听众的问题，都用心地整理在一个厚厚的本子上，再查阅了相关书籍后，就把对应的法律条款和司法建议认真誊写上去。等他认为这个问题解决好了，就让我按照对方留下的电话号码打过去，我按照他写的转告给那些听友们，当电话那端传来感谢并有些激动的声音时，楚天就会把脊背用力地挺直，眼睛里也充满了光亮。我想那就是支撑着人走出困难的动力吧，我希望这样的日子能慢点过，因为每一分钟每一秒钟的流逝，都是温馨而宁静的，哪怕我和他这样一直到老也很幸福。

为了迎接即将到来的圣诞节，小米兰简直忙坏了，她打算给家里的每个成员都送一份礼物，并嘱咐我一定保守好这个秘密，不然就没有什么惊喜可言了，我说这个我当然懂了。可是后来，她对我竟然也保密起来，每天神神秘秘地抱着纯纯出出进进，小眼神里透着欢喜与甜蜜。婆婆说这孩子一天到晚出去跑，也不知道去干啥，反正每次回来都好像去爬了几座高山那样累，每天出门拎着的那只小红桶，里面全是和满泥浆后干了的痕迹，一双黄色的小靴子也粘了几层泥，每次回来我得用刷子使劲儿地刷，才能够还它们本来的模样。

圣诞节那天早晨，小米兰的闹钟在凌晨五点就响了，我披上衣服拉开一个门缝儿，见她正麻利地往身上套一件红毛衣，迅速地从床上跳下来，弯着身子穿好地上的红色羊毛皮靴，又从书柜上拿起一只手电筒，踮着脚往阳台走去。我把门带上悄悄地跟着她，见她先是打开了窗子，外面的飞雪夹着风迎面扑过来，让她的小小身子在窗前摇晃了一下，可她仍旧顶着风把头探了出去，朝窗户两侧望了望，很快，她像似发现了谁，神情显得十分激动，她用一只手和窗户外的人招手比划着，意思好像是马上就出去，就在她转身的一刹那，我也立即迅速地躲到储藏间里，屏住呼吸听着她的脚步一点点走远，直到听见她轻轻把门关上的声音。

我赶紧跑到阳台上，透过玻璃窗看见小米兰正和对门的"步步高"哥哥（算是小米兰从小到大的玩伴了，比她年长三岁，已经读了小学二年级）拐进左侧楼口的一侧，很快我就看不见他们了。等了一会儿，只见小米兰拿着小铲子，来来回回地从小区的草地上挖土，一趟一趟地来回搬运着，"步步高"哥哥也和小米兰做着一样的动作，他们两个在不到二十米的距离上穿梭不停。那会儿，我真想奔出门外好好地看个究竟，又怕破坏这份孩子们用心良苦给的惊喜，我只好又重新爬回床上，耐心地等待着这份特别的圣诞礼物，它究竟是什么呢？窗外正飘着入冬以来最美的一场雪，洋洋洒洒，我很快又进入了梦境，听见楚天会开口说话了，只是我还没听清他说的是什么……

"起来了，起来了。"小米兰在一旁摇晃着我。

"Merry Christmas！"我睁开眼睛微笑着对她说。

她也露出了如丁香花般的脸，芬芳地笑着，然后就把我从被窝里拉出来，朝奶奶的屋子走去。我看见楚天和婆婆正并排坐在窗口，窗帘还没有拉开，他们的眼睛被一块毛巾遮住，正在我纳闷儿的功夫，小米兰也迅速地把我的眼睛遮上，只听见婆婆的声音兴奋地说："这是什么游戏啊，一大早神神秘秘的。"说完哈哈地笑起来。

"就是啊，小米兰，我们都等不及了。"我说。

"好，我喊一二三就睁开眼睛。"她干脆地说。

"一二三……"

她的话音一落，我就迫不及待地把遮在眼睛上的毛巾一把拽下来。透过玻璃窗，只见一棵小松树正翠绿昂首屹立在眼前，它被种在了后院的一块空地上，树枝上挂满金色的铃铛，还有红色的丝带，上面还零星点缀着几张祝福卡，纷飞的雪花落在小松树上，简直美丽极了。小米兰走到我们仨面前，郑重地说："祝你们圣诞节快乐！想去看看外面的树吗？"

我们仨俨然已经被这份惊喜震住了，才缓过神来露出喜悦的神情，奶奶一把拽住小米兰的手说："真是个有心的孩子。"

我和楚天也相视而笑。我们一家四口手拉着手，来到屋外楼后面的空地上，楚天特意拿了相机，给我们每个人在树旁照相。小米兰要我们在树上找到自己的祝福卡，我的那一张上面写道："妈妈，有你的圣诞节，冬天也不寒冷了。"

给楚天的上面写道："爸爸，我会教你说话的。"

我们围在一起看婆婆的那张卡片："亲爱的奶奶，你要永远陪着我啊。"

这句祝福让婆婆感动得泪水落下来，她转过头对小米兰说："当然了，奶奶要一直看着我的小米兰，像这棵树一样一点点长大，一点点变成大姑娘。"

可能是太激动的缘故，婆婆说完这话竟剧烈地咳嗽起来，与以往不同的是，这一次，她竟咳出了血，斑点状的血滴落在洁白的雪地上，我们三个一时都愣住了，婆婆倒显得格外镇静。一阵风吹过来，她快站不住了，倒在了楚天的怀里，象征吉祥的红丝带飘落在雪地上，无声地缓缓飘着……

第十一章
五年之约

圣诞节后，婆婆再次住进了医院，我们一家三口住进了爸妈家。白天，我和楚天的姐姐轮换着照顾婆婆，晚上，楚天就租一张简易床陪护在婆婆的床前，诊断报告显示婆婆肺部钙化严重，有索条状斑影，需要进一步消炎观察。医生并没有明确诊断，可是我看见她的身体如一片秋天的黄叶，日渐轻飘飘的，脸色蜡黄得没有一点儿光彩，楚天的病还没有完全好，婆婆又倒下了。小米兰偷偷地趴在我耳边说："妈妈，我不能在姥姥家住太久，因为我要回去照顾那棵圣诞树。"

又一个月后的一天早上，我接到北京莫主编打来的电话，问我家里的事情处理得怎么样了，能否赶回来制作节目。我和楚天商量了一下，他用小本子给我写道："要不你先回去吧，和领导请一个假。"

算来算去，我回故乡两个多月了，无论如何也该回趟北京了，是去是留总得给单位一个交代。临走前我来到婆婆的病床边，告诉她我回趟北京处理一下工作，很快就会回来。她虚弱地躺在枕头上，缓缓抬起一只瘦到只剩骨头的胳膊，我把手伸向她，她尽量用力握了我一下像似有话对我说，我哈下身子把头低下来，她贴在我耳边说："慧心，我没事儿，你去忙吧。"

"你要好好的。"我嘱咐着她。

她重重地点了点头，像我们之间约定好的一份承诺，在我起身离开病房时，又一次转身看了婆婆一眼，她的目光里满是不舍，默默地目送着我离开。窗外金色的夕阳映照在她的脸上，连头发上都布满了金丝，那一刻，我在心里想，期待我再回来的时候，仍能在这样温暖的光线里和她重逢。

我在离开的前一天晚上和小米兰说了回北京的事儿，没想到她搂着纯纯开心地说："好的，快点儿回来就行啦。"小鹌鹑还贼溜溜地瞪了我一眼，明显地表示出了不满。

我喜欢这样如此轻松的告别，晚上，楚天在一旁默默地看着我收拾行李，我拉出抽屉把小本子递给他，让他写点什么，他只写了几个字：早点回来。

我朝他微笑着点头，他用力地握了一下我的手，笑了，像一个可爱的大男孩，正送别他相恋的姑娘。

到达北京的时候，已经第二天中午了，我直奔电视中心，走在五楼静悄悄的走廊时，我就猜到了，又碰到了栏目审片的时间，对于导演们来讲，意味着彩虹或者暴风雨的来临，但是后者的可能性要更大一些。

我把脑袋探进门缝里，看见黑色长沙发的正中间坐着制片人纪春明，他的左边是莫主编，右边是元主编，斜前方是朱子，还有明丽、亮子……房间里鸦雀无声，立在机房正中间的 50 寸显示屏上，画面正定格在记者亮子的身上，他穿了一条十分鲜艳的红色裤子，正手拿着话筒采访丛林里的战士，直觉告诉我，一定是这个画面出了问题。

"你是猪脑子啊，一个男记者穿着红裤子，你精神不好，还是有什么其他问题，你不知道这不是在拍家庭录像，这是电视台啊？"

制片人纪春明说着就把手里的纸杯，瞬间捏成一个纸团重重地砸在地上，就像把心中的愤怒倾倒出来。

"你说说，亮子，你是怎么想的？我就真不明白了，人和人之间的思维差那么多么？"

亮子坐在距离他不到一米的椅子上，低着头，不发一言，长头发也跟着脑袋低垂下去，遮住了眼帘，看得出他此刻是愧疚的。纪春明又让其他人发表看法，他首先点到了朱子，她平时和亮子关系最好，朱子男朋友和她分手的时候，还是亮子陪着她哭陪着她闹。朱子抬头看着那帧定格的画面，用很低的声音说："其实，穿什么并不重要吧。他采访只要没问题，我觉得思想可以开放一些。"朱子说最后一句话的时候，语气干脆利索。

"行，你真行！"纪春明叹了一口气，接着问明丽，她没有半点迟疑地说："记者不仅代表自己，更代表一个台的形象，我觉得是过了点儿，太随意了。"

纪春明不再问其他人了，他看了下手表站起身来补充了最后一句："记者画面全部去掉，哪怕节目不能播我也认了。"

在他转身拉开门的时候，正好撞见了门外的我，怒气未消的他匆匆从我身边走过。莫主编从机房里走出来，看见了我说："呀！慧心回来了？"他又露出憨憨的笑容。

"回来啦。"我说。

每次见他都有一种特别踏实的感觉，他的心胸就和他胖胖的身材一样，永远那样无私宽广，天大的事儿在他那里全不是事儿。我们在走廊上简单说了几句话，他告诉我《狙击手集训队》的节目得上了，因为后面没有节目了，我点了点头。这时亮子也垂着头从机房里走了出来，莫主编朝他笑笑说："没啥，下次改就是啦，不能接受批评的人，永远不能成长。"

莫主编的这句话让刚才飘在机房上空的乌云，一下子全散了。明丽走了出来，满脸不好意思地对亮子说："对不起，我如果再不说点儿你的毛病，他还得没完没了，其实，我也觉得没什么。"

亮子没说什么，只是点了一下头。从那之后，他就萎靡不振了，一天到晚像一只病猫一样，懒洋洋地趴在靠窗的办公桌上，身上裹着一件厚厚的迷彩羽绒服，把帽子盖在头上，偶尔抬起脸的时候，看见他胡子也不刮，头发油亮亮地泛着光，给人一副狼狈的感觉。我和朱子和他说话，他都一副爱理不理的样子，明丽和他说话，他倒显得有几分客气，不过，那种感觉明显是客气的寒暄。

再往后，亮子的节目越做越差，评定等级从 B 降到了 C，他这副消极的样子，并没能获得制片人纪春明的半点同情。栏目每次开例会的时候，纪春明还会忍不住敲打他，说如果再让他看见某人一副病猫的样子，就立即让他收起铺盖能滚多远滚多远，打仗不能没有士气，做节目的导演就像将军一样，威风凛凛十分潇洒。

这句话好像点醒了亮子，有一天下班的时候，他在后面用力拍了一下我肩膀，一副神情自在的样子。我问他是不是度过忧郁期了，他连忙摆摆手让我不要再提，就像从前一样搭着我的肩膀走出单位大门。在十字路口分开的时候，他从兜里掏出一块黑色巧克力给我，把鸭舌帽往下压了一下说："情人节快乐，我妈从加拿大给我寄来的，你尝尝。"

"今天是情人节，我都不记得。"我笑笑。

"没有情人的情人节。"他苦笑着。

"你没事儿吧？"我问他。

"没事儿，我是无敌金刚。"他说完用力把两只胳膊举过头顶，荡来荡去，像一只可爱的猩猩，脸上的表情既苦痛又滑稽。

我的家住东边，他家住西边，我说："我们该各奔东西了。"他笑笑："应该叫分道扬镳，或许，这一天真的不远了。"

"瞎说什么呀！"我嗔怪他。

"好吧，回见。"他后退着朝我扬起胳膊，就转身大步走进人群里了。

那天晚上刚睡下时，我接到朱子的电话，说亮子出事了，因为喝多了酒，在街角和人打架，已经被警方拘留，她问我这里有没有两万块钱，我翻箱倒柜把仅有的一张储蓄卡拿出来，裹着一件白色羽绒服出了门。走到小区门口的时候，迎头竟撞见了白若辰，我也不知道过了那么久，我怎么还记得他这个陌生人。那天他穿了一件黑色羽绒服，手里抱着一束火红的玫瑰，看见了我也并不觉得意外，他主动上前和我打招呼："沈慧心？"

"白若辰。"我也脱口说出他的名字。

见我没有忘记他，倒让他感到十分惊喜，他眼睛笑得弯弯的，里面仍然盛着一汪星辉，我本想继续朝前走却被他挡在了路口。他低头看了一下眼前的花，接着抬起眼睛看着我，有些不好意思地说："这花……送给你。"

当时，我只觉着他太会捉弄人，如果不碰见我，这捧花又要送给谁呢？这个人简直就是一个风流公子，不是脑子出了问题，就是神经出了毛病，这让我本来还努力保持着微笑的一张脸，一下子变得面无表情，我说："谢谢你，送给别人吧，再见。"我推开他就朝对面的路口走去。

他却好像抱定了一种死缠烂打的精神，飞跃着一大步追上我，再次挡在我面前说："这花就是打算送你的。"他把花推到我胸前，果断地松开了手，我只好一把接住。

"你到底什么意思？"我问。

"今天是情人节，所以，我买了花，却碰上你，这是天意。"

"白若辰，你……"

"我喜欢你。"他深情地说。

"你是疯子？"我问。

"如果你认为是，那就是好了。"他面色不改。

说话间，天空飘起了雪，落在了红色的花瓣和我的头发上，白若辰站在路灯下注视着我，嘴角微微扬起了一丝感动，泛着黄晕点亮了他深邃的眼眸，他像一尊虔诚的雕像矗立着，这让我不能相信眼前这个男人，是不是生活中真实出现的，他多像突然从外星球跑下来的，如果真是那样，我倒愿意相信他的真诚，可他明明就是一个住在我对面大楼的邻居，却为什么会如此轻率？

他突然开口问："你认识薇薇吧？"

"怎么，你也认识她？"我诧异。

"我是他的哥哥。"他说。

"胡说！怎么可能？"我一脸不屑。

"我们是同一个父亲。"

见我不信，他接着又讲起了自己的身世。他的父亲在政府当了十几年公务员，拿着微薄的工资，在他五岁那年，母亲嫌父亲没出息就和父

141

亲离婚了，白若辰被判给了父亲。没有想到，五年之后，父亲事业上突然出现转机，被提拔为当地广电系统的领导，在那里认识了薇薇的母亲，他们兄妹之间相差五岁，却感情很好。

不知道为什么，我竟会站在落着雪的夜里，在没有人的街道上，听一个陌生男人讲着过去。

他是从薇薇那里知道了我，之前我写过的一个剧本《没有理由爱上你》，他竟然连续读了十遍。他爱上了剧中的女主角，把"她"当成了我的原型，所以，才千方百计地要薇薇帮他认识我，他来北京读广告设计研究生，就是薇薇帮他报的名，连十九层大阳台上的那间宿舍，也是薇薇帮他选的，只为了能时而看见我。我忽然想起了那些他仰望夜空的夜晚，其实都是对一个想象中女子的呼唤和思念，期待能够和"她"相遇。

"有点儿荒谬，不是吗？"我问他。

"一点点吧。"

"我凭什么要相信你？"

"这个不知道可以吗？"他从怀里掏出了一枚天鹅的胸针。

那是四年前，薇薇和阿昆去参加北京台面试，我送给薇薇的礼物。我从白若辰的手里接过它，看见它仍光鲜如初，白色的天鹅圣洁地披着一层怀念的色彩。

"我们好久不见了。她好吗？"我把胸针还到他手里。

"她结婚了。"

"是和肖峰吗？"我问。

"不是。"他的情绪低落下来。

这时，我的电话突然响了，是朱子打来的，她说已经在派出所等我快两个钟头了，我才忽然想起来要给亮子送钱的事儿，我对白若辰说我还有事先走了，他却执意开车送我，我只好答应了。

一路上，他的车里循环播放的都是那首《Never grow old》：

Open my eyes

I realize

This is my perfect day

Hope you never grow old

Hope you never grow old

……

　　在流淌的歌声里，我又跌进回忆，那段在传媒大学读书的日子，又随着窗外的雪花纷飞而来，车窗上，我又看见了薇薇、肖峰、昆昆、明子和小萌的脸，我们曾一起唱"时光不老，我们不散"。一晃四年了，年华一点点老去，我们之间也断了联系。偶尔，想起他们的时候，本来想打个电话，又怕对方忙就打消了念头，终于，在匆匆的脚步和年轮里，我们渐渐疏远了，时光老了，我们散了。

　　白若辰一路上也没有再讲话，只是专注地开车，生怕打乱我的回忆。车子在派出所大门前停下来，朱子站在雪地里等着我，见我下车，她二话没说拉着我朝派出所里面走，白若辰并没有离开，他说会在原地等我。

　　我们交了一万块钱的保证金才把亮子带出来，他的头被打破了，上面缠着一块纱布，脸上红一块，青一块的。我看见朱子的眼里泛着泪，她想去搀扶亮子，却被亮子一手推开了。他走了几步，突然转过头对朱子说："以后甭管我了。"

　　"亮子，你不知道朱子多为你担心？"我对亮子喊。

　　"我不需要任何人的同情，在北京飘了三年了，我一事无成，我在栏目里，没人瞧得起我，我活得像一条可怜的狗，但我不服气。"亮子拍着胸脯大喊着。

　　"节目毙掉又算什么？"朱子也喊着。

　　"不行，就是不行！"他嘶吼着，两只双臂振在空中。

　　白若辰站在车旁边看到了这一幕，他对亮子喊："深更半夜闯了祸，还这副德行？"语气里充满着怒斥。

　　"你是谁啊，我们不认识好吗，关你屁事？"亮子奔他去了，伸出了拳头。

"白若辰，你先走吧。"我拉扯他。

"你竟有这样的朋友！"白若辰说。

听完这话，亮子像疯子一样甩开我和朱子，冲着白若辰挥舞过去。他们两个扭打在雪地里，根本就不顾及不远处就是派出所。然而，亮子根本不是白若辰的对手，他的一双手被白若辰反扣住，根本无力反抗，他的头顶在雪地里，两条腿跪在地上，语气却依旧强硬："你他妈的放开老子！"

"难怪你没有本事，连打架你也没有本事。"白若辰讽刺着一把推开了他。

亮子踉跄着倒在雪地上，头上纱布的血渗出来，顺着太阳穴滑到耳朵里，朱子上前去扶亮子，被他又一次推开了。亮子吃力地站起身来，摇晃地向远处的公路走去，朱子起身要去追他，只见亮子用一只手指命令她不许靠近，我一把拽住了朱子，看着亮子脆弱的身影消失在公路的远处。

那天夜里，我才知道朱子喜欢亮子，他们之间进展的程度我虽不了解，但对于这段恋情也并不看好，因为亮子太脆弱了，朱子也一样，两个脆弱的人在一起，怎么能有创造生活的力量？白若辰先送朱子回家后，最后把我送到电梯口，他说明天晚上六点在小区门口的喷泉前等，他有重要的事情告诉我，是关于薇薇的，一定要来，我刚要开口拒绝，电梯门关上了。

第二天早上上班，我没有看见朱子和亮子，一整天我都在赶制《狙击手集训队》那集片子，晚上十点半，才把两集稿子交到莫主编的手里。

我赶上了最后一班地铁，等下车的时候，看见白若辰坐在台阶上等我，我心里想着他来也好，这一刻，我既然逃避不过去，就走过去面对好了。

"想说什么，今天全部说清楚。"我说。

"好。"

"我只有五分钟时间。"我一边走一边说。

他笑笑，跟在我的后面。我心里想就算他是薇薇的哥哥，也没有理由这样缠着我，何况我还是一个已婚的女人，他这样等着我算怎么一回事？

　　他接着和我讲起了薇薇的故事，两年前，她和肖峰分手，就独自去美国了，为了获得绿卡和一个美国商人结了婚，但丈夫结完婚全变了，根本不给她自由，把她拴得死死的，如果她偷偷出去被发现了，他就会把薇薇暴打一顿，薇薇想要离婚，却被他要挟着除非他死。

　　"你为什么不去看她？"我问。

　　"去了，他伪装得很好，根本看不出一点儿痕迹。"

　　转眼几年的功夫，薇薇的人生却发生了这么多变化，我既为她担心，又不知道如何是好。我对白若辰说："薇薇选择的生活，我根本干涉不了，美国距离中国这么远，我更不可能去看她。"

　　他理解地点了点头说："她很挂念你。"

　　"嗯，我会抽空打电话给她。"

　　他充满感激地笑笑，我突然停住脚步对他说："我想告诉你的是，其实，文学和生活是两回事。"

　　他好像明白我要说什么，只是安静地听。

　　"你喜欢剧本里的那个女人，根本不是我，我是沈慧心，和那个剧中的女主角没有一点儿相像，你明白吗？"我希望他能明白我的意思，从此止步。

　　他却换了另一个话题："你和你丈夫根本没有未来。"

　　"你凭什么那么说？"我升起了一股愤怒。

　　"如果他爱你，早就该来你身边，不会让你等五年！"他说。

　　"那是我们彼此信任。"

　　"是你把生活想象得完美，爱一个人不会让他等那么久，还有，就像你曾在文中描绘的'爱情是很奇妙的，可以在一秒钟之内发生'，就像我喜欢你。"

　　我真恨不得给他一拳，这个满脑子被艺术细胞填满的蠢蛋，活在文艺的天空里，根本分不清什么是生活，什么是创作。我对他大喊着："那我告诉你，别说一秒，给我五年、十年，我仍给你和今天一样的答案，你是个疯子！"

他站在喷泉边上，用心听我说出每一个字，眉宇之间依然挂着一副淡然的神情。见我不说话了，他才轻呼出一口气，温柔地对我说："好，那你敢不敢做一个约定？从现在开始，在五年的时间里，我只做你的朋友，五年之后，如果你的丈夫仍没有来北京陪你，或者你们分开了，我希望你能接受我。我现在的身份，只是你身旁一个最普通的朋友。"

"我凭什么要接受这个约定？"我不屑地一笑。

"因为我的真诚。"他说。

"文学和生活不一样！"我再次重申。

"生活远比小说精彩。"他郑重地说。

我知道就算我和他再辩解一万遍，他都乐意相陪，而我哪里有那么多时间。我充满怒意地看着他，希望能够一眼看穿这个男人的心，他用坦然的目光迎接着我，我只好调转头朝家的方向走，把他一个人剩在喷泉边上。刚走了几步，他的声音被风又送回耳边："记住啊，五年后的约定，就2014年的圣诞节吧，我在原地等你。"

我头也不回继续朝前大步走，只要这一刻我甩掉了他，我就相信，我们今生都是陌生人。

等我睡下的时候，又看了一眼手机，希望能收到楚天情人节的短信，可是我失望了，小米兰倒是发来一条："妈妈，我爱你。"那天晚上的梦里，我竟出奇地梦见了白若辰，梦见了五年之后，我们又在夜色里的喷泉边相见。

那夜之后，白若辰真如辰星一般消失了，对面十九层的大阳台上，灯光璀璨的时候，是一群人嬉闹的身影，我并没有再看见他。他说过，五年之后会在喷泉那里等我，每次经过那里时，我都在想他是不是就在周围的不远处，远远地看着我。我环视了一下四周，只有风儿低低地吹过，我竟有一种莫名的失落。

又过了半个月，《狙击手集训队》终于完成了，纪春明在审这集片子的时候，看得十分专注，他说："慧心做电视，真的很有天赋，这个节目能获大奖。"

莫主编在一旁默默地点着头，朱子和亮子也在一旁和我挤眼，明丽却说了一句："慧心做的很好，但不得不说，他遇见了陈大羽这么出彩的采访对象，是彼此成就。"

纪春明把话接过来说："这只是一方面，好的采访对象也是导演发掘和提炼出来的。我希望你们都能有这个本事。"

明丽说："慧心总是很幸运。"

我看见亮子白了她一眼说："做节目又不是买彩票，看来，你的运气总是不大好。"

明丽也不示弱："是不大好，但总比你好那么一点点。"

纪春明发话了："看一个节目，也能看出你们这么多废话吗！"说完，大家都不出声了。

《狙击手集训队》在播出后，很快以 0.68 的收视率，获得了当月收视冠军，制片人纪春明多次在例会上表扬我，说我的电视前途不可限量。本来想做完这个节目就离开的我，不得不重新思考一下事业的方向，如果留下来，我和楚天、小米兰不能团聚，如果离开，我害怕错过事业上最宝贵时期。我把这些心里话和莫主编说的时候，他只是耐心地听，并不发表确切的意见。好久没有消息的白若辰，却在那一天突然发来了短信："看了你的节目，还是忍不住要祝贺你！"我没有回复他。

那天晚上，我还接到明丽的电话，她的声音比平时听起来要真诚一些："慧心，我不打算继续干了，这里挣的钱太少了。"

"你想去哪儿呢？"我问。

"还没想好，所以也想问问你，你有什么打算？"

"我还没有想好。"我如实地说。

"有一个栏目请我做编导，工资比这里多，你去吗？"她问。

"我没考虑。"

"你那么有才华，适合你的地方有很多，和我一起走吧？"

明丽这个人真是摸不透，感觉和你既近又远，我对她说："我真没打算，先干着吧。"

见我这么坚定，她也不好再说什么了，最后挂电话的时候，说了一句："就当我没打这个电话。"

那一刻，我忽然不知道是明丽变了，还是我从来也没有真正了解她。夜风袭来，我倚在窗口抬头仰望北京的夜空，在那汪深蓝里，我多想寻找出一个未来的答案，留下还是离开，是终究要做出选择的？

明丽并没有离开栏目，后来和我、朱子、亮子都走远了，只是见面寒暄一下，私底下并不交往。听以前的一位校友说，她经常去外面公司找点私活儿干，工资比我们谁挣得都多，亮子不以为然，朱子也说分内的工作已经累坏了，实在无暇顾忌其他。我却觉得无论如何，通过劳动赚的收入天经地义，只不过怀念曾经我们三个一起击掌努力奋斗的那一刻。

后来，我终于知道明丽为什么没走，有一次，纪春明在例会上明确提出，只要大家努力工作，十分有可能被吸纳进部队。这个消息像炸锅了一样，点燃了每个人心中的梦想，如果真能那样，哪怕再等十年也值得呀，因为跟着户口就变成北京的了，那么，小米兰以后来这里读书也将变成可能了。

距离农历春节还有一个月的时候，亮子辞职了。一周之后，他才约我和朱子在簋街的一个小店吃饭。那天，他穿了一条鲜亮的红裤子，黑色皮夹克，头发理成了二八分，一半漂染成蓝色，一半漂染成红色，看得我们全惊呆了。他自嘲着坐在茶树色的大长椅上露出诡异的笑容。"一半是海水，一半是火焰。我要开始新的人生。"他看上去意气风发。

"以后要做什么？"我问。

"随便什么。"

"那想做什么？"朱子问。

"先旅行，其他的再说。"

我和朱子谁也没再问他辞职的事儿，我深信这个决定一定是经过深思熟虑的。那天，他从家里带了一瓶红酒去饭店，说是他妈妈特意从加拿大寄过来的，在给我和朱子添了一点儿后，他用右手轻晃着酒杯说："有件事儿，你俩得帮我。"

"什么事儿，说。"朱子显得十分豪气。

亮子点燃了一根烟，看着窗外亮着灯火的城市，眼眸里闪过一丝回忆。他低头看了一下酒杯，仰头全喝了，接着说："你俩得给我证明，我没有虚度光阴。我不想让我继父瞧不起我。"

他接着告诉我和朱子，他妈妈和继父结婚的时候，各带了一个小男孩，他们恰好同龄，十年之后，继父的孩子考上了美国的一所著名大学，他只考上了湖南的一所普通大学。当初，他妈妈执意要带他去加拿大定居，他却坚持毕业后来北京打拼，他的继父说如果没有他的资助，他在北京根本混不下去，亮子不信硬是撑了四年。他说到这里苦笑了一下说："不是我没有出息，是因为我选择了一个没钱挣的行业。"

"要我们怎么给你证明？"朱子问。

"你们是我在电视台工作的见证人。"

"那是当然，亮子是努力的。"我说。

"不，最努力。"朱子补充。

夜深了，我们三个在簋街街头第二个十字路口分别，之所以记得这么清楚，是因为那一天我们三个离开的方向截然不同，我朝东边，亮子朝西边，朱子朝北边。亮子举起右手和我们俩分别挥了挥，嘻哈地说："慧心，我怎么说来着，我们真到了分道扬镳这一天了。"他说完大笑着。

"不，换一个词，叫各奔前程。"我向他大喊。

"好，各奔前程。"亮子站在寒风里大喊着。

一层浓雾遮罩住北京的天空，我们彼此看不清楚脸上的表情，只见亮子走了两步，又再次折返着回来，对我们大喊着："敢不敢做一个约定？"他兴奋的声音被风传过来。

朱子也停住脚步，回转过身，羽绒服帽子上的白色绒毛，在晚风中自由地舞着。她把一双手举在空中摇晃着说："说吧，什么约定，是让我等你吗？"她漾着笑意，像夜来香散发出的芬芳。

亮子使劲儿地摆了摆手，憨憨地露出笑容，然后，他又把脚上前跨了一大步，闭上了一下眼睛，静静地想了几秒钟，又很快睁开，开始一字一

149

顿地说："五年之后的今天，晚上九点无论混得怎样，我们都在这个路口再相见。"

"那以后不要见面了吗？"朱子怅然地问。

"随缘吧。"

"我同意。"朱子痛快地大声回答。

"我也同意。"我附和着。

不久前，白若辰也和我约过，没有想到，五年之约已经成为了约定俗成对未来的一种希冀，让平淡的岁月里有个温暖的盼头儿。五年之后，我们会在哪里？我和楚天、小米兰会团聚在北京吗？白若辰是不是早就像外星人一样消失得无影无踪，亮子的明天是不是如他的名字一样明亮，一切都是未知数。但这一刻，我已经下定决心，无论如何，我要携着岁月的风尘，风雨无阻去赴这个五年之约，期待五年之后这个答案缓缓揭开……

第十二章
不同的星球

亮子、我、朱子三个人怀抱着温暖的"五年之约",开始各奔新的征程,我的目标是成为无人可以替代的最佳导演,期待早一天和楚天、小米兰在北京团聚。

我在拍摄中从不偷一点儿懒,有些不太重要的空镜头,我也都陪在摄像边上,别人问几个问题就过的采访,我会列出采访提纲,认真采访一两个小时,因为莫主编曾告诉过我,人的表达要比画面重要,那些最关节点的采访,关系到一个片子的客观走向。和我拍摄的摄像师最辛苦也最快乐,因为,我不会辜负他们的付出,每一个节目最终呈现出来都饱含着情感的温度。

我的工作表现,得到了各大军营的极大赞赏,许多表扬信从我拍摄过的军营寄来,纪春明每次都会在例会上念那些信,念完之后把信摊在桌面上说:"你们都要像慧心这样啊。"

我在为收获同事们赞许的目光感到得意时,莫主编却告诉我一句话:"别骄傲,努力永无止境。"

不久后,年底在评定先进工作者时,我毫无悬念地以得票数最高当选,之前播出的那期《狙击手集训队》获得了全军年度纪录片一等奖,同时摘获全国十佳纪录片桂冠。无疑，我成为了电视中心最耀眼的一颗新星。有一天，明丽神秘兮兮地对我说："以后，我恐怕得叫你沈主编了。"

"为什么？"我问。

"你这么有才，纪春明不提拔你，就是他的问题了。"

"我没想过。"我笑笑说。

除了审片之外，我和纪春明几乎不做什么交谈，不像明丽那样，拿到一个新选题，总会去敲他办公室的门，她把纪春明说的意见逐条记下，我并不是没有谦虚的态度，而是认为作为一名导演，应该有一个独立思考的过程。

当我把取得的这些成绩打电话告诉楚天时，他仍然不能讲话，只是用手指轻敲着话筒，意思是他听见了，但并不如小米兰那么喜悦，她把电话抢过来说："妈妈，快过年了，你什么回来呀？"

"再有十天，一定回去啦。"我兴奋地说。

"纯纯也可想你啦。"小米兰稚嫩的声音，像一块蜜糖甜进我心里。

楚天又把电话接过来，用一根手指轻轻敲了话筒四下，我能听得出他的意思，那就是："等你回来。"

挂上电话，我立刻坐在电脑前定回去的火车票。每到年关，回东北的火车票特别难买，好在我双手动作迅速，不到十分钟就抢到了一张车票。正在我得意地哼起歌时，元主编站在了我身后，十分神秘地对我说："慧心！来大活儿啦。"

"什么大活儿呀？"

"慧心，你是不是一名战士？"他一本正经。

"Yes sir！"我侧着头用一个军礼回答他。

"西北地区大旱，解放军的打井队明天就出发，和他们一起去吧？"

我犹豫了一下，吞吐着说："可是，我已经定了车票。"

"可以退嘛。"他一脸的无所谓。"还有什么困难？"他接着补充。

"我想回家。"我几乎乞求的眼神楚楚可怜。

"是战士就得服从命令！"他不由分说。

"哦，Yes sir！"

他马上露出笑容说："做完节目，咱就回家过年！"说完拍拍我的头就出门了。

第二天早晨，我和摄像东子一起前往宁夏回族自治区，计划春节前返回，大家都等着回家过年。

好久没见东子，他显得更加黑瘦了，我问他："相亲的事儿怎样了？"

他指着手上的机器说："它就是我媳妇！"我捂着嘴笑，他无奈地摇头。

我们前往的地方是彭阳县的一个偏僻农村，名叫陡坡村，那里是西北旱灾最重的地方。我们坐了两个小时的飞机，来接我们的徐干事裹着一件迷彩的军大衣，早早等候在河东机场的停机坪上。走出机舱，大西北漫天的风沙，肆虐地灌进脖子里、鼻孔里、嘴里，根本张不开口，我们钻进了不远处的一辆军用吉普车里，要再开一百多公里的路才能到陡坡村。我把头伸向窗外，看见远处高高低低纵横的沟壑，像一张沧桑老人的脸，土地贫瘠地袒露着胸膛，风沙纷扬地四处流窜在树梢上、庄稼地里、电线杆上。车越往前开，一座座古老的村庄，在大山那边冒出了头儿。

村口，老人和妇女们手指着吉普车来的方向，几个小孩儿奔跑着向前迎接着我们。东子一直开着机器，里面一个叫香秀的小姑娘，十来岁的样子，拉着我的手去了她的家。她的妈妈戴着一块绿色头巾，正站在门口热情地点头对我笑，接着就把我带到了厨房，房梁上垂挂着一盏昏暗的灯，靠着窗口有一个水缸，她拿起罩在上面的一个布帘，里面冒出了一股酸臭味儿，探进头去看水缸里面竟没有一滴水，我后来才知道，他们住的房子叫窑洞。香秀还有一个三岁的弟弟，坐在炕上的一个角落里，瞪着一双大眼睛看着我们这群陌生人。香秀有一头漂亮的长发，我问她多久没洗了，她回答我一年多了。

我和小徐干事商量，就住在陡坡村拍摄，以小香秀和村里人的视角，讲述他们缺水、找水，以及解放军的打井队怎样让这一村人吃上水的故事。徐干事说什么也不肯，说我们是客人，怎么能住在村里受这个

153

委屈，我就换了个说法，为了能让拍摄效率高一点，他才勉强同意住在彭阳县城。开车到陡坡村只有二十分钟，我们约好了第二天凌晨四点钟起来去拍香秀上学，因为解放军的打井队，就在他们学校的大院里。

晚上回去的时候，已经十点钟了，镇上的旅馆没有窗户，屋子里散发着一股霉味，床单上落了一层薄薄的黄沙，我干脆不脱衣服就躺了下来。一条短信进来了，一看是白若辰，上面写着："慧心：听说你去西北了，明天降温，别感冒了。我被邀请拍几个创意广告，去趟美国的西部，不知要去多久，不要忘记我们的五年之约，愿你保重。白若辰。"

看着屏幕上的字，我没有再回复他，只当做一个不甘寂寞的外星人。十分巧合的是，亮子的短信也在这时进来了，他告诉我此刻他正在希腊的一条游船上享受着夕阳的柔美，特意问候我。我回短信给他："我在干旱的大西北，向你这么小资的人问好，我们有差距了。"他回复我："瞎说，保重身体，回头寄给你明信片。"

我不知道白若辰怎么知道我去彭阳了，难道他有望远镜？我从来都不去想象他的本事，只当做他人脉广泛。糟糕的是，由于出发匆忙，我没有穿厚羽绒服，当天夜里竟发起了高烧，第二天凌晨四点，我还是强打起精神去拍摄香秀一家。她起了一个大早，坐在老式立柜的镜子前，妈妈正给她梳一头长发，由于一年多没洗了，发丝都打成了一个个结，枯黄的发梢像一把干草。香秀告诉我她的阿妈是聋哑人，一家人吃水，主要是早上阿爸带着她去几十里外的一口老井里打水。说话的功夫，他的阿爸已经等在外面了，三十四五的样子，看上去比香秀妈妈年轻一些，穿着九十年代的灰色西装，我猜他一定是知道记者来了，才特意穿成这样的，肩膀上搭着一节竹竿，上面挑着两只银色的铁皮桶，暗黄稀松的头发，在清晨的风里飘舞着。

我和东子跟在香秀和她阿爸的身后拍摄。三十里的山路，要翻越两座大山，香秀一蹦一跳地，欢快得像一只小鸟在前面引路，时而回过头来给阿爸唱歌："跳过了山岗，来到了草地，泉水在哪里？"

她的阿爸就会自然接下一句："泉水叮咚，泉水叮咚，泉水在这里……"

空荡的山谷里，回荡着他们父女俩欢快的歌声，东子把这一切都记录在了镜头里。

由于体力不支，我已经落在后面好远了，不停地喘着粗气，嗓子像冒浓烟一样，用手一摸额头滚烫滚烫的。我停下来坐在高高的山坡上，看见一个赶着毛驴车的大娘冲我亲切地摆手，车上装了刚从井里打的两大桶新水，看见我虚弱的样子就赶忙把车停下来，从桶里给我舀起一碗水递到我面前。我连忙摆手推辞，因为在缺水的黄土高原，只这一瓢水就足够让她做一顿饭了。她好像看明白了我的顾虑，笑笑说："喝吧，解放军就在俺村里打井，再过几天，就不跑这么远的路了，喝吧，姑娘。"

我接过那瓢水一饮而尽，虽然是苦味的水，却也瞬间像一道清泉，在我五脏六腑里流淌了一遍，老大娘把脸上的蓝色围巾又系了一下，乐呵呵地赶着毛驴走远了。一阵黄沙吹过，我渐渐看不见她的背影了，只听东子在对面的山坡上对我喊道："慧心，你没事儿吧？"

我无力地举起手朝他挥挥。眨眼的功夫，香秀就和他的阿爸肩挑着两大桶水，肩上的那截竹竿被弯成了一个弓形，发出吱纽吱纽的声响，一晃一晃却脚步轻快地停在我面前。见我一脸憔悴的样子，她的阿爸把扁担放下来递给了香秀，然后就一把背起我朝村口的方向走去。我看见香秀竟轻松地担起了两大桶水，在我们后面走得摇摇晃晃，却还是一张喜盈盈的脸。

解放军的打井队一共选了三个点打井，一口在香秀的学校，一口在村口，另一口在村委会。水还没打出来，孩子和老乡们就开始盼望着，每到下课的时候，香秀和同学们就围在井边，看着打井的钻头探进黄土里，村口上了年纪的老人们，也把脖子探进去，看呀看怎么也没够儿。到了晚上，怕打井的解放军住帐篷冷，老乡们就把自己烧热的炉子送来，锅屉里还装满了大白馒头，那是他们心底里深深的谢意。香秀的妈妈还给打井队的苏团长纳了一副鞋底儿，我问她为什么呀？她用双手比划着，香秀告诉我她阿妈的意思是，苏团长人好，如果他不带领战士们没日没夜的打井，也不知道什么时候能喝上甘甜的井水。

虽然一直硬撑着拍摄，可我还是病倒了，徐干事带我去彭阳县城输液，他把身上的迷彩大衣脱给我说："沈导，你可得快点儿好，不然，我这罪过可大了。"

我说："怎么呢？"

他说："降温早有预报，我应该早告诉你。"

"其实，早有人告诉我，是我抵抗力差。"我笑笑说。

此刻，白若辰一定到达了美国的西部，和中国西部的干旱贫困相比，那里的沙漠上却可以建造梦幻的拉斯维加斯，我们此刻身处两个半球。五年之后，这半球的我，和那半球的他，会以怎样的方式相逢。我又想起了久别的薇薇，不知道她的近况到底怎样，在我的记忆中，她就像一头奔跑的小鹿，总能找到属于自己的那一片芳草地。

就在我生病的第三天夜里，有好消息从陡坡村传来，村口的那口井出水了，这让中国西北部这个贫困乡村，迎来了比新年还快乐的日子。我也顾不上病了，执意让小徐干事送我去现场，东子扛起机器飞跑着到井水边，记录下了乡亲们用手捧起清水的第一个画面。村里八十岁的老支书喝完了水，还痛痛快快地用水洗了洗他白色的胡子，一旁的小孩子哈哈大笑起来，香秀一家站在井水边冲着镜头挥手，这吉祥的幸福之水，让陡坡村的百姓们，提前沐浴在了 2010 年的春光里。

第二天清晨，香秀和阿爸阿妈在村口送别了我们，她的阿妈从衣兜里掏出两双亲手绣的鞋垫，分别送给我和东子，我的上面绣了陡坡村的山水，东子的那一幅是鸳鸯戏水，香秀阿妈的心真细啊，我告诉他们我会再来的。车子离开的时候，香秀奔跑着和我们挥手，我又想起了她唱的那首歌："跳过了山岗，来到了草地，泉水在哪里？"泉水此刻盛满了我的心胸。

在去机场的路上，小徐干事说："什么时候再来？"

东子歪着脑袋点燃一根烟，望着窗外的漫天黄沙说："兄弟，我结婚的时候，就来这里。"

小徐瞪大了眼睛说："这么荒凉的地方，你来？"

"来，土地荒凉，人心温暖。"

我点了点头。

飞机拉升到八千米的高空，我们离开了西北大地。降落在首都机场已是深夜，璀璨灯火的北京，仿佛把我们带回到另一个星球。在电视中心五楼的办公室里，莫主编正在等我们归来，他告诉我节目这两天必须制作完成，这就意味着如果不加班根本回不了家。东子拍了拍我肩膀："行啊，让香秀一家陪着你过年吧。"

我笑着和他挥手说："赶紧去寻找你媳妇吧，把鞋垫作为定情之物。"他大笑着和我挥手再见。

就在当天，我接到了楚天的短信："什么时候回来，我去接你，妈也想你，盼着你回来和她过年。"

我回复他："快了，我加班做完节目就回去！"

我连夜写完了十页稿子，名字叫《陡坡村找水记》，莫主编两个小时后就回复了我："很好，可以拿奖。"

我去他办公室取稿子时对他说："我想回家。"

他说："谁不让你回家啦，做完了节目就回嘛。"

他说得云淡风轻，接着把桌子上的日历翻了一下，手里握着一截铅笔，寻思了一下，就提笔在上面写"除夕入库"。然后抬起头来看着我："除夕当天回，晚不晚？"

"不晚！"我满意地点点头，又和他讲起了条件，"这回得休长一点儿。行吗？"

"多久？"

"一个月。"我大胆地说出了这个数字。

他立即把稿子卷成一个筒状，向我脑袋敲来，我赶紧跑着躲开，嘴里喊着："好啦，十天，十天而已啦。"他倚在办公室的门口，点头笑着看我走进了机房的大门。

晚上五六点钟，朱子来机房和我道别，她要坐火车回成都过年了，手里握着三张明信片，脸上满是欢喜。

"慧心，亮子的明信片！"我接过来看，一张来自希腊，最新的一张来自巴黎，上面写着："我在浪漫之都，问候我的两位浪漫朋友，世界很大，随便都是停留的地方，别太拼。"

我问朱子是不是还记挂着亮子，她轻轻地摇了摇头说："我挺牵挂他，他好像也对我不错，但从来没有正式的表白。"

"喜欢一个人，并不要求对方回报给你一样的喜欢，付出不需要回报才是爱情。"

她朝我竖起大拇指，接着从帆布兜里掏出最后一张明信片，神秘兮兮地举过头顶说："这个白若辰，对你是不是太关心了？"她调侃着说。

我一把抢过来看见他流利的笔迹："慧心，新年快乐，祝你有一个靓丽的明天。"

这么简短呢？我猜他在看到了外面的世界后，终于肯从小说里走出来，触摸真实的生活，他不再迷失了，我心里既高兴又有些失落，或许，这也意味着一种特殊意义的告别。新年之后，大家都会找到各自生活新的起点，我们不断地告别着昨天。我对朱子说："加油啊，新年快来了。"她甜美地笑着，呆了一会儿就乐颠颠地和我说："来年见！"

"来年见！"

第二天就是除夕了，我心中的快乐，和机房外面的鞭炮声，达成了高度一致的统一。陪我的后期小李，心早已生出了一双翅膀，他的手机只要有短信进来，就拿起电话看一看，当然，谁不着急回家过年呢？我发短信告诉楚天："节目就快做完了，大概大年初一到家，不好意思呀！"他没有再回我信息，我又给他发去了一条："怎么不回信儿？"

等了好半天，他仍旧没有回复，赶片子匆忙，我就当做楚天的手机没有电了。

一夜没睡的非线编辑小李，身子窝在黑色的老板椅上，眼皮快要跌落到工作台上了。他无力地把手里的鼠标在手心儿里抬起落下，发出当当的疲惫的声音，眼神迷茫地看着屏幕。桌子上的咖啡杯里已经见底儿了，我站起身去饮水机里帮他蓄一杯热咖啡，当100度的开水以沸腾的声音和咖啡粒拥抱时，杯面上立刻掀起了一片暗棕色的水花，就像从我心湖上漾起的甜蜜，就快回家了啊。突然，从我身后传来小李惊叫的声音："慧心姐，完了，机器死机了。"

我猛地一抬头，开水溅出了杯子，一阵热辣辣地疼痛蔓延在手腕上。我飞跑着跑到机器旁，看见屏幕上一片花屏，我和小李对视了一下，我赶紧问他："你保存了没有？"

他无辜地摇了摇头，疲惫地说："好像存了，又好像没存。"

我呆坐在椅子上，直盯盯地等着机器能重新复活，我突然想起了莫主编以前在遇到这样的情况时，最常说的一句话："机器要是再不好，我就从楼上跳下去。"神奇的是，他每次说完这句话之后，机器马上乖乖地复活。

我腾地一下站起来，跑到了机房对面的窗口，把窗子拉开愤然地说："如果节目不能回来，我就从这上跳下去。"

几秒钟后，小李在后面跟了一句："慧心姐，别跳了。"

我惊喜地再飞跑着回去，心想是不是奇迹真的出现了，只见机器再重新启动之后仍旧一片花屏，小李又迅速启动了旁边的另一台机器，他的手和大脑好像在瞬间苏醒了，飞快地找到相关的目录，随后，我们在屏幕上看到了一行字："文件并不存在。"

小李脸上的汗珠顺着腮边流下来，他又拿起电话给他的哥们儿们一一打去，得到的答案大多数都怀疑硬盘坏了，或者根本没有保存过。我得赶紧把这事儿汇报给莫主编，因为即使我们再加一个通宵也赶不出来节目了，距离节目最后入库的时间只剩三个小时，我们死定了。

莫主编听到这个消息后，先在电话里沉默了半天，还是我先开了口说："怎么办啊，怎么办？"

他才缓缓说了一句："我马上过去。"

机房里笼罩了一层阴郁的色彩，和新年的喜庆形成了强烈的反差。小李垂头丧气地坐在椅子上摆弄着手机，一条条新年祝福的短信每次欢快地接连响起时，都无法驱散他眉头上的愁云。我站在窗口，不是想着跳下去，而是盼着莫主编来。远远的，一辆黑色凌志轿车缓缓开进来，车子停了，莫主编从上面走下来，手里仍旧拎着他那个棕色的皮包，急匆匆地朝主楼这边跑过来。我回身对小李说："莫主编来啦。"

他立刻把手机放下，身子故意挺直了一下，然后茫然地盯着他对面那个死了好几次的机器，就像盯着一堆破铜烂铁，他好像已经没有任何心情过年了，就和我一样。

我和小李屏住了呼吸，听着莫主编的脚步声越走越近，直到他的皮鞋着实地落在机房的地板上，话音也跟着落了下来："现在，什么情况？"

小李立刻站起身来，一只手指着屏幕说："不知道为什么，突然死机了，然后……再就开不开了。"他支吾着起来。

"开不开了？"

莫主编的目光也投注到这台老式的编辑机上，两条眉毛扭在一起打成了结，右手的五根手指并拢着敲击着桌面，这位我们眼里身经百战的"将军"，此刻也显得那么无力。我在他身旁站着，大气儿都不敢出一下。他把头突然转向我："慧心，我们谁也做不了机器的主。"我叹了一口气。

小李的眼睛却瞬间一亮，他流利地说："就是嘛，这叫不可抗力因素，是我们无法主宰的。"说完也轻呼出一口气，刚才那张惨白的脸，渐渐恢复了血色。

莫主编转身坐到沙发上，从棕色挎包里拿出一根烟，低头刚点上，又瞬间掐灭了。他把目光再次聚焦在机器上说："按理说，节目是要有备份的，你们工作也不细致，电脑不是人，人就得比它多想一步。"小李低着头不再说什么了。

莫主编接着说："第一赶紧联系维修设备公司的人。第二是重新赶制节目，立即加个人过来，看谁还没回家？"

小李立刻回答："明儿就年三十了，维修公司早关门了，咱们组里的人，好像朱子和明丽都在。"

莫主编点点头说："行，我来联系，你们找另一台机器赶紧做，春节咱们就在这儿过吧。"

莫主编刚一出门，小李像散了架的模型，整个人瘫坐在椅子上，脑袋斜在一边儿，一副无精打采的样子。喜庆的新年于我们而言，只当做比平常日子还逊色的时刻，不过，我已经无心难过，因为莫主编正朝门口走进来，神情沮丧着说："哎，明丽和朱子已经在火车上了，行啦，我陪你们做。"

"可是三个小时，我们根本做不完。"我说。

"行啦，晚点儿入库吧。"他显得有些无奈。

他把外套脱掉，拉过来一把椅子坐上去，拿起了桌面上的十页编辑稿，准备大干一场的样子，他好像突然想起了什么说："对了，这事儿别再和任何人说了。"我和小李忙着点头。

不过，这件事情不知道怎么被纪春明知道了，他开着那辆代表他桀骜不驯性格的黑色路虎，黑着一张脸赶来机房了，一进门二话不说就开始骂人："你们真行啊，这大过年的，还能出这么低级的错误！"

他把手上的皮包狠狠地甩在机房中间的黑色皮沙发上。莫主编立即站起身来平静地说："机器出了问题，也属正常现象，我们在播出前赶出来就是了。

"正常现象？要你这么说，咱们电视台天天开天窗，咱都不用做节目了，观众问，就说正常现象啊？"

我和小李也被吓得站起身来，纪春明的声音更大了："我说过多少次了，做节目就是打仗，节目都出问题，打个狗屁仗啊，什么狗屁主编，狗屁编导，全是废物！"

这些话虽是气话，可莫主编却跟着我们俩白白受屈，我的心里十分过意不去，手心儿里全是汗。

机房里一片寂静，窗外的节日礼炮放得更响了，这个中国人最重视团聚的传统节日里，我们却站在这里听着制片人严苛的训话。那一刻，我真想冲上去对纪春明说："只是入库晚了，节目照常播，怎么能叫事故呢？再说就事论事何必骂人呢！"

可我还是没有勇气，莫主编终于说话了："是我没有盯紧，这事儿怪我，慧心、小李都没回去过年，挺辛苦的。"

纪春明也斯底里地喊："你能和观众这么解释吗，打上一行字幕说明吗？都是猪脑子。"

莫主编不知道说什么了，就任着纪春明恣意地把这股火儿蔓延下去。"主编是干什么吃的，是保证节目安全。节目不安全，要你有什么用？"

这话说得实在太重了，他竟然在我们面前不给莫主编留一点尊严，连我都已经承受不起。那一刻，我恨透了纪春明，恨他的无情和冷酷，恨他伤害了我心目中最尊敬的主编，当然，我更恨自己没有盯紧小李，才导致这个节目没有保存。我在心底里竟然还有那么一点儿怪莫主编，为什么在纪春明面前不发一言，不和他好好地理论清楚，凭什么白白受这份窝囊气？这是他风格高，还是根本软弱地惧怕纪春明？

纪春明骂够了最后说了句："再有一次这样，都他妈的给我滚蛋！"

在他转身出门的一刹那，目光突然落到了我的脸上，本来快熄灭的怒火，瞬间又燃烧起来，他用手指着我说："沈慧心，每次例会我表扬你，你给我捅这么大的娄子？谁的责任，我看就是编导的责任！"

他骂得我眼泪哗哗地流，却没有丝毫心软，又补充了一句："要是再出现问题，你就交辞职报告！"说完利落地转身出门了。

我委屈地真想找个地洞躲起来，心想辞职也没什么了不起，我还真不想干了，楚天病着，婆婆病着，我一心好好工作又不捞好。莫主编递给我一张洁白的纸巾说："他发脾气没错，我们没法儿和观众解释。"

我擦了擦眼泪点着头，就坐在椅子上和他一起编辑了。

接下来的十几个小时，莫主编被我拍摄的画面吸引了，他说："慧心拍得太棒了！"

他的思维飞跃地跳转着，脸上的表情时而兴奋，时而沉重，时而沉思，他又变成了我们眼里的将军，指挥着画面上的每处布局，小李也按照他的意图，刀刀精准完美，我也忘了刚才被骂的事儿，我们三个完全变成了一个人。当镜头里的陡坡村在水的渴盼中沐浴新年时，莫老师的眼睛湿了，他一帧一帧播放着小香秀一家人喜悦的神情，沉思了一下说："慧心，挨骂和做出好节目相比是不是微不足道？"我点点头。

小李在一旁接话说："这次新年没过瞎，太难忘了。这个节目，你让我再编一千遍，我也愿意。"

"哎，哎，大过年的，咱说点儿吉利话。"莫主编立刻打断他，小李赶忙把嘴捂住。

我脱口而出一句话："痛苦只是喜悦的前奏。"莫主编瞅瞅我笑了。

在 2011 年新年钟声即将敲响的时候，最后一个镜头组接完毕，莫主编歪着脑袋，用有点蹩脚的英文和我们说："Happy New Year！"

小李有些不好意思地说："其实，这事儿都怪我，让您和慧心姐替我背黑锅。"

莫主编只是摇着头，微笑着："旧年已经过去了，新的一年，我们要开心，对不对。人不能总活在过去。"

我把手伸向莫主编说："您最伟大！"

他笑着照单全收，接着说："现在只做一件事，把节目备份，然后生成后下载，明儿一早，各回各家啦。"

窗外礼花满天，白若辰的信息在零点那一刻进来了："慧心，此刻，美国的西部正飘着入冬以来最美丽的雪，浪漫如你，终于明白天涯就是咫尺的含义。新年快乐！每年的新年，我都要在零点祝福你。"

我本来想给楚天打电话送祝福，没想到他的短信也在白若辰之后来了："慧心，妈被查出肺癌晚期，我不会原谅你不能陪她过最后一个新年。我想了很久，你有你的天地和理想，那是我无法到达的，我们分手吧。楚天。"

我的泪水瞬间模糊了屏幕，怎么可能？婆婆怎么可能得这么重的病？楚天怎么可以在这时候离开我？我慌了，立即给楚天拨电话，他却关机了，婆婆的手机也打不通，我被新年隔断在了另一个悲苦的世界。我要回家，我甚至一刻也等不了，朵朵烟花像我眼角里正流出的眼泪，缓缓坠落。玻璃窗上重叠着莫主编的一张脸，他走到我身边说："慧心，我送你。"我无助地转身趴在他怀里放声大哭，他轻拍着我说："一切都不如你想象得那么糟糕，总会过去的。你刚才不是说'痛苦是喜悦的前奏吗？'"

我早忘了这句话，烟花迷离了我的眼，莫主编稳稳地开着车，带着我在新年的夜色中穿行，汽车的前照灯把新年的马路照得通明，不绝于耳的鞭炮声就像我心底里发出的悲鸣。即便烟花把新年的夜空妆点得如白昼一般，我却好像跌入黑暗之中恍如隔世，我甚至不知道自己是谁，我将要去哪里？

第十三章
最长的别离

当新春的白雪把故乡披挂成一片洁白时，楚天的母亲，我的婆婆却躺在医院洁白的床铺上奄奄一息，我哭着握着她的手说回来晚了，她只是无力地摇摇头，嘴角里依然漾着一丝暖意，就像上一次离别在夕阳中和她相拥时那温暖的色彩。

"慧心，你们好好的，我就放心了。"她说完大口喘着气。我站在床边抹着眼泪。

"您不会有事的，我们要一起去北京，不是说好了，明天更美好吗？"我说。

她点着头无力再回答什么。楚天坐在床的对面，眼窝凹陷下去，眼神空洞得就如一个木偶。小米兰怀里抱着纯纯，靠在楚天的旁边，见我回来了也没有之前的热情，只是眨巴着眼睛看着奶奶。对于死亡这两个字，她根本没有任何概念，我把她的手牵过来，蹲下身子对她说："小米兰，快来看看奶奶，有什么话对她说？"她乖乖地走到床边，把纯纯放在被单上，轻声地说："起来呀，走，回家呀？"她推着奶奶。

"奶奶……要走了……"

"去哪里？"小米兰快要哭了。

"奶奶……也……不知道。"她又大口大口地喘着气，脸被憋成暗青色。

楚天的眼里早已经没有泪水，他是不是早就已经哭干了？他缓缓地抬起婆婆的一条手臂，然后低下身子在上面亲吻了一下，他多想再喊一声"妈"，却根本发不出声来。婆婆眼角里的泪水，一行又一行地流淌下来，她也紧握着儿子的手似有千言。小米兰看着这一切，突然呜呜地哭起来，她一把抓起床上的纯纯朝门外跑去。我本想追出去，却被楚天的一只手死死地拽住了，接着，他的两条腿缓缓跪立在婆婆的床边，我也跟着跪了下去。

婆婆的一双目光，只停落在了楚天一个人的脸上，久久地看着他。那目光里不止是悲伤，是无限的眷恋和不舍，是不放心和牵挂，是此生最长的别离。

时光在她眼里，仿佛又穿梭回楚天小时候，他胸前还挂着一个自家院子结的青色小葫芦，院子里绽放着许多清香的花朵，那些日子多么美好啊，她多想再回去重新过一遍，可人生怎么如此短暂呢！她不忍心把目光从儿子的脸上移开一寸，可是，她的身子轻飘飘的仿佛滑上了云端，这一次别离，不知道要轮回几世才能相见？

楚天立刻把身子哈下来，耳朵侧向母亲的嘴边，想听清楚她还要说什么，可婆婆好像实在是没有一丝力气了，她在大口地喘了几口气后，气息就渐渐弱了下来。夕阳的光线，一点一点从她的身上移开，婆婆如一片秋天的黄叶安静地凋零了。

"妈！"楚天一声尖利的哀嚎，瞬间刺破了死亡的宁静，我抱紧他，楚天的头靠在我怀里，我们的泪水交织在一起。对楚天而言，从此他的天坍塌了，没有人再像母亲那样为他顶起，那个最疼爱他的人永远离开了他。

楚天在小时候住的乡村，给婆婆买了一块墓地，那里四面环山，风景秀丽。他在坟前栽下了米兰花、松树，小时候院子里种过的花草，和大片的玫瑰，他希望婆婆的另一段新生，能在她最热爱的故乡启程。

丧礼在一个小山坡举行，我摘下挂在婆婆窗口的那个弹壳风铃，把它挂在了她坟前的一棵松树上。风吹过来，发出一声声清脆的声响，就像婆婆在天堂对我们说话。小米兰抬头看着天，闪动的泪光里是透明的悲伤，她把头转向我问："妈妈，天堂远吗？"

我说："你认为它远，它就在天边，你认为它近，它就在你心里。"小米兰把一双小手放在胸口，好像奶奶从此就住了进去，再也不和她分离。

楚天脚上穿着一双黑色的靴子，正弓下身子，用铁锹不停地给婆婆的坟填土，泪水一颗颗滴落到泥土里，他好像流干了所有的眼泪，干巴巴的像一根打蔫了的豆芽菜。我走到他身边，想接过他手里的铁锹，却被他一把推开了，他埋头大汗淋漓地干着，累了就跪下来用手把一培培新土往坟上加，直到夕阳落山，那一棵棵崭新的树苗，在婆婆坟前迎风吹动着，仿佛在告诉我们她已获得了新生。

送走婆婆的那天晚上，楚天把枕头、被子全搬到婆婆那间屋子里了，我们从那天开始分居了。连续几天，早上，他也不起，小米兰去叫他，他好像没听见。中午，我去敲他的门，他起身把门锁上了。到了晚上，我把饭菜做好，走到他门口说："楚天，出来吃吧。"他也不应声。

直到有一天晚上，我走到门前对他说："楚天，我回爸妈家里，你起来吃饭吧，小米兰我带走了。"

我心里明白我敲不响的不是那扇门，而是他的心门又一次向我关闭了。

爸妈劝我这个时候要多理解他，这么多年，他和母亲相依为命，老人家突然走了，得给他一段时间接受这个事实。

我知道，楚天最不能原谅我春节都不回家过年，让婆婆心存遗憾地走了，其实，我在心里又何尝不难过呢？我拿出婆婆买给我的那件花裙子，又能想起她充满慈爱地看着我，有再多的话对她讲，她也听不到了，我伤心地哭了很久很久，楚天本应该生我的气，我让他的心彻底受伤了，什么也无法填补那深深的悲伤。

小米兰整天把自己和纯纯关在大衣柜里，怎么叫她，她也不肯出来，失去了奶奶，对她而言，就像失去了妈妈一样，那些我不在身边的日子，除了姥姥、姥爷，多半都是奶奶陪伴她的。那会儿婆婆最常给她讲的故事就是《卖火柴的小女孩》，当火柴都燃亮的时候，奶奶就会出现在眼前，小米兰像受了启发，她拽着姥爷的手哭闹着要火柴。我把她抱在怀里，她就挣脱着往外跑，最悲伤的时候，连我这个妈妈也不能给予她安慰了吗？

我失去了楚天的心，不能再失去小米兰的，我牵着她走遍了街角的杂货店，只为了去寻找一包古老的火柴。好不容易才在旧物市场的地摊儿上找到了一家有卖，小米兰斜着脑袋拿着这个长不到 5 厘米，宽不足 3 厘米的小盒子，轻轻地用手拉开，里面一根根带着粉色帽子的朋友，像在和她亲切地打着招呼，这让她的神情一下子变得轻松了许多。

天刚一擦黑，我们俩就站在楼口的一片小空地上，那天小米兰穿着一件粉色鹅绒的短大衣，戴着前边编成两条小辫子的红色帽子，怀里抱着纯纯。她从火柴盒里拿出一把火柴，摊在手心儿上，然后轻轻地闭上了眼睛，像在用心祈祷着什么，几秒钟后，她把火柴使劲儿地点燃，瞬间，一团明亮的火花照亮了四周，也照亮了我们彼此的脸。她在火光中看着我，嘴角划过一丝微笑，我也笑了，陪着她在火光里等着奶奶。直到火柴都快燃尽了，小米兰也不肯放手，我才对着她喊："快扔掉，奶奶永远不会再回来啦。"

空地上，那化成了灰烬的火柴，被风吹散了，吹远了，小米兰把头扎进我怀里说："奶奶飞走了，飞走了……"

我轻拍着她说："嗯，她变成了风，变成了云，变成了太阳，变成了月亮，和从前一样爱着你。"

那一夜，她躺在我的臂弯里，眼睛一直看着窗外，盯着月亮，直到眼皮实在支撑不住了才渐渐睡去。

一大早，原来同事刘美芳的电话就打来了，她的声音十分尖利，连睡在床头边上的纯纯都忍不住抬了一下脑袋。

"怎么了，这么早！"

刘美芳的语气里透着责问："慧心哪，你是真没心啊怎么的，楚天辞职了。"

"啊，辞职！？"

"一大早，他交了辞职信就走了，领导叫都没叫住他……"

没等她说完，我就挂断了电话，迅速拦了一辆出租车朝公园的住所奔去，我把目光投向窗外，在刚下过雪的街道搜寻着楚天的身影，眼前闪过的一个又一个全部都是陌生人，楚天辞职要去哪里呢？他不能因为失去母亲就变得如此没有理智？我呜呜地哭起来，前方开车的师傅回头瞅瞅我说："姑娘，没事儿吧？"我不理他只顾着低头哭泣。

推开家门，房间里一片凌乱，我走时放在桌子上饭菜，还冷在那里一口未动。柜子里，楚天的衣服还在，他不会走远吧？桌子上留下了一张存折，和一个简短的便条。便条上写着：

慧心：

  非常抱歉，我在这个时候离开你，这是我能做的唯一选择，我不是离家出走，而是找一个地方静一静，等我想好了，再告诉你我的答案。存折上是我妈留下的一笔钱，你要用就从这里拿吧，另外，你想去北京就去吧，请把小米兰带上。

楚天

我读完信瘫坐在了地毯上，那一瞬间，我恨透了楚天，难道伤心的只有他一个吗？他不是一个负责的男人，爸妈曾经说的对，楚天永远都是偏激的楚天，他的思想永远是最狭隘的，他其实并不适合我，可是……生活上演到这里，我才看清楚这一切，是不是太可悲了。抬起头看着墙上的婚纱照，我们那会儿明明是一副幸福的脸啊，是什么改变了这一切？如果时光能够重来，我和楚天的选择又会是不同了吧？

一周之后，我带上小米兰再次踏上去北京的列车，爸妈在站台上送别我们，我爸一边走一边埋怨着我说："你这孩子，太犟了，你一个人怎么带孩子？"

妈手里牵着小米兰说："老头子，等过段时间，咱们过去帮她带吧。"

爸没再说什么，低着头一直走到了车厢门口。小米兰飞快地上了车，跑到卧铺车厢的边座旁，朝站在站台上的姥姥、姥爷招手，爸妈却已老泪纵横，尤其是妈妈，一直用手绢拭着泪。每次我走，只让他们在家里的阳台上目送我，我那时从不回头，这一回，我把小米兰也带走了，他们说什么都要来，我怕车开了会更伤心，就敲着玻璃示意他们先出站台，可他们仍原地站在那里看着我们。小米兰做出各种搞怪的样子，列车缓缓开动了，她的眼泪竟也刷的一下落下来，小小的泪滴和爸妈的泪滴重叠。车窗外的景物一点一点后退着，爸妈的身影被拉得越来越远，我仍能看见两双挥别的手始终没有放下，就像他们悬着的那颗心一样。

纯纯被小米兰藏在了衣服里，等火车驶离了站台，它的一个棕色的小尖脑袋才从里面冒出来，小米兰和它头挨着头一起看着窗外。那大片大片的白桦树上，结满了晶莹的树挂，造型奇特像梦幻中的雪堡，又像一个水晶王国。小米兰的目光在那上面流连，每一棵树都难以忘却，连农家院落里的小狗蜷缩在门口乖乖的样子，都让她觉着新奇。

直到远处的村庄上升起一缕缕炊烟，每一座房子里渐渐亮起了灯火，小米兰的眼睛也不眨一下。等天色全黑下来，她还坐在那里抱着纯纯看着窗外，列车员走过来把窗帘拉上，对她说："小朋友该睡觉啦。"小米兰乖乖地朝他点点头。

等列车员刚一走远，她就用一只小手掀起窗帘的一角，目光继续徘徊在窗外那连绵的夜色里。在那一大片一大片的城市烟火中，她是不是又想起了以前在故乡和爸爸、奶奶度日的温暖，如今，它们已经像梦一样飘远了。

我没有打扰她，只是在一旁静静地陪着她，她扭头问我："人都会死吗？"

我说："是的，每个人都会，有生就有死。"

她又问："死了的人去哪里了？"

我说："谁也不知道，但一定是很远很远，我们用脚步无法到达的地方。"

她看着窗外想了一会儿说："那怎么可以到达呢？"

我答："用心就可以到达，你想她了，她会听得见。"

"喔！"她好像懂了似的默默点着头。

那天，我们说的话比那窗外的冬夜还长。

第二天到了北京，刚一坐上地铁，小米兰就说："哇，像风一样啊！"她又描述起北京的空气像雾一样，北京的车流像雨丝一样。我问她你喜欢吗？她坐在公交车倒数第二排的位置上沉思了一下，轻轻趴在我耳边说："有那么一丁点儿吧。"

我说："北京可大了呢，等有时间带你去玩。"

她忽然又问："爸爸什么时候来？"

我叹了一口气说："他啊……恐怕还得等一阵。"她乖乖地点头，还讨好地朝我笑了笑，全然不知道我和楚天之间发生了什么。

我上班的时候，就把小米兰锁在家里，给她准备一些吃的，无非是面包、饼干和香肠。小米兰九月份就该上学了，她没有上过几天幼儿园，基本的读写都不会，如果在北京读书，面试恐怕都过不了，所以，我每天都给她布置作业，只有两项内容，读书和写字，一篇小楷，一篇数学题。

每天，她就坐在十六层的落地窗下，抱着纯纯等着我归来，窗外街道上那些来来往往的行人中，哪一个像似我的身影，她就会趴在玻璃上多看几眼。有时候我加班回来晚了，她就一个人窝在沙发上，搂着纯纯睡着了，小脸儿和小脚丫都没洗。有时候忙，早上没等她醒来，我就得出门了，以至于我们几天下来只说几句话，她看上去显得那么寂寞。

为了让她每天有个盼头儿，我就买来一块小黑板，在那上面给她写写画画，她每天起床第一件事，就是飞跑着去看那上面我写了什么，或是一幅画，或是一首诗，或是一句留言。有一天下雪了，我在那上面画了个雪人儿，写道："乖孩子，我来陪你。"

小米兰在旁边画了一个月亮，我问她怎么不是太阳，她说："我怕给它晒化了，它就不见啦，也不能陪我了。"我听见她这样说，心里觉得很对不住她。

那段时间，栏目组里正在进行主编选拔，我忙得昏天黑地，希望工作上能好好表现。五年了，我为每一个节目竭尽全力，并获得了那么多的奖项，每年的先进工作者都有我的名字，这个主编的位置，我一定当仁不让，因为我只有多赚些钱，才能让小米兰过上更好的生活。

有好几次我在路过纪春明办公室的时候，都想走进去和他好好聊一聊我心里的想法，可是，每次看见他要么埋头写东西，要么在和导演谈节目，要么在开会，我在门口等啊等，最后还是放弃了。有一天我在门口等他，正好撞见明丽也来找他，她手里拿着一个文案，好像也是来汇报工作的，纪春明从里面探出头看见了我们俩，就招呼着我们进去。

第一句就问："你们俩怎么一块儿来了？"

"慧心早站到门口了，我不急，让她先汇报吧。"明丽说。

我一时尴尬地不知道说什么好，明丽转脸问我："要我回避吗？"我赶忙说："不用。"

纪春明抬头看着我，我只好开口了："我来是想问问，有关……"我实在不好意思说竞选主编的事儿。

"有关什么？"纪春明问。

"就是…"我又吞吐起来。

"嗯？"纪春明摆着一张严肃的脸。

"我来是想问一下……哦，孩子上学的事儿。"我一下子转到了小米兰的身上。

"这个回头问一下元主编，我再和他打个招呼。"他简短地回复了我。

我好像没有理由再留下来，就点头对纪春明表示谢意。他看了看我说："没有其他的事儿，就这样。明丽，你什么事儿？"

我赶忙说："那你们谈吧，我先走了。"

出了门，我开始后悔为什么要和明丽一起进去，又为什么那么吞吞吐吐。是纪春明的声音和眼神，让我和他有着一种距离感，但这也不能全怪他，因为除了工作外，我几乎很少坐下来和他交流。他对于我的了解其实并不多，更不知道我心中对节目的许多设想，虽然我自认为十分有能力胜任主编这个职位，但纪春明倒不见得了解我心里的想法。

我本想等明丽出来后，再和纪春明谈一谈，我在走廊上徘徊着，直到一个钟头之后，明丽才带上门走了出来。我赶紧躲进对面的一扇侧门里，接着，我看见纪春明也从里面走出来了，一副急匆匆的样子，我没有机会再和他谈，只好落寞地回家了。

在我走进小区大门的时候，远远就看见十六层西边的那扇窗户里，正点着一盏橘黄色的灯，小米兰正坐在窗前，她把头贴在玻璃上向外张望着，显得那么寂寞而孤独。走在寒风里的我，心里顿时涌上一股酸楚，她的童年因为我选择了北京，也开始尝到了漂泊无依的滋味儿。

小米兰能分辨出我的脚步声，快走到门口的时候就听见她在里面喊："妈妈，妈妈回来了，纯纯，妈妈回来啦！"接着传来纯纯那"呱嗒，呱嗒"的声音。

我开了门，她就扑向我喊着："妈妈，你终于回来了，我做好晚饭啦。"

她拉着我的手走到门厅的餐桌前，一个盘里放着半个苹果，还有白色的沙拉酱。她用手把两片面包打开，拿小勺把沙拉酱一勺一勺放进去，又放了些薯片，就递给我说："尝尝吧，意大利沙拉面包，可好吃哪！"我接过来咬了一口，鼻尖冒起一阵酸意。

她连忙又给我准备另一片："妈妈，小米兰会每天给你做晚餐的。"

我在她脸上亲了一下说："谢谢你，妈妈一定好好努力，让小米兰每天都能吃上最好吃的晚餐。"她使劲儿地点了点头，又拿起一片"意大利沙拉面包"大口啃起来。

我决定还是要找纪春明谈一谈，有一天审片结束后，我坐在办公室里等他，直到听见走廊上有人议论片子的声音："上一次就入库晚了，怎么还这样？"

"上一回是谁的片子啊？"另一个同事问。

"是慧心的，春节的片子，机器死机，重新做的。"是明丽的声音，我听得一清二楚，我终于明白那次延迟入库，纪春明怎么会知道了。

"一会儿，都别走，纪春明要召集大家开会。"莫主编的声音从机房那头儿传来。

明丽和那位同事进到办公室看到我了，她脸上明显有些尴尬，却又立即显得十分轻松，她主动和我打招呼："慧心也在啊。"

我也笑笑说："哦，我有点事儿。"

莫主编和朱子，还有其他编导也走进来了，那会儿到了晚上六点钟了，刚审完片儿大家都没有吃饭，许多人脸上都没精打采的，好像所有人都提前知道了怎么回事儿，只有我一个人不知道内情。等了一会儿了，也不见纪春明来，莫主编倚在门口，手里握着一期稿子，看了一眼大伙儿说："这会儿食堂还有饭，都下去吃点儿再上来？"

他的话音刚落下，就听见纪春明的脚步声蹭蹭蹭地在走廊里响起，他满脸严肃的一步跨进来，气汹汹地坐在沙发上，把手里拿着的一个本子啪的一下扔到茶几上，身子向后靠进沙发里，一开口就把矛头指向了莫主编："莫一鸣，你说，第几次了？"

"这和我无关。"莫主编也第一次顶撞了纪春明。

"你是主编不知道吗？"纪春明又提高了一个声调。

"主编又怎样？"莫主编一副理直气壮。

"主编的工作是什么，你说？"纪春明用手拍着沙发。

"你认为是什么，那可能就是什么。"莫主编把手里的那期稿子也扔到了桌上，大有马上走人的意思。

纪春明看了他一眼，如果这个时候他不懂得让步，那么依照莫主编目前的架势，很可能辞职离开，纪春明很明白这一点，他不再说话了，有意让气氛暂且缓和一下。这一刻，我对莫主编之前一味顺从的印象有了改观，他并不是惧怕纪春明，只是按照自己的原则做事，一旦触碰了他的底线，他也绝对不会容许。短暂的沉默过后，纪春明终于发话了，他把评判这件事的权利给了大家，他首先点到了朱子："朱子，你说说，节目延迟应不应该？"

朱子显然被吓傻了，她轻拢了一下头发说："这个是机器的问题……"

"机器，机器，又是机器！"没等朱子把话说完，纪春明又暴躁起来，他用拳头把面前的茶几砸得咚咚直响，接过朱子的话茬儿说："你们也都是机器吗，那要你们干什么用！一句机器的毛病，就把所有问题打发了！？"他越说越气，又把脸转向了莫主编："一鸣，你说非得这样吗？"

莫主编不去辩解什么了。纪春明接着又点到了我，他指着我说：沈慧心，你说，你说这个问题是谁的责任？"

我也不知道哪里来的勇气，突然从椅子上站了起来，朱子在旁边拽了一下我的衣襟，好像在提醒我说话悠着点，莫主编也抬起了头。

我的语气显得有些激动地说："一个正常日播的节目，会有很多变数，我们应该提前做好节目的大量备播工作，为什么没有备播，那是因为我们的创作能力有限，创作不出那么多节目，那么，就只能等着导演把一期一期节目做好，但是突发的因素，就得考虑进来，所以，如果追究责任，也不应该是莫主编一个人的责任。"

纪春明完全被我的气势惊到了，我的默默无闻在他心里已经打上了明显的烙印，他好像第一次认识到我本来的秉性。他的目光里充满着不可思议，或者，连我说什么，他都没有留意，他只是听着，单纯地听着。所以，给我传递的信号是，他仍愿意继续听我说下去，我就又由着性子说了下去："莫主编其实已经很辛苦了，你们看他晚上有九点之前回过家吗？他的母亲走失了，他也从没有耽误节目的播出，我们谁能做到？一年365天，他有360天都在那个小小角落里批阅稿子，我认为他是最负责的主编，如果把所有差错都放在他头上，那根本没有公平！"我一口气说完心绪难平。

我的这番话，不仅超出了纪春明的预想，更超越了所有在场人的预想，大家好像都惊呆了，莫主编也紧紧注视着我，我不大明白那目光里的含义，但那绝不是赞同，像在为我的直言捏了一把汗。正在这时，坐在我旁边的明丽突然说话了："慧心说的有一定道理，但却是偏激的，我觉得……节目延误就是事故。"她这一句话就把这件事定了性。

我注意观察了一下纪春明，之前还紧绷着的一张脸，听完这几句话，好像立刻舒缓多了。他把两只手交叉放在胸前，准备好好听一听明丽对这件事的论述。

"纪导已经非常忙了，不能把所有事情都让他过问，如果一个节目

174

没有责任的追究，那么谁都可以我行我素，这就是纪律，我认为主编应该负起播出的责任，这毋庸置疑。"她的这一句，分明是给莫主编好看。明丽这么说，俨然已经不把自己当做一个普通的导演了。

纪春明用双手不停地按着太阳穴，见明丽说完了终于说："行了，今天就到这儿吧，大家以后都注意，节目是大家的。散会。"他起身先走了。

莫主编也缓缓站起身，看了一眼我，又看了一眼明丽，弯身拿起茶几上的那期稿子，默默走出了办公室，走廊里还能听见他轻微的咳嗽声。明丽看了我一眼没说话，接着把桌子上的背包拎起来，也一声不吭地走了。朱子走过来对我说："她这人怎么这样，多亏莫主编平日里还挺照顾她。"其他的几个同事也围过来，有一个和明丽关系不错的说："就是啊，机器突然出问题了，莫主编有什么办法？他又不是上帝。"

我对她说："你刚才怎么不说？"她立刻闭上了嘴，斜眼瞅了我一眼。

她最后撂下了一句："有什么看的啊，别把自己当英雄。"说完气呼呼地走了。

朱子也拉着我往外走："好啦，大小姐，咱不生气了。"

走到电视中心大楼的时候，一辆白色的奥迪 A8 等在门口，一位年轻的男士见朱子过来，摁了两声喇叭。

"这是？"我回头问。

"先别问了，送你回家。"她把我推上车。

"这是慧心姐。"朱子坐在副驾驶的位置上和旁边的司机介绍着，那人朝我点了一下头。

车子在亮着灯火的街市里穿行，开车的男子用南方话和朱子交谈，他二十几岁的样子，梳着一个简单的平头，面容消瘦，我听不懂南方话，只顾着看夜色里的城市。在路过一个过街天桥时，我看见一个十分熟悉的身影，正穿梭在行人间发着广告传单，他戴了一顶鸭舌帽，把帽檐儿压得很低，让我看不清楚他的眼睛，迎面开过来一辆车，那个人就消失在人海中了。璀璨的灯火映照在玻璃窗上，我看见朱子正笑意盈盈地和那名男子攀谈，这让我想起了许久没再联系的亮子，半年之前，他

175

还在希腊的一条游船上给我们寄来明信片，如今，他又漂泊在哪里呢？正在这时，白若辰的短信又亮在屏幕上了，他的一字一句像一束灯火，亮在灯光摇曳的夜色里："慧心，我走过了许多地方，依然难忘你的脸，别笑我多情，这只是一个简短的问候，愿好梦如这夜色一样，透明温情陪伴着你。白若辰。"

　　我没有回复他，距离我们的五年之约，还剩下三年半，我多希望这是楚天的问候，时光过去半年了吗？楚天仍然没有消息，曾经在我心中绽放只属于他的爱情花朵，正一点一点枯萎，我没有心情为它修枝剪叶，只等着凋零的那一天，将它用心埋葬。

第十四章
谁不曾失意呢

自从那天晚上，开过那个"批斗"莫主编的短会后，纪春明就出国了，他此行去的国家是日本，为了做一个揭露日本侵华真相的节目。明丽和他一路同行，她加入了大片组，日常的节目她应该不会再做了，和他们同行的还有摄像东子，我的老搭档。出发之前，东子站在楼口对我说："怎么不是你去呢？你的哪一项资历比她差呢？"

我对他笑笑说："我不要别人来成就，我就是自己的导演，我的片子都是大片。"

他用拳头轻轻在我肩膀砸了两下，嘴里吐出两个字："幼稚。"就诡笑着转身离开了。

我在身后对他说："你这个金牌摄像，以后我是不是请不动了？"他扬起一双手臂在空中，转身给我扮了一个鬼脸说："你永远是我的金牌导演。"

这是节目组成立四年以来，第一个国际视角的大片，我何尝不想去做呢？但我并不怪纪春明没有选我，我只想证明给他看，再平常不过的一个小片儿，在我这里一样都会做得风生水起。不久之后，我的《陡坡村找水记》斩获了了国内最佳纪录片导演奖，我把那个水晶奖杯送给小米兰的时候，她举起来在地毯上跳舞，就像收到了最美丽的礼物一样，她把它放在了十六层的落地窗下，清晨阳光照在上面，她说像宝石一样闪亮。我答应她，等再完一个节目，就请一个短假，带着她到北京四处转转。她趴在桌子上，两手托着腮想象着出游的轻松。

爸妈不放心我和小米兰，就都提前办理了退休手续，把家简单归置一下就大包小裹地来北京照料我们了。半年未见，爸爸的左眼看不见了，里面一片浑浊，像一个淡黄的玻璃球，那一刻，我几乎能听见自己心碎的声音。我怪他怎么不早告诉我，我妈才告诉了我事情的原委。

在婆婆去世那会儿，我和楚天一天到晚冷战，爸爸就上了一股儿火，后来楚天不知去向，小米兰又和我来了北京，这一件又一件变故，让他几乎承受不起。就在送我和小米兰去北京的第二天，爸爸夜里去卫生间，进门的时候原本还摁亮了灯，可站起来的时候，眼前突然一阵漆黑，左眼睛就什么也看不见了，当天夜里他也没和妈妈说就躺下了。等第二天去医院看，医生说是突发性动脉斑块脱落，其中一片落在了眼球的视网膜上了，如果在四个小时之内赶来，或许还有希望，因为耽搁了治疗的最佳时间，视力可能无法再恢复。

听到这里，我的心像刀绞一样痛，我用右手的指甲狠狠地去抓左手的胳膊，那片坠落下的动脉斑块，就像蒙在了我的心上。小米兰扑向姥爷的怀里，用手轻摸着他的左眼说："疼吗？我给你吹吹。"

爸爸在她额头上亲了一口说："姥爷只要看见小米兰了，世界就亮了。"

妈妈把脸背过去抹着眼泪，我憋闷得难受，一个人躲到卫生间里哭了个痛快，我突然想起了楚天的那张脸，怎么能不再升起恨意？我更恨我自己，如果我在父母身旁不再远行，这一切都不会发生。我认为失去光明的人，是世界上最痛苦孤单的人，从现在开始，我要做爸爸的另一只眼睛，我要他，还有妈妈、小米兰，和我一起看见更美好的明天。有他们在，小米兰不用再吃"意大利水果沙拉面包"了，每天都有好吃好喝的。她一下胖了不少，小脸儿也圆润起来。

每天晚上，等小米兰睡了，我都要到爸妈屋子里聊聊天儿。有一天，爸爸对我语重心长地说："慧心，你以后怎么打算的，楚天那儿有消息吗？"我摇摇头。

妈妈又把话茬儿接过来说："顺其自然吧，这个楚天就是心里装不下大事儿，整个人要爆炸了，等他想通了，自然就会回来。"说完唉声叹气了一会儿。

我爸抬起老花镜看了老伴儿一眼说："他说走就走，说回来就回来，像个男人吗？慧心，你长点儿志气，别难过，有爸妈在，没事的！"

星期一的早上，我刚到单位，就接到了一封挂号信。这个年代，通信快捷得只需要按一个发送按钮，北半球的信就可以送到南半球了，邮局怎么还会有这项可笑的业务？不过，看着封面上的"豆芽菜"的字体，我就知道是楚天的了。信里夹着一张我们一家三口的合照，楚天并没有忘记我们。

> 慧心：
>
> 　　抱歉让你等了这么久！我很挂念你和小米兰。我很好，住在离家不远的一个山村，租了一间房子，每天看看法律书籍，再出去散散步，有时候也回忆一些我们曾在一起的生活片段，不过，实在太少了，无非都是你回来了，离开了，我们好像没怎么好好生活过？所以，对于我们的未来，我想听一听你的意见。
>
> 楚天

读完了信，我又认真看了那张他寄给我的全家福，那是去年圣诞节，我和小米兰，还有楚天在圣诞树下照的。那会儿，婆婆还在，楚天虽然不能讲话，脸上的神情却是喜悦的，我们之间好像不存在隔阂，或者那只是我的一种错觉，其实我们之间的隔阂一直都存在，只是我们彼此把它当成了爱都深藏在了心中。

我看着信封上的日期是2011年5月6日，这封信已经寄出了快一个月了，我才收到，虽然有一点迟，可是仍能拨动我的心弦，我又仔细看了一下那上面故乡的地址：广电大街海浪村116号。原来，他就住在距离市里一百公里的乡村，他从来也不曾走远，可是他到底要藏多久才能面对我们的婚姻呢？他要我给他一个十分明确的答复，可是，我自己都不知道那个明确的答复到底是什么？

这两天，小米兰正在接受北京几所小学的面试，虽然这段时间姥姥、姥爷一直给她强化拼音和算术，可是和许多从小就在幼儿园锻炼的小朋友相比，她明显要落后些。一分钟她做不出 100 道算术题，也无法把拼音直读成汉字，比如"xiao mi lan shi yi ge hao hai zi"，她要费半天劲一个音节一个音节拼出来。她也明白自己拼读比较慢，每次完成一个句子，眼神里都是失落的色彩。面试老师对她说："小朋友，你是十月份生的小孩，完全可以明年再读，好好再复习一年，再来好吗？"

面试完了，老师又把我单独叫了进去对我说，就算他们勉强收下了孩子，因为没有户口，也只能是借读生，恐怕没有什么成绩。而且初中也极有可能不能在北京读，因为高考必须回原籍，北京的课本和东北的课本又不一样，再折返回东北考会耽误孩子的。

我牵着小米兰的手走在树荫浓密的小径上，纯纯从她怀里探出头，用小尖嘴去啄她的脸，她用手把它扒拉到怀里，没精打采地继续走路。我指着头顶的大树对她说："你看这个鸟窝多漂亮啊！"

她也抬起眼睛看了看说："小鸟不用上学啊。"她有点落寞的样子。

已经有三所学校的面试都没通过了，我摸摸她的头，觉得非常愧疚，如果在故乡，她会很顺利地去读一所小学，根本不会遇见这么多麻烦。

等我们快到家的时候，就看到妈妈在小区的大门口，拿着一把蒲扇坐在大树下等着我们，小米兰一蹦一跳地喊着："姥姥，姥姥，我回来啦。"

妈妈起身敞开怀抱去迎接她的小外孙女儿，好像许久不见啦，那个亲密劲儿真是惹人羡慕。妈妈和小米兰玩了一会儿，就让她去上楼吃西瓜，姥爷在楼上等着她呢，看着小米兰一跳一跳的背影，妈妈笑着和我说："慧心哪，我听说对面就有一所打工子弟学校，只要想去读都能读上，我和你爸下午抽空去看看，你上你的班，别耽误了工作。"

"打工子弟？"我一听这名字就觉得不顺耳，我说："我又不是打工子弟，为什么去那儿？"我一副不高兴的样子。

"慧心哪，别那么较真儿，打工怎么了，人家有待遇，你不打工，你高贵，可咱没待遇呀。"

妈妈的话说得在理，虽然在电视台工作，可我充其量就是一个北漂，这是事实，我却不愿意承认。

"这事儿就这么定了啊。"妈妈和我商量着。

"不行，我们不去！"说完我倔强地转身走了。

我急匆匆地赶到了电视中心，一脚跨进元主编的办公室，他正背对着我坐在电脑前打字，听见我进来了，就在空中扬起了一双手对我说："来者沈慧心也。"他的后背好像确实长了眼睛。

我答："元主编，我有事找您。"

他说："老衲等候你多时了。"说完就把长衫一掀，跨过了椅子，站到了我面前。

他把我按坐在沙发上，听完小米兰的上学困难之后，立即拿起手机给我发过来一个号码，对我说："这事儿，纪导早和我说了。这是我朋友的电话，你和她联系，看看还有什么学校能试一试。"

"纪导？"我惊诧。

"对啊，你不是和他提过嘛？"元主编问。

"哦……"我心中充满着感激。

接下来的一周，元主编的朋友替我约好了一场面试，地点在永定河畔的一所小学，因为她工作忙，就让我自己带着小米兰去。那天小米兰穿了一件白色的公主裙，腰身还系着一个粉色的蝴蝶结，头发上别了一朵院子里捡来的丁香花，像一个小仙子。出门之前，她有些担忧地在我耳边说："妈妈，这所学校会喜欢我吗？"

我拂了一下她柔软的头发说："当然啦，你永远是最棒的！"

这次面试小米兰的不是普通的老师，是这所学校的校长，我们约好了下午两点见面，一点五十的时候，我和小米兰就坐在校长办公室的门口等上了。小米兰从小兜子里拿出生字本又复习了一遍，她突然抬头和我说："妈妈，我手心儿里都是汗，你陪我一起进去，好吗？"我朝她点了点头。

两点钟刚一过，一位年纪五十岁上下，面庞黝黑的男士就把门轻轻打开了。他戴着一副宽边儿的眼镜，梳着平头，皮肤黝黑像打了一层蜡，大热天的还穿着一身整齐的蓝色西装，白色衬衫，打着一条蓝色的领带。他微微哈下身子和我问好，我连忙上前和他握手："高校长，您好，我是沈慧心，是……"

没等我说完，他就主动和小米兰问好："肖亦航，你好！"

小米兰也伸过手对他说："校长您好！"

我本想和他们一起进去，高校长转身对我说："沈女士，请留步，我想和孩子单独谈谈。"

我坐在门口长椅上等，十分钟过去了，半个小时过去了，一个钟头过去了，眼看快两个钟头了，还不见小米兰出来，我着急地跑到走廊的对面，看见那里有一扇天窗，可以俯瞰整个二楼的窗户，侧面还有一排梯子，我就吃力地爬了上去，趴在那上面朝下看，原来每间办公室都是一间透明的玻璃房，简直太新奇了！在走廊倒数第二间办公室里，我看见小米兰正坐在校长办公桌对面的椅子上，她把双手放在桌子上，像大人一样交叉着，表情十分放松，像和一位老朋友交谈，时不时地还摆出一些夸张的动作，惹得对面的校长先生时不时笑得前仰后合，房间里充满了一派活泼温暖的气氛。

我被这个场景吸引住了，就索性身子平铺在上面，脸颊贴在天窗上，造型像一只彩色的大蜘蛛，可就是这一个瞬间，小米兰竟抬起了头指着天花板上的我说："快看，妈妈！"

高校长也把头抬起来，他好像不太确定那是我，就又把眼镜向上抬了抬，接着发出扑哧的笑声，小米兰也咯咯咯地拍起了手。我尴尬地抬起一只右手和他们打着招呼，那一刻感觉脸皮已经从这天窗上飞了出去。忽然，我又意识到，我的这个造型，同样也会被其他玻璃房正在上课的学生们看到，我崩溃地闭上了眼睛，一只手不甘心地使劲儿敲着天窗，我分明听见整个走廊都回荡着一团又一团的笑声……

等我从天窗上下来时，高校长和小米兰已经在门口等我了，刚才那个看我出糗滑稽的笑容已经不见了，我故意挺直了身子对他说："校长先生，实在对不起啊，刚才我……"

高校长摆了摆手说："这个孩子我们收，请下周一准时入学，入学手册已经交给亦航了。"

小米兰挥舞着手里那个粉色纸飞机造型的小册子，笑得像一只可爱的小花猫。

出了校门口，小米兰急着告诉我她十分喜欢校长先生，我问她到底谈了什么那么久？

她说："我给他讲纯纯的事儿，还给他学'呱嗒，呱嗒'，他笑坏了，我们之间有了一个神秘的约定！"

天哪，又是约定，我问她是不是"五年之约"，她撇撇嘴说："不是哈！"

九月份，小米兰正式成为了玉泉小学的学生，接送小米兰上学的任务，就全都落在爸妈的肩上了。我开始腾出时间思考着如何给楚天一个明确的答复，楚天身上有一点特别周到，那就是永远都会把主动权放到我手里。

一天下班，朱子神秘兮兮地把我拉到一边儿楼梯的拐角处说："慧心，你还不知道吧，听说明丽要当节目主编啦？"她的语气显得十分急促。

"哦……"我表面上故作镇定，心里面却不知道是什么滋味儿。

"你怎么知道的？"

她喘着粗气说："哎，就你傻，栏目里早就传开了呀……"

我站在走廊上像一只木鸡，曾经，我们三个就在这个走廊上互相击掌鼓励，要在这座大楼里好好干下去，成就一番我们的事业，那会儿，从这扇窗口吹过面庞的风，是清新而舒畅的，如今，这风的味道没变，大家的境遇却不同了。

我故作一脸轻松地说："这有什么奇怪的哈，谁当不是当啊？"

"慧心，明丽太世故了，总在背后搞小动作，你那次节目延迟入库，就是她告诉纪导的！"

这让我突然想起来了，去年除夕机器出事故的事儿，莫主编明明让我和小李保密来着，可当天夜里纪春明怎么气势汹汹来查岗了呢？朱子还告诉我，那会儿莫主编着急人手，曾主动给她和明丽打电话支援，非常不巧的是，朱子当时已经在火车了，而明丽骗莫主编说自己也和朱子一起在火车上了，就躲过了那次新年加班。后来她还特意给朱子打电话，说她男朋友千里迢迢从成都跑来北京和她过年，朱子最后帮了她，却没有想到她后来会把机器出事故的事儿告诉了纪春明。

"所以嘛，明丽早就是纪春明的'眼线'了。"朱子一副神探的模样分析得头头是道。

"也不一定啊。"我说。

"慧心，你这一点特别不好，又想成事儿，又特别怕事儿，你就不能勇敢一点吗？"

"难道我要去给在日本的纪春明打个电话，再一次可怜兮兮地举荐自己嘛！"我不屑一顾。

"我只是让你认清一个事实，你为什么落选！"朱子转身跑下了楼梯，把我一个人剩下在那个凄凉的过道上。

我没有搭公交车，一个人背着书包，走在凄冷的刮着北风的街道上，秋风瑟瑟，一阵寒意席卷而来，树上的黄叶如秋雨一样纷纷坠落，我努力已久的主编梦是不是也就此坠落？

我虽然心有不甘，却又怀着一丝希望，毕竟没公布不是吗，或者，我们俩都是主编候选人，最后由群众来选，可是我知道这种可能性微乎其微，我总在一厢情愿地做着白日梦。这时候电话响了，一个叫白若辰的外星人，像是预知了我的苦痛一样，在这个时候主动送来问候。

"喂！"我的声音冷淡。

"你在哪里？"他关切地问。

"这和你也没有关系。"我说。

"我觉得有。"他的语气霸道得不容许你怀疑。

我把话筒贴近了耳边，听见他在一个十分开阔的地方对我说话："这个世界有很多衡量事物的标准，你的节目好，不能代表你所有都好。学会接受也是一种修炼，是不是，沈慧心？"

天啊，他怎么知道的？这个世界上，原来不是只有元主编一个人后背上长着眼睛。我苦笑了一下说："我根本没有什么，是你多想了。"

"你的心软、嘴硬，依我看，不当主编，是最好的安排，你不适合，慧心。"

"为什么不适合，你怎么知道！"我开始愤怒。

"你太感性了，主编需要理性，有时候甚至不能讲道理！"他说。

"你又没当过主编！"我说。

"不论什么时候，我这个朋友都不会遗弃你，你的前途比谁都光明，我坚信。"他的声音空旷得好像与我隔了十万八千里。

"你在哪里？"我问。

"我在美国皇家峡谷悬索桥上，马上就要从 321 米的地方跳下去了。"

"什么，你在蹦极吗？"

"这是广告片的一项内容，我没有用演员，想亲自试一试。"他的语气充满一种壮烈的味道。

"白若辰！"我试图阻止他。

他的声音又断断续续地传过来："虽然不知生死，但我想在这个时刻告诉你，我喜欢你，沈慧心，哪怕对你而言完全不走心。如果我还活着，我们的约定还有三年，如果万一不幸，你接到了我的死讯，那么就当我从来没有出现在你的生活里……"

紧接着，我听见空旷的风声把话筒吹得啪啪响，白若辰跳下去了……

十几分钟后，我再次拨通他的电话，想确定他是不是平安，电话那端却是无法接通的状态，我与白若辰在这个世界上失联了，还是此刻我们已经身处两个星球，他回到属于自己的星球上了？

藏在云朵后面的那场雨，终于痛痛快快地下来了。我没有带伞，也不想去闪躲，在这个失意的初秋里，淋一场雨未免不是一种解脱。我行走在漫天的雨丝里，变成了一个伤心人，偶尔有行人从我身边走过时，总会忍不住再回头看一眼，他们不是没有见过失意的女人，只是没有见过完全不加掩饰失意的女人。

在经过一段十字路口时，我明明看见了一盏红灯亮起来，脚步却把它当成了绿灯继续朝前走。一只大手瞬间把我拉住，我转身看见了许久不见的亮子，他的笑容依旧，然后从身后为我撑起了一把伞，像一个温柔的哥哥扶着我。

我们来到了路边的一个咖啡馆，他给我端来一杯冒着热气的卡布奇诺，坐在我的对面，双手拄着下巴望着我，目光里充满着和咖啡一样的暖意。我看见他那副样子，突然像一个被人欺负了的小孩一样委屈，我终于崩溃地哭出了声，全然不顾其他桌上的人向我投来惊异的目光。

"慧心怎么可以哭鼻子！"他递给我一片洁白的纸巾。

"我为什么不可以哭？"

"因为你是沈慧心！"

我擦了一下鼻子说："你什么时候回来的，怎么也不联系？"

"只要我心里记着你们就行啦。"他端起面前的一杯咖啡，小口地啜着。

"告诉我，谁欺负你了？"他追问。

"没有谁……"我不知道从何说起。

"白若辰？"他疑问着。过了这么久，他居然还记得这个名字。

"不是！"

"纪春明？"

我又抽了两下鼻子摇了摇头说："不说我了，你在做什么？"

亮子低头从帆布包里拿出一摞广告单，我接过来一看是售房广告，我忽然想起了不久前，朱子送我回家时，在一个街角上看见一个男子在夜色中发广告的情景，如果当时没有一辆车子闪着远光灯开过来，我会看清楚那个戴鸭舌帽的熟悉身影就是亮子。这一刻，真相终于大白了，我的眼泪很快干了，愣愣地看着他。

"看着我干嘛？我一个月小八千，是你两个片子的钱哦。"他调侃我，用搅拌棒把杯中的咖啡加速搅拌着。

"怎么不继续做导演呢？"我问。

"第一，普通导演挣钱都不够交房租。第二，名导演没天分，没机会。第三，我要吃饭。这三条理由合格吗？"亮子说完哈哈大笑着。

"卖房子距离梦想太远了吧？你不是说要证明给你继父看吗？"

"其实，我只要证明，我能自己养活自己就好了。"

"加油！"我把手伸向他。

好久不见，我和亮子有说不完的话。他除了关心我之外，居然还牵挂着朱子，他漫不经心地问："对了，明丽，还有朱子她们都还好吧？"

我笑笑说："哎，直接问朱子不就得啦？"

他挠了挠头发说："她怎么样？"

"她……挺好的呀，好像有男人追她！"我想起了那天在电视中心等她的那个"小平头"。

"干什么的？"亮子急迫地问。

我摇了摇头立即说："要不要把她约出来？"我以为他会同意，没想到他说："别费心了。"

"你到底喜欢不喜欢朱子？"

"我喜欢她，但是还达不到生活里不能没有她的地步。"他倒坦白。

"那你就眼看着别人追她呀？"我问。

"这世界上的缘分都是安排好的，能在一起的人，终究会在一起的，不合适的人，即便在一起，也不能长久。"亮子说完嘿嘿一笑，露出雪亮的牙齿。

"你不怕缘分会错过吗？"

"不怕，能错过的就不是缘分！"他说的还挺有哲理。

从咖啡店出来，亮子一直送我到小区门口的大树下。分开时，他又把两只手臂荡在空中和我挥别，像一只没有忧愁的大猩猩那般十分滑稽。我朝他喊着："加油哦，我看好你呢！"他也回过身对我喊："沈慧心是最棒的！"

我们在夜色阑珊中分别，街灯一直亮到马路尽头，仿佛照亮着我们未知的明天。

当天夜里，我给朱子打电话，问她心里面是不是还有亮子，出乎我的意料，朱子说："爱情不能去想象。"

"你什么意思？"

她打了一个慵懒的哈欠说："大小姐，落选主编了，你还有心情思考爱情不成？"

我又问："那天送你的人是谁？"

她慢吞吞地回答："我的一个老乡，开家具厂的，很勤劳，对我不错。"

"那亮子呢？"

她沉默了一下说："慧心，是他主动走出了我的世界，我为什么还要站在原地等他？"

朱子的这一句话，仿佛瞬间点醒了我，楚天不也是主动走出了我的世界吗，那么，我还有必要站在原地继续等他吗？他要我给他回复，无非是不想让自己背负主动离开我的恶名，楚天终究是懦弱的，他躲在了我和小米兰的世界之外。那么，他愿意什么时候出来面对我们，那就什么时候好了，我，永远不会去主动给他什么答案，这就是我思考已久的答复。

纪春明从日本回来后，并没有立即公布主编的人选，不过，栏目里的一些日常稿件，除了莫主编审阅外，剩下的一大部分是明丽看，和主编也没什么分别。她人看上去比从前傲气多了，见到我和朱子也没有什么话，好像在和我们刻意地拉开着距离，她要做出一副领导的样子，不苟言笑，举止得体。

我真不情愿有一天写完了稿子，要主动呈阅给明丽看，我能够想象出她那会儿会有多得意。莫主编好像看破了我的心思，无论哪一期稿件，只要是我写的，总能落到他的笔下修改，明丽即使想要改，莫主编也不会给。我知道他是怕一直努力的我，心有不甘地屈人之下，他，无疑已经是我心中不用言说的知己了。

进入十一月份，楚天的信又寄来了。

慧心：

　　我圣诞节的时候，准备去一趟北京，小米兰好吗？代我转告她，爸爸无时无刻不在思念着她。我们需要好好地谈一谈了。

楚天

　　读完了楚天的信，突然想起了一句诗，好像能完全展现出我那会儿的心境："无可奈何花落去，似曾相识燕归来。"我们的感情，在这个冬天结束之前，是不是就能有个明确的答案了？

　　我把楚天要来北京的消息告诉了爸妈，两位老人听完哽咽着不语，我知道他们心里是舍不得楚天。这些年，我不在身边的日子，都是他在照料他们，一旦失去了这个"儿子"，心怎么能不痛呢？爸爸把我拉到客厅的沙发上说："慧心啊，毕竟你们都结婚这么多年了，别和楚天置气了啊，他伤心过度才这样，可以理解的。"

　　妈妈也急着说："对，你们要是离婚的话，就是成心不让我们多活啊。"

　　我连忙安慰她："妈，你们就先别操心了，我心里有数。"然后起身走回自己的房间。

　　距离圣诞节还有一周的时候，东子突然请我吃饭，这可是我们相处几年下来的头一次，因为平时不是他出差，就是我出差，能碰在一起的时候，都是采访单位安排。我拍着他的肩膀说："是不是女朋友搞定了？"

　　他苦笑了一下说："不是，我是来和你辞行的。"

　　我愣了一下，突然站住了，他才露出两颗兔牙笑起来："好啦，什么都不许问，OK？"我撇了嘴乖乖地朝他点了点头。

　　东子下了血本请我吃了一顿"金钱豹"，每位328元。当我坐在火树银花的金色大厅，享受着世界各国的美味，看着流光溢彩的表演时，却看见东子在一旁落寞地喝着酒。我无法再做到视而不见，就用手指敲了一下桌面提醒他去看表演。他抽了一下鼻子没有再说话，就拿起刀叉在盘子里用力地切割着牛排，抬头看着我笑中带泪地大口往嘴里塞。那一刻，他品尝的好像不是美味，而是漂泊的辛酸。我还是忍不住问："要去哪里？"

他想了一下说："回东北。"接着又端起桌上的一杯红酒一饮而尽。

"东子，别走！你是最有潜质的摄像师。"我说。

"我的工资，甚至请不起女朋友吃几顿金钱豹，你凭什么让我留下来？"他接着又往嘴里塞一个牛肉汉堡，全然不顾吃相。

"可是亮子天天在街边发卖房广告，不也一样坚持吗？"我试图和他争辩。

"亮子？他妈在加拿大，他当然有经济后盾，不会饿死，我会，慧心，我连房租都快交不起了！我爸上个月干农活儿，把脚扭伤了，我竟拿不出钱给他住院！"

我不再说话了，没有过过他的日子，是不会了解他的苦的。东子在栏目待了五年多了，虽然是金牌摄像，可工资并不因此而比其他摄像拿的多，按劳计酬的工资制度，只有多干才能多得，可事实上是就算我们日夜加班，也无法多得多少，那些只用梦想支撑的日子，完全不再适合我们这个年纪了。

出了餐厅，东子为我截了一辆出租车，他低头为我拉开车门后，弯着腰把手伸进车窗和我相握，笑着说："慧心，后会有期。"

我鼻子酸酸的说不出话，他很快直起了身子和我摆了摆手，笑容还停在脸上。车子启动了，我在车子后视镜里看见他继续站在原地和我挥手，东子的身影一点点淡出了我的视野，那些他曾经带给我无数的壮美画面，又一次盘旋于脑海中……

那一夜，北京飘雪了，一周之后，又是圣诞节了。

第十五章
温柔的归程

东子离开之后，办公桌上的右上角，依然保留着他的名字：陈爱东。每次出差，他总会把一个黄色的帆布双肩包放在上面，口袋总是敞开的，不一会儿，他就会手提着机器走到我身边说："慧心，你那儿还有什么东西，放我这儿吧，我帮你背。"

我就会把吹风机、鞋子、雨伞之类的，统统塞给他，可是，从这天开始，不会再有那个黄色的帆布包放在这张桌上了。

当我正坐在东子的位置上发呆的时候，莫主编走进来说："没准儿他会有更好的发展。"

我抬眼看着他，那天他穿着一件灰色的开衫高领毛衣，胖胖滚圆的身材，黝黑的面庞，再配上低沉而温和的声音，还好，有莫主编在的每一天，在这里工作都是有意义的。因为每一期节目，他都期待我能有新的进步，每次在我疲惫的时候，想对付一下稿件时，他总会对我说一句："慧心，你不能输给上次的稿子。"

所以，这些年，我都是在他的督促下，渐渐地一点一滴，无比真实地成长起来，我的任何一个节目都不会失去水准。

"亮子走了，东子也走了，下一个会是谁？"我问。

"谁都有可能。"莫主编说。

"您就不会。"我说。

他立即摇摇头："谁告诉你的啊，问题是……如果不干这个，我怕自己什么都不会干。"他说完呵呵一笑。

"如果有一天我离开，您会挽留我吗？"我又问。

"不会，也许那是更好的选择。"他坦白得让我惊讶。

我凝视着他，他迎着我的目光，丝毫也不回避，仿佛通过那双眼睛，我能直抵他的内心。我知道他从不会说谎，离开这里并不意味着一种失去，对我或者更多人而言，反而意味着另一段新的开始，能有勇气放弃的人，比甘于平庸的那些人活得更加真实，谁也无法代替谁去品尝生活给予的苦辣酸甜。

片刻之后，莫主编走到门口，他把手里的稿子举起来对我说："既然留下，赶紧把心都放这儿上。"我朝他点了点头。

整个下午，我一直坐在椅子上写稿子，到了晚上，朱子也把电脑搬来坐在我的对面，等办公室的人都走得差不多了，她才对我挥舞着一只手臂神秘地说："慧心，你知道东子为什么走吗？"

"他以为这里没'钱'图。"我没抬眼睛看她，只顾低头打字。

"是被明丽气走的！"她显得一副愤愤不平的样子。

"怎么回事？"我皱皱眉。

"在日本拍摄的两个月，明丽把他折腾惨了，完全没有脚本，想拍什么便拍什么。"她气呼呼的。

"东子是最骄傲的摄影师，他对镜头有着独特发现，他是在创作！"

"可明丽不稀罕，她说因为她才是导演！"

"这句话……我曾经也说过。"

我想起了来栏目拍摄的第一期节目《与军犬离别的日子》，我曾对着摄像丁老师大声喊"我才是导演"的霸道情景，那会儿丁老师真有一副好脾气，他也不理我，也无需我理解他，我们竟一路走过来了。如今，想和他再合作已经不大可能了，他改行去俄罗斯学习油画好多年了，我的那个节目因他获奖，他后来也不知道。这么多年，我从来没有在茫茫人海中遇见他，或者，有些人，陪伴我们的只是一段旅程。

"明丽简直太过分了！慧心，你听没听见？"朱子又坐在了我对面的椅子上。

"嗯……东子当然不会任人摆布。但是纪春明了解他啊，是他亲手把东子从校园选来的。"

"关键就在纪春明！"朱子大声地说。

"哦？"

"明丽去他那儿告东子的状，说他不玩活儿，纪春明要东子和明丽道歉！"

"什么？凭什么道歉啊！"我也觉得纪春明过分。

"所以呀，本来干着憋屈的活儿，还要弯腰道歉，更何况又赚不到几个钱，我要是东子，老子也不干了！"朱子翻着白眼呼着气。

"好了，不说东子了吧，反正他都已经有新的选择。"

"那说谁呢？"朱子斜着眼睛问我。

"那天，我在街路上看见亮子了，你知道，他竟在路边发售房广告。"

"喔，他好吗？"

"找时间给他打个电话问候一声嘛。"我说。

"嗯……哦，差点儿忘了，有人在楼下等我，我先走啦。"朱子抓起包就飞快地出门了。

我拨开百叶窗，看见一辆白色奥迪 A8 正停在电视中心门口，朱子小跑着到车前，上次送我的那个"小平头"又主动下车帮朱子殷勤地拉开了车门。这一次我才终于看清，"小平头"的身材长得很矮，样貌也很普通，根本配不起高挑的朱子。很快，车子调了一个头就转到主路上潇洒地跑开了，我不知道坐在车里的朱子，是否会把头转向窗外，在那喧闹的车水马龙里，偶然瞥见发着售房广告的亮子的身影？

圣诞节的前一天晚上，我接到了楚天的短信："慧心，提前祝你和小米兰圣诞节快乐，明天下午三点，在你小区门口等，楚天。"

他终于不再写信了，因为之前他寄来的那些信，我一封都没有回。

晚上，小米兰洗完了澡在床上开心地蹦着，她说："妈妈，圣诞老人会给我带礼物吗？我想要一只小狗。"

我问她："如果爸爸来了呢？"

她立刻一屁股坐到了床上："那我宁可不要小狗了，我要爸爸，我要爸爸！"她把两条小腿不停地在被单上来回踢着。

"明天来，放学回家的时候，就可以见到他了吧！"

我的话音刚落，小米兰竟一骨碌钻进了被子里，然后冲着我挤着眼睛。我趴在她的小肚皮上听了听说："不对呀，这么早睡，还是小米兰嘛！"

"因为闭上眼睛就是第二天了，我要快点儿见到爸爸！"我朝她笑笑把灯关了和她道晚安。

回到房间，我拉开了抽屉，把楚天之前寄给我的那张合影又翻了出来。那是前年的圣诞节了，那会儿婆婆还在，小米兰用心良苦地给全家种了一棵圣诞树，我们在树下开心地照相，曾是幸福的一家人！可婆婆离开前的最后一个新年，我没有陪她度过，楚天始终不能原谅我！可那是我根本无法改变和预料的，他心里的这道砍儿过不去的话，我们就永远无法再像从前那样幸福。明天的此刻，我是重新获得幸福的女人，还是又孤单地做回自己，沈慧心，无论如何，你都要坚强地去迎接这一刻。

这一夜，雪簌簌地落，我竟无眠。

第二天出门之前，妈妈问我穿哪件衣服，她在衣柜里翻腾着说："快一年没见了，总得让楚天好好地看看慧心才是。"

"妈，不用了，就穿这件黑色羽绒服。"我在镜子前把衣服穿好。

"不行，怎么也赶上个节日啊，穿喜庆点儿的！"说着她手里举着一件红色大衣给我看。

"好，您说哪件就哪件！"

"瞧瞧，这女人啊，穿上漂亮衣服就是不一样，真好看啊。"妈妈喜笑颜开地说。

"好。"

妈妈好像又想起了什么："一会儿啊，你和楚天一起去学校把小米兰接回来！"脸上是一副十分讨好的神情。

爸爸也站在客厅里和我摆手说："一会儿，把楚天给我领我回来，你就说我找他！"我点点头就出门了。

出了电梯，我的心突然咚咚咚地跳起来，真是奇怪，我的心里不是早就没有思念了吗，我们这次相见是一次谈判，根本不是久别的重逢，我是不是扮错了心情？

我提前十分钟就来到了小区门口的喷泉边，楚天还没有到。每一秒钟的流逝，我都感觉那么慢，我的目光开始四处搜寻，想象着他会穿什么样的衣服来见我，他是变胖了还是变瘦了。楚天不能讲话，他只能默默站在那里听我讲，我哪里说的不对，他都没法像从前那样和我争辩，楚天，他是不是有一点可怜？

下午三点五分的时候，楚天仍没有到，他平日一向很守时，我开始担忧起来，他不会是坐在地铁里换错了车站，或者，路上遭坏人抢劫？天哪，楚天不会是变卦了？不来了？他委托一个人和我谈离婚的细节，他没有勇气直面我？我在喷泉边闭上眼睛祈祷，楚天一定要平安，婆婆一定要保佑他，如果他平安，我们之前的怨恨一笔勾销，我，愿意重新接受楚天，楚天，你听见我的呼唤了吗？

"慧心！"忽然，一个温暖的声音从身后飘来。"天哪！"我惊呼着连忙转身。

"慧心！"是楚天！他正举起手和我挥舞，手里抱着一只大盒子朝我走来。

天啊，楚天可以讲话了吗！我连忙用双手捂住眼睛不敢相信，眼泪瞬间滑落下来，迎面的冷风打在脸上，让眼泪瞬间像结成了冰凌，睫毛上凝结了一层雪雾，在一片白茫茫的泪眼婆娑中，楚天正一步一步地走向我。楚天终于来了，哦，他走路的样子，是……是楚天，没错，楚天来了！

我在心底一遍遍地呼唤着他的名字！他的黑色皮靴踩在雪地上发出咯吱咯吱的声音，真是好听极了，终于，他的脚步在我身旁停住了，目光也瞬间落在我的脸上，手里依然抱着那个盒子，我竟说不出一句话，只是灿然地露出一丝微笑，眼泪再一次模糊了视野。楚天又向前走了一步，缓缓地说："慧心……"他的声音竟也哽咽了，接着，他把手里的盒子放下，抬手为我轻轻地擦去泪水。泪光中，我看见楚天依然瘦削，这一年，他像老去了五岁，鬓角已经开始泛白了。我用手去触碰他的头发，他终于露出了笑容，像从前那抹我最熟悉的笑。

"想我了吗？"他用两只手捧着我的脸。

"没有！"我嘴硬地把头撇向一边儿，眼泪又流下来。

"那你为什么流泪？"他问。

"你太自私了！"我挪开他的手，转身背对着他。

他上前从背后抱住了我，紧紧地，紧紧地，让我竟不能动一下，他在我耳边呢喃着说："我看见你就必须投降了！"他把我揽在了怀中。

我的心软了，语气却依然强硬："你不是不要我们吗，怎么又冒出来！"

"我错了，是我心胸狭窄，太小气！慧心……原谅我！"他又去握我的手，就像在抚慰着我的心。

一阵冷风吹过来，他把我揽在怀里更紧了，我们谁也不再说话，昨天，与此时来讲，不过是一片轻轻的羽毛，和着圣诞的清风，吹远了呵。天空敞开着它开阔的怀抱，一束金色的阳光照在我们脸上，感觉暖和极了。

"你真的辞职了！"我抬头问他。

"单位没有批，元旦之前，我恐怕得回去一趟。"他有些无奈地摇摇头。

"哦……。"

"换新领导了，即使我走也得照个面儿！"他用手把我头上的帽子又重新戴了戴。

"你走吧，有你，没你，我们都能过！"我故意气他。

"我很快回来，办完了辞职手续我就来，很快！"他迫切地和我解释。

"多久？"

"三天，三天就回来！"

我笑笑，嘟起嘴勉强地同意了。

"这是什么？"我指着他身旁那个箱子说。

他立即露出一副神秘兮兮的表情，用手做了一个"嘘"的动作，就蹲下了身子。

"唔……汪！"

"小狗叫的声音！"我惊呼着蹲下来。

一只长着圆溜溜、明亮亮大眼睛的小狗，正仰头张望着我呐。"喔，真可爱！"

我伸出手去摸它浑身上下黄白相间的毛，松松软软的，楚天斜着脑袋笑着说："它叫花花，是我住的乡下的路边捡的，这些日子，都是它陪我。刚才，我去物流公司接它才来晚的。"

"它也坐了火车？"我问。

"是！是货车，比我的车晚到，本想送给别人，后来还是舍不得，我想你和小米兰一定喜欢！"楚天把花花递到我怀里，它竟不认生，亲昵地去舔我的脸。

"对啊，小米兰昨天还嚷着要一条小狗呢！"

"哈哈，这叫父女连心！"他一副得意的样子。

我和楚天带上花花，在小米兰的学校门口等。第一次啊，作为小学生的家长，我们一起等着孩子放学，我仰头对楚天说："时光怎么跑这么快，昨天，我还是一个小姑娘呢！"

他笑笑说："你永远都是小姑娘！"接着紧紧地搂着我的肩，就好像我会随时跑掉似的。

楚天更难以掩饰心中见小米兰的喜悦，他不停地看着手表，脖子都要探进学校的院墙里了。没多一会儿，就听见学校里放学的铃声了，很快，我就看见肩上背着红色书包，穿着一身天蓝色的学生服，头戴小黄帽的小米兰，她正和一群一年级的小朋友拉着手，整齐地排着队从学校里面走出来。楚天忍不住喊："小米兰，小米兰，爸爸，我是爸爸！"

小米兰听到喊声，在密密匝匝的人群中抬头寻找着。很快，她发现了楚天，几乎在同一瞬间，她竟松开了同学的手，朝马路对面的楚天奔跑过去，嘴里喊着："爸爸，爸爸！"

天啊，她竟边跑边哭，小米兰从来都是很少哭的啊，一年没见了，仿佛过了十年那么长，她怎么能不想念爸爸呢？

突然，一辆摩托车横冲过来，小米兰还没有停下脚步。楚天瞬间挣脱出了我的手，迅速飞奔出去，挡在了摩托车的前面。我看见楚天的身体在空中打了一个翻，就重重地跌落在了地上，摩托车也像散架了一般，车轮飞在空中打转，我像疯了似的撕心裂肺地呼喊："楚天！楚天！"接着，我觉着眼前一片漆黑，身体瞬间跌入了重重的看不见光的黑暗里……

我在梦境里挣扎，那是一片无边的苦海，楚天就在我前面奋力地游，我怎么也追不上他，我喊着："楚天，等等我呀，楚天！"他也不理我，只顾一个人朝前游，仿佛在寻找着明亮的海岸，很快，我就听见妈妈喊我的声音了："慧心，醒了吗？"

我睁开眼睛，看见爸爸和妈妈正坐在床头看着我，妈妈的眼睛哭得红肿，爸爸看上去也憔悴极了。

我无力地问："楚天，楚天……他是不是死了？"眼泪如珠子般瞬间湿了枕巾。

"没有，他只是受了伤。"爸爸说。

"你骗我！"我呜呜地哭。

"爸爸怎么会骗你，他就在你隔壁的房间里。"

我不相信迅速起身，赤着脚跑到隔壁的房间，看见里面躺着的人都不是楚天，我气呼呼地再次折返回来，对着爸妈大喊着："你们骗我，楚天在哪里？"我情绪激动。

"慧心，楚天还在重症监护室。"爸爸终于说出了实情。

"我要去看他！"我转身往门外走。

"不行，他还没有醒，何况，现在还不能探视。"爸爸厉声提醒着我。

我被重新扶回了床上，我又问："小米兰呢？"我紧张得几乎快崩溃。

"上学去了，今天参加新年演出。"妈妈终于欣慰些。

"现在几点了？"我问。

"晚上七点半，我这就回去陪她。"爸爸站起来说。

"爸，楚天真的没事吗？"我哽咽着问。

"他的肋骨撞断了三根，怎么也得恢复一阵。"他重重地点着头，转身出门了。

我呆坐着，望着窗外璀璨的唱着圣诞歌的夜，明明是一场温暖的相聚，怎么瞬间快要变成了离别曲，这难道就是世事无常吗？妈妈默默地陪在我身边，她轻拍着我说："度过了这个坎儿，一切都会好起来，老天爷，会把楚天重新还给你。"

我每天都守在重症监护室的门口，看着进进出出的医护人员和家属，从他们眼角里流出的眼泪和悲伤，不断地告诉我一个简单的道理：幸福就是你能和你爱的人在一起！如果楚天还能醒来，我情愿和他再重新回到故乡的小城，我可以不要梦想，不要财富，不要励志，我，只要楚天！

这期间，莫主编来医院看我了，他给我留下两千元钱，坐在长椅上陪了我一会儿，临走时说："慧心，我们能接受生活的快乐，苦痛也得接受。"我点点头。

他早已经变成了我的亲人，泪光再一次在眼中闪烁，我是多么幸运，能在北京遇上他，他总是那么坚强而有力量，像一个标尺立在那里，有他在，什么都不必慌乱。

距离元旦还有一天的时候，护士小姐老远小跑着来告诉我楚天醒了，我当时正靠坐在走廊的长椅上发呆，她摇晃了一下我说："哎，肖楚天醒了！去看看吧！"我才转过神儿来拽住她的手问："真的，真的吗？"她连连地点着头。

我像一支从长弓里射出的箭，以风的速度飞奔到楚天的床边，我们好像已经有几个世纪那么长没有见面了。我双手紧握住他的手，泪眼婆娑，心疼地说："哦，楚天！楚天！"

他也低唤着我的名字："慧心。"

我好像有一肚子话要和他说："你知道，我不能没有你，不然，我真活不下去！"

他鼻子上插着管子，眼泪顺着眼角流出来，艰难地挤出一丝笑容对我说："傻瓜。"

我们凝视着彼此，怕从此再也见不到。护士小姐从旁边经过，也用手抹着眼泪，其实，她们早看惯了生离死别，却仍被这一幕打动。世间最珍贵的永远都是活着，好好地活着！

"新年快乐！"我微笑着对楚天说。

"今天是新年？"他疑惑着。

"是！也代表着我们的新生！"我听见窗外有放礼花的声音，就指给楚天看："礼花，快看啊！"

楚天却一直只盯着我看，我问"我脸上有花啊？"

他笑着："有，比礼花好看！"

午夜十二点钟的时候，我的电话响了，来电的号码是白若辰，他仍和我在同一个星球，白若辰还活着！可是，这个名字忽然怎么那么远了呢，我犹豫了一下不肯去接，楚天在床边望着我，对我说："接吧，一定是给你送祝福的！"

对呀，我们之间并没有什么，白若辰说过，我们只是朋友，他说过的！我从容地接起来，他的声音又像隔着十万八千里传过来："慧心，一直等着零点呢，只为和你说一声：新年快乐！"

"喔，谢谢，新年快乐！"

"你在哪里？"他的声音仍是充满着缠绵的关切。

楚天在一旁认真地听着，不时微微地皱皱眉，但很快又变回平静，神情放松地看着我。

我一本正经地说："我爱人生病了，我陪他在医院里。"

"哦……"他沉默了一下接着说："他终于肯来北京了！？"

"是的！"我简短地答。

"我们的约定还算数吗？"他问。

"约定？"我问。

"五年之约，还剩三年！"

我怕楚天误会，只好答："什么约定……"

"好吧，那你好好陪他吧，祝你幸福！"白若辰比我先挂断了电话。

楚天什么也没有问我，吃力地把身体躺回到被子里，喘着粗气说："慧心，你也累了，回去好好睡吧，打个车。"

我说："……他，只是一个普通的朋友……"

楚天朝我点点头说："我知道，听话，回去睡吧，明天再来！"

我穿上红大衣站在门口，抬起手和楚天道别，正要转身出门时，他又叫住我："慧心！"

我回头，只听他说："我永远都相信你。"

我笑笑，忽然问："对了，你是怎么又能说话的？"

他轻声地说："秘密，明天再告诉你。"

我扬起手臂："好，晚安！"他也说："晚安！"

我轻点着头，依依不舍地望着他，脚步也不挪动一步，他说："好了，慧心，快走吧，不然到家太晚了。"我才缓缓拉开门，走了出去。

一路上，手机里祝福的短信响个不停，首先是亮子的喜讯，上面说："慧心，我已经付清了一套房子的首付，改天请客，新年快乐！"

莫主编的："慧心，每一份考验用心应对，总有一天，它们将成为你的财富。莫一鸣。"

朱子的："亲爱的，我要结婚了，祝福我吧！"

我正想合上手机时，白若辰的短信又来了："慧心，五年之约，无论你记不记得，我永远记得。"

出租车里正开着新年点歌节目，伴着新年的月色，一首久违的《Never grow old》，缓缓地从电波里倾泻出来：

Open my eyes

I realize

This is my perfect day

Hope you never grow old

Hope you never grow old

……

音乐真是件奇妙的东西，它会带你在任何时光里穿梭，那些许久不再联系的故人的面庞，又一一映照在此刻明亮的车窗上，阿昆、肖峰、小萌、薇薇、明子、武一导演，已经好久未见了，他们此刻在世界的哪个角落？曾以为彼此会是相伴到老的朋友，却在时光的更迭里不断地走失。有一天，亮子、朱子、东子、莫主编、纪春明、明丽，是不是也像他们那般，忽然飞离了我的生活。即使生活在同一个星球，我们谁也改变不了，唯有珍惜眼前时光。我有些伤感地，和着音乐一起轻轻地唱：

Open my eyes

I realize

This is my perfect day

……

白若辰的脸，又在歌声中浮现，这个我自认为从外星跑来的人，也无比真实地按照他的意愿去为生活努力。他相信世间美好的感情，可以冲破一切无形的牵绊，错过的美丽，迟到的缘分，统统都不是问题，爱情里依然有童话的存在，哪怕结局是凄凉的，只要被他遇上了，就一定会义无反顾。天下竟真有这样的人！对他的执著，我或许只能和他说一句抱歉！我立即拿出手机给他回了一条短信："2012 年了，谢谢你的等待，此刻，就当做五年后吧，祝你幸福，也请你祝福我。慧心。"

他立刻回复给我："我的 2015 还没有到，当然要祝你幸福，你也一定会幸福！"

我合上手机，最后想到的那个人是楚天，我们经历了这么久的守望和别离，再也不允许出任何的差错，我双手合十用心祈祷："这一生，只愿得一人心，白首不分离。"

第二天，我再去医院的时候，楚天送给我一份礼物，是他亲手折的一只纸鹤，他说："以前，我不懂浪漫，以后，我会慢慢去学。"他仿佛变了一个人似的。

"你是怎么说话呢？"我又问。

"做了半年多的康复训练，尝遍了中药西药，不知道是哪一个起了作用。"他笑得十分神秘。

"我知道。"

"什么？"

"因为你要当律师！"我笑得前仰后合，他也跟着笑。

楚天，似乎早忘记了白若辰的电话，他仿佛变得开阔了。

新年之后，楚天又重新回到故乡准备参加 2013 年的司法考试，他信里说每天都在床头啃着一本又一本法律书籍，窗外的小鸟鸣叫，他听不见，冰雪消融了的声音，他也听不见，桃花开了的声音，他还是听不见，他只听见心底一个坚定的声音说："为了能和慧心在一起，我要去北京！"

小米兰在多了花花这个新朋友后，果断地疏远了纯纯。那只长着一身茶色绒毛的贴身护卫，看上去经常表露出一副不安的样子，它常常独自站在透明的落地窗前苦苦地发呆，或者正在思考着一篇作文：《春天来了，一只鹌鹑的心事》。

桃花盛开的时候，朱子和"小平头"举行了婚礼，即使穿着最漂亮的婚纱和礼服，也能看出他们并不相配。亮子那天也来了，穿得像一个新郎，我打趣他："新郎又不是你！"

他举起手轻敲着我的头说："我又不是当不上新郎！"

朱子走过来端起酒杯给他敬酒，她低声地说："哈，什么时候参加你的？"

"就当做这是我的吧！"说完一饮而尽哈哈大笑。

朱子也反应过来，开始哈哈大笑起来，一把搂着他的肩膀，和他笑成了一团。"小平头"走过来，虽然不知何故妻子笑得这么开心，却也陪笑着大口地喝酒。听说这个草坪婚礼花费了他不少钱，他还专门为朱子从云南空运来了最美的玫瑰，那些细细长长的花束妆点着婚礼。每当香气袭来的时候，我总会用力吸一下鼻子，去感受这幸福的味道，生活到头来，都是我们所选，但愿这美景与幸福会一直延续下去。朱子那天喝了很多酒，再有宾客灌她，亮子就接过酒杯替她挡酒，他一路护送着她，可他又能护送多久呢，只是一个婚礼这么短暂的时光。

不久之后，朱子怀孕了，她递交了一封辞职信，以后更多的日子，她将住在市区那座豪宅里，看着日出日落，期待着新生命的到来。那会儿，也将是楚天司法考试公布成绩的日子。

我和朱子都在热烈地期待着那一天的到来。

第十六章
未卜的前程

进入四月份的一个周二，纪春明在例会上宣布了一个消息，明丽正式担任栏目的主编，他末尾的话说得十分语重心长："踏踏实实工作的人，总会得到奖赏，明丽，就是给你们树立了一个榜样，这个平台最大的好处，我想就是我们绝不会抹杀每个人的努力！"

纪春明的话音一落，一片热烈的掌声响起来，同事们在底下交头接耳，坐在沙发一角的明丽，不好意思地站起来欠了一下身。那天，她穿了一件黑色短西服，配上雪纺的裸色拖地长裙，头发用一个亮晶晶的发卡，高高地盘在脑后，气质一下子变成了女强人。坐在普通椅子上的我，在她的映衬下，瞬间变成了一只可怜的丑小鸭，落寞地欣赏着别人光彩的那一刻，一个念头在我心里瞬间升起："或许，这里不再适合我！"

散场后，莫主编在身后喊住了我："慧心，走那么急干嘛，赶火车呀？"他故作轻松状。

我笑笑，回转过身问："您找我有事？"

他脸上展开笑容："小米兰怎样，还适应北京吗？"边说边走到了门口，从裤兜里掏出一盒烟，抽出一根点上，倚在门框上看着我。

"英语跟不上，之前没学过。"我耸耸肩。

"那没关系。"接着，他细细寻思了一下说："当主编快要把人累死，超负荷的工作，我巴不得像你一样自由，慧心。"他终于道出了谈话的主题。

"哦。"

"赶紧找选题，出差吧！别放在心上，你的舞台在拍摄现场。"他说。

"嗯……"我说不出话，只觉得喉咙哑哑的，我努力地吸着气，泪水瞬间在眼眶里打转。

"嗯，去吧！"他的目光里充满着鼓励。

我拿着背包从他站的门口走过，出门时，还听见他温和的声音传来："慧心，路上小心，看着点儿车。"

我没等电梯就直奔楼下跑去，刚才还漾在眼里的泪水，忍不住一连串地落下来，湿了脸颊、头发、衣裙。那一刻，不是因为没有当上主编落泪，是因为在这样一个失意的时刻，仍有人肯陪着你说话，给你安慰。

我打电话把这个消息告诉了楚天，他连忙用温和的语气安慰着我："主编都是纪春明任命，你们都是聘用的，本来就没有人事命令，当不当无所谓！"

"可是你知道，明丽每个月会比我多赚五千块钱！我们需要这笔钱。"

"没事儿，等我考上了律师，我养你，咱就不工作了！"他笑着说。

这句话竟惹得我立即哭起来："我就是不服气，我哪样都比她优秀，凭什么她要在我之上，凭什么嘛！"

"哦，我的小公主，别哭了，没关系，没关系。"楚天温存地说。

正在这时，小米兰把门推开一个缝隙，探着脑袋问："妈妈，你哭了吗？"

我连忙和楚天挂了电话，接着用两只手在脸上胡乱地擦着，转脸对她说："没有啊！"

她又说："你的手机可以借给我吗？"

"好。"

我走到门口把手机递给她，并蹲下来嘱咐她说："快点儿背单词啦，你知道，如果学习不好，即便上了小学，初中也要回到东北念了！"

"哦？"小米兰接过手机点着头，低头转身跑了。

直到第二天早上，莫主编把我找去，我才知道了小米兰做了一件多么出人意料的事儿。

他翻出一条信息给我看，上面写着："莫主编，你好，我是沈慧心的女儿，不让我妈妈当主编，她很难过，你们会后悔的！小米兰。"

"天哪！"我惊呼。

莫主编坐在沙发上仰脸儿笑着，我连忙不好意思地说："真是对不起，我不知道……竟然……哎……"我语无伦次。

他连忙摆手说："慧心，你有一个多么可爱的孩子！"

"她太顽皮了。"我说。

"这说明她有多么地在意你、爱你，多么难得！"他用力地点点头。

"是啊，我真不该！"我检讨着。

"慧心，其实，你是挺倔强的，你得承认！"他语重心长。

"我？怎么倔强了？"我不服气。

"因为你太好胜了，凡事都想争第一，什么都想最好，这本来没什么……"他没有继续说下去。

"这难道不应该吗？"我问。

"因为你太认真，和你工作的人都有压力。"他一脸诚恳。

"不是您让我学做一块吸水的海绵吗？"我的脖子挺得僵直。

"没错，这成就了你，也害苦了你。"

"我不明白您的意思。"

"我的意思是说，认真和较真儿是两回事，你既认真，又较真儿！"

"您为什么这么说！"这些话，莫主编以前从未说过。

"这都是你的优点！"他试图缓和谈话的气氛。

"不，我要知道自己哪里不如别人！"

他犹豫了一下说："和你合作的摄像最累，因为你的要求多，别人

207

拍两个画面，你要拍十个。和你合作的后期最累，因为你追求完美，一个画面一个画面调整。和你合作的音乐最累，因为你要最好的氛围，有的段落还要重配。和你合作的包装最累，因为每一张图片，你都要再拿出意见。你说你是不是让大家都很累呢！"莫主编说完抬眼看着我。

"我……可是……"

"行了，慧心，别多想，只是个人意见而已。"莫主编叹了一口气。

我从沙发上站起来，深深地看了他一眼，然后只说了一句："也许您是对的！"然后转身出门了。

天啊，如果莫主编不说这些，我从来都没有意识到！摄像、后期、音乐、包装，每一个工种，都曾因为和我的密切配合，才有一个又一个上乘的节目，怎么突然之间，他们心底都埋藏着一大堆的怨言呢，这些我怎么从来也不知道！认真，一时间，又怎么可以变成了最大的讽刺？

太阳从窗口悄无声息地落下去，出了电视中心，街灯都已经亮起来，每一个从我身边走过的人，个个面带疲倦，任年华在匆忙的脚步下流逝，却仍要努力留在这座城市里打拼，究竟是为什么？我突然好想找个人聊一聊天，了解一下朋友眼中的我。这趟漂泊，到底值不值得，我得到的和失去的，究竟哪一样多，明天，我还要不要选择继续留下来？

我的脚步停在了亮子曾经发广告的街角，但在那些来往穿梭的身影里，我并没有搜索到亮子。就在我迟疑的当口儿，一个和亮子年纪差不多的年轻小伙子跑到我跟前，把广告单塞进我手里说："姐，买房吧，地点好、价格便宜……"他一边跟着我，一边滔滔不绝地介绍起来。

"哦，向你打听一个人，亮子，你认识吗？"

"您是说我们经理啊！"他满脸骄傲。

"经理，他做经理了吗？"我惊讶。

"对啊，都当几个月了，对我们可好了呢。"他擦了脸上的一把汗。

"你们售楼处离这儿远吗？"我问。

"不远，我带你去。"他不由分说地走在了前面。

跨过了两条街，走过了一段地下通道，再翻过一座小桥后，就是一片空旷的建筑工地了。远远的，一排亮着彩灯的白色房子上写着"绿色山庄"，真是繁花中的一处清幽之地。

进了金色的大堂，我被直接带到了二楼经理办公室，一个穿蓝色制服的年轻男人，正背对着我坐在电脑前看文案。我敲了一下门，听见的是亮子的声音。

"请进！"

"经理！"我调皮的语气，站在门口。

他转身，一脸惊讶："慧心！天，怎么是你！"他立刻站起身，向我敞开一个大大的怀抱。

"好久不见！"他拉过来一把椅子坐在我对面。

"是，好久不见！"我笑笑。

"说，今天怎么找上门了！"他上下打量着我，眼睛里全都是笑意。

"看看你，不到两年，都变成大经理啦。"我一脸羡慕。

"呀呀呀，和你这电视台的大导演没法比啊！"他嘟起嘴像一个大男孩。

"说说，我是不是很较真儿！"

"哇，谁总结得这么有水准？"他哈哈大笑起来。

"明丽当主编了！"我突然变得像一个泄了气的气球。

"嗯，不过，我不喜欢她！"亮子直言。

"喜不喜欢，她都是主编！她以后要管着我！"我咬紧嘴唇。

"你永远是我的主编还不行嘛！"亮子起身去给我冲咖啡。

我趁这个功夫看了一下这间办公室，虽然不是很大，却布置得十分温馨。一个水晶吊灯，落地白纱帘，木质布艺的沙发，一张正好合适的书桌，上面放着他在栏目里的合影，特意用水晶框装裱起来，里面是他和朱子的头亲密地挨在一起的照片，他仍没有忘记过去的时光。

"有什么想法吗？"亮子把咖啡递给了我坐下来。

"我快坚持不住了。"我直视他。

"哦……"他双手交叉在胸前深思着。

"不开心？"他抬起头问。

"就算我再努力，也不过是继续斩获新的奖项，我的工资并没有因此改变，我也没有任何提拔！"我说。

"慧心，钱并不是最重要的，你的优势是能做出好节目，纪春明当然不想浪费你这块材料。"

"可是，他竟提拔不如我的明丽！"

"不，明丽，她的处事能力适合管理，和谁都好，你就是好坏挂在脸上。"

"可是……"我叹了一口气。

"纪春明是精明的，他知道谁更适合干什么，只是他或者忽略了你的感受。"亮子看着窗外。

"你当初辞职，他有挽留你吗？"我问。

"没有，他只有祝福。"他说得淡淡的。

沉默了一会儿，亮子起身走进办公室的阳台，他把手伏在栏杆上，抬头仰望着北京的夜空，深深地呼出一口气，慢悠悠地说："我那天见我继父了。"

我也走过去站在他旁边。"哦，就是一开始并不赞成你在北京打拼的那个人！"

"是，他终于相信，我可以不花他的钱，对我十分友好！"亮子冷笑了一下。

"他现在支持你在北京了？"我问。

"他不管我，只要不用他的钱，他倒希望我离他远远的，只是我妈不放心我。"

"来北京后悔吗？"

"没什么后悔不后悔的，选择了就往前走呗。"他无奈。

"我和你不同，我的父母、老公、婆婆、孩子都支持我，可是这几年，我并不能给他们什么。"我有些暗淡地说。

"会有那一天的。"

"要等多久呢？"

"我也常问自己这个问题，要等多久，可是，我们又不是神仙，没有预知未来的能力。"亮子转头看着我。

"嗯。"

"或者，一切都是命运的安排，你等也好，不等也好，你的命运就在那里，只是我们都不知道答案。"亮子说得像一个哲人一样。

好半天，我们都在静静地看着头顶的夜空，好像在各自心中体味着这句话。

"好吧，就这样，我也相信命运，我得回去了。"我转身。

"急什么，我请你吃晚饭。"他真诚地说。

"不用，你只要派一个人把我原路送回去就是！"我说。

"不用啦，我开车送你。"亮子拾起桌子上的一把钥匙跟着我出来。

车停在售楼处的门口，一辆白色的宾利。

"你买车了？"我又惊讶。

"不是，公司的，老板信任我，就当我专车了。"他嘿嘿一笑扭头扣上安全带。

亮子一直把我送到家，车子停在我家的单元门口，下车时他突然问："白若辰是否还联系你？"

"你还记得他？"我惊讶。

"偶尔联系，无非都是问你的情况，我让他直接问朱子了。"

"怪不得！"我说。

"怪不得什么？"他问。

"没什么，他只是一个关心我的朋友。"

亮子想了一下说："慧心，我们不需要接受每个人对你的好，你只要顾你最爱的人就够了。"

"你想说什么？"我问。

"呵呵，没什么。"他又摆出那个大猩猩的造型，扮着一副鬼脸说："加油，沈慧心，你是最棒的！"我朝他挥手，目送他开车离去。

亮子是在提醒我，不要和白若辰再有联系，我们没有那么多感情可以用来分配，我把他的话记在了心里。从今往后，无论白若辰怎么做那是他的事儿，我要怎么做才是我的事。我突然拿出手机，把白若辰的号码删除了，好像从来就没有认识过他，我们之前的所有记忆，不过是前世的一场梦，他这个从外来星球跑来的人，理应生活在自己的星球。

又过了一阵子，有一天元主编把一位实习生介绍给我。她叫杜媛，年纪比我小个四五岁，但人长得老成，打扮得成熟，特别会说话。听说曾在其他栏目做过，悟性不错，是纪春明亲自从大学里挑选来的，他希望我能带带她。

"慧心，当师傅了啊！"元主编把杜媛推到我身旁。

"好啊！"我开心地和她握手。

在那以后差不多两个多月时间里，从出差到写稿件，再到做后期，我把她当妹妹一样，手把手地教。怎样选择人物，如何设计采访问题，写稿要注意什么，等等，她十分认真地记在了一个本子上，像极了当年的朱子。凡是我交待的事情，她都乖乖地去做，还不停地帮我干这干那。

直到有一期节目快到交稿时，出乎我的意料，她竟也写了一篇交给莫主编。我问她怎么回事，她的话说得十分谦虚："我就是想看看，自己和慧心姐的差距在哪儿？"

当然，那期节目最后用的是我的稿件，但是莫主编特意找到了我，他十分认真地说："她写得很好！"神情中透着忧虑。

"这很正常不是吗？"我问。

"慧心，我以为你永远是最好的。"他话说得很重。

"是你让我不要太认真！"我说完转身出门了，把莫主编一个人剩在办公室里。

打那之后，我看见杜媛和明丽走得很近，心里有一种十分别扭的感受，原来，她之前的听话肯干，只是为了学本事超越我这一个目的。后来，不知道是她疏远了我，还是我疏远了她，她渐渐开始帮着明丽打下手了，发传真、打印稿件、取快递，每天看上去十分忙碌。偶尔在电梯里遇见，她也只会淡淡地叫我一声："慧心姐。"就自顾自地看手机了，我渐渐也习惯了，本来就是嘛，不可能所有的人都和自己一样为人处事。

楚天律考还有一个月的时候，有天他打来电话说："慧心，你做完了一个片子，能不能回来陪我考试啊？"

我笑他："又不是孩子，考试还要人陪？"

他说："我害怕考不上，你来我才有勇气。"

我撇了一下嘴笑着，接着说："好的！手头的这个片子就快做完了！"

他立即显得十分兴奋："好，到时我去车站接你，哦，你能回来，太好了！"

"好啦！"我笑着挂断电话。

就在那天中午，我和同事在食堂吃饭时，突然听说杜媛加入了大片组，她被纪春明安排去美国拍摄一部五集的纪录片，独立担当执行总导演。她来栏目只有不到三个月的时间！这一次，我又被排在了大片制作之外，我气得快要说不出一句话，就跑去纪春明的办公室，准备和他好好谈一谈。刚走到门口，就听见里面传来的是明丽的声音："纪导，杜媛还年轻，这个节目，我想和她一起做。"她的语气平缓。

"可是你是主编，你的那些稿子怎么办？"纪春明问。

"没关系，我一样都不会耽误。"明丽说。

"这样行不行呢……"纪春明显得有些犹豫。

"其实，主编有时候就得冲在一线，不然，我们有什么资格来评判编导的稿子？"

"嗯，你说得也很有道理，你能这么想，真是很不容易！"纪春明说。

"其实，这对我来说是等待已久的挑战，我觉得我可以！"明丽强烈表达着心中的意愿。

听到这里，我简直快要气疯了，连门都忘记敲就走了进去，我站在门口说："这个节目，我一样需要！"我说的声音好像从脑瓜顶上冒出来的。

"慧心？"纪春明显得有些惊讶。

明丽也把头转向了我，愣愣地看着。

"我想单独和您谈一谈。"我对纪春明说。

明丽看了一眼我，对纪春明说："好，那我过会儿来。"

直到出门时，她的目光仍紧盯着我，她大概怎么也没有想到，我会以这样的方式出现在他们的谈话中。我已经顾不了那么多了，如果这次和纪春明谈不拢，那我就再没遗憾的果断辞职，我不相信，偌大的北京城，我只能吃电视这一碗饭。

"有什么事儿，你就说吧。"纪春明把电脑打开，看着屏幕，一副冷淡的样子。

"我觉得您从不相信我。"

"我不相信你？"他睁大眼睛看着我。

"是，您信任明丽远胜于我！"我说。

"还有呢？"他显得十分耐心。

"还有，连实习生都可以做大片，我为什么不能！"我情绪激动。

"你是在质问我了？"他的语气依旧平和。

"我只是想不通，到底我哪一点不如别人！？"我的声音竟有一丝似真似幻的哭意。

纪春明把电脑屏幕合上，两只手交替着敲击着桌面，眉头紧锁，一副若有所思的样子。我坐在他对面的沙发上等着他给我答案，脸上摆着一副倔强的表情，我甚至能听见自己怦怦的心跳声。几秒钟之后，他抬起眼睛问了我一个问题："慧心，一个人优秀和做什么位置有关吗？"

"有关，优秀的人，就应该在更好更高的位置上体现价值！"我说。

"那只是你的想法。"

"不，就像明丽当主编那天，您说过的一句话：'努力总会有回报。'可是我努力了这么久，却没有任何回报，我无法说服我自己！"

"你获得了那么多大奖，难道不是回报吗？"

"是回报，那是我努力应得的。"

"那是你想得太狭隘！"他的语气变得严肃起来。

"那您能告诉我，明丽为什么她能当主编，我却不能！"

"每个人长处不一样，明丽善于和人交际，而你有时候太固执！"

这句话如闪电一般再次击中我，不久之前，莫主编也曾这样说过，可是，我理解的固执和认真明明是两回事！多年以来，我在工作上更多的应该是认真才对，了解我的人，这些根本不需去解释，而不了解我的人，就会把我对工作上的标准，片面地理解为固执，就像我此刻这般和上司据理力争，其实也毫无用处，我知道这场谈话到头来都是徒劳的。

"我或许无法改变您对我的印象。"我站起来说。

"不是。"他摇头。

"或者，这世界上最难的，就是力图改变别人的想法。"我激动地说。

"你可以改变自己，你很优秀，这个谁也抹杀不了，慧心。"纪春明的语气终于变得和缓。

"我想我或许并不适合这里！"我转身出门。

"慧心！！"纪春明喊。我没有回头，大步地跑下了楼梯。

我一路跑回办公室，看见明丽和杜媛正坐在一起聊天，看见我进来，她们的声音突然放低了。我走到自己办公桌旁，开始一样一样收拾自己的东西，或许，终于到了和这里说再见的时候了。明丽见状立即走过来，她疑惑着问："慧心，这是干嘛？"

"没事。"我低着头只顾收拾。

杜媛也站起来问："慧心姐，要帮忙吗？"她好像一副幸灾乐祸的神情。

我看了一眼她，轻轻一笑说："不用了，你以后多帮助你明丽姐吧。"

她才瞬间收起笑容说："好吧！"

明丽用手推了她了一下，意思是不要太过分，一边对我说："我劝你仔细想清楚。"

"我想清楚了，谢谢。"我抬起头看着她。

明丽和杜媛都不再说话，直到看着我抱着一个纸箱子出门。我孤单地一个人走在长长的走廊里，脚步渐渐慢了下来，再又向前走了几步之后，我忽然停了下来。曾经的许多时刻，每当我出差，或者回故乡，在经过这条走廊的时候，莫主编经常会倚在办公室门口，嘴里叼着烟一口一口地吸，然后忽然在身后叫住我："慧心，路上小心，别着急……"类似这样的话，想到这里眼睛有些湿湿的。我习惯性地又一次转身，却看见那个门口是空空的，没有人站在那里，一种失落感油然而生。我又重新折返了回去，走到他办公室的门口，把脑袋向里探，却看见他的办公桌是空空的，自从上次我赌气走了之后，就一直没有再见他。

我抱着纸箱坐在走廊里一处拐角的台阶上，拿出电话给莫主编发了一条短信："莫主编，我明天把辞职报告交给您，慧心。"

楼口的窗台上吹过来一丝凉风，一只小鸟落在那里，瞪着一双黑黑的眼睛看着我。我朝它招招手，它拍拍翅膀落在了离我更近的地方。我们彼此注视着，它好像了解我此刻的忧愁，一蹦一蹦地，试探着离我越来越近。信任是一种多么温暖的感受，就像这一刻我和一只鸟儿的共处，而我却得不到在一起共事六年的领导的信任，一股无法言说的空落感一点点包围着我。

我足足等了半个钟头，莫主编也没有回音，他大概也从纪春明那里得知我的打算了，无论如何，他是不能违背纪春明的命令的，他是我最好的领导，却也永远是纪春明最忠诚的下属。而且，他曾经亲口对我说过，如果有一天我选择离开，他不会挽留我，所以，我慢慢地站起挪动着脚步。懒得乘地铁，就跳上了一辆的士，直奔五环外的家里。刚走进门口，就听见歌声从里面飘出来：

> 多少人曾在你生命中来了又还
> 可知一生有你我都陪在你身边
> ……

是水木年华的一首《一生有你》。爸爸正坐在小马扎上低头择豆角，妈妈在浇花，小米兰手里拿着歌篇儿，坐在小椅子上认真地唱着，每一句都唱进我心里。是啊，多少人曾在我们的生命中，不过是匆匆的过客，来了又走，只有他们，无论我在哪里，都紧紧相随。我其实是最富有的，我不能再让我的家人们，感觉到我在北京漂泊没有希望，至少现在不能。或许，我不能让他们这么快就看见我的失败，我，还不能失去这份工作。

我假装开心地走进门去，小米兰一看见我回来了，赶紧去卧室把自己书包拿出来，从里面翻出来一个紫色的果子，递到我眼前说："妈妈，这个是学校发的，我没舍得吃，特意留给你的。"

"这是什么果子？"我接过来看。

"是百香果。"她清脆地说。

"哦。"我闻了闻。

"我被选为纪律标兵，老师奖赏的。"她看上去十分得意。

"一开始，我以为我的英语不好，考试会排到后面去，可是校长竟然说，考试不许排名，我还得了奖。我特别喜欢这所学校，我想在这里一直读到初中、高中、大学才好呢！"

"哇！"我蹲下身子把她抱起来，才发现她长大了，我快抱不动了。

"慧心，这所学校真不错！"妈妈从阳台走过来说。

"如果没有你们领导，哪里有小米兰来北京读书这么好的事啊！"妈妈打心眼儿里感动。

"嗯！"小米兰也抬起头骄傲地望着我。

其实不止这份恩情在，这么多年的培养，莫主编在我的身上，是花费了苦心的。我这样一有挫折就哭着离开，毕竟还是有些小气，我是不是有些过分了呢？可是，话已经和纪春明说出去了，短信也给莫主编发出去了，我也只能硬着头皮往下走了。

吃晚饭的时候，我突然接到了元主编的电话，他的语气很急："慧心，赶紧打点行李，去趟新疆。那儿的反恐形势十分严峻，你去拍上一阵子。明早的飞机，航班信息已经给你发到手机上。"他迅速下达完了命令。

"可是，我已经……"

"好了，我这儿开车呢，摄像你随便找吧，组里没有了，有事儿电话……"

"喂！"电话被他挂断了。

或许，亮子说的对，冥冥之中，命运早就安排好了一切，我们改变不了什么，只有满心迎接。

我连夜收拾好了行李，给好久不见的东子打了电话，电话那头被告知对方已经停机。此去新疆路途迢迢，如果没有一个默契配合的搭档，真是没有一点儿心情拍摄了。几经辗转，才找到了以前和东子关系不错的一位朋友叫徐默，也是自由摄影师，本来有许多活儿等着他，但看在和东子关系的份儿上，他同意陪我走这一趟新疆。

去新疆的飞机要飞四个多钟头，我们要去的南疆，在乌鲁木齐转机后，又飞了两个多小时。在飞机落地那一瞬间，隔着舷窗，满眼都是卷着黄沙的风，只有几只肥壮的乌鸦落在有些空荡荡的树枝上，一种苍凉的陌生感填满心胸。

我们被安排住在郊外一个机场附近。晚上，我给楚天打电话，手机却是接不通的，我用屋子里的座机问部队干事，得到的回答是我们住的地方，通信信号被屏蔽了。突然之间，我感觉和世界一下失去了联系，这样也好，在喧嚣中奔波久了会迷失自己，就在这里静一静心吧。

楼里没有女卫生间，晚上，我只能一个人跑到楼外去。偶尔抬望那高远的夜空，仿佛一下子掉进了时光隧道，那是童年时在乡下奶奶家才见过的星空，一颗一颗星，散发出炫丽的光芒，让黑夜不再寂寞，也仿佛在抚慰着身在异乡的我。我在星空下许愿：许给自己一个美丽的明天，许楚天的司法考试能够顺利通过。

白天拍摄的时候，大街上空荡荡的，这种紧张的气氛让每个人都绷紧了神经，常常拍摄一两个镜头，就要被叫到车上来。摄像徐默突然回头问我："我要是被暴恐分子袭击了，可得和人家说是因公牺牲。"他咧着一张灿烂的笑脸。

"你别吓我啊。"

我们只是开玩笑，不过，执勤的官兵们，却每个人都有遗书，他们做好了一切准备去执行任务，我忽然也有些害怕了。有一夜，我竟然也拿出纸笔，写下了类似遗书的留言："此生，我过得非常开心，如果……"

天啊，真的不能去写，因为那种心境真的很特别，我把没有写完的半张纸撕得一条条，一片片，一丝丝，扔进了窗外怒吼的黄沙里。人生短暂，我要重振精神，为了我的父母、小米兰、楚天，不会再把得失看得那么重。北京的这趟漂泊，永远都是值得的，小米兰无论今后在哪里高考，她在这里受到的教育，将让她受益终生。明天，我们永难预测，唯有珍惜今天，那么，即使前途未卜，又有什么关系呢？

一个月后，我回到了北京，最先给楚天打去了电话，他告诉我律考落选了，我找不出更多语言去安慰他，只是说："我做完这个节目就回去陪你。"

他淡淡地对我说："慧心，算了，别老给我希望，你还是忙你的工作吧。"

"我去新疆是被临时通知的，那里……"我解释。

"慧心，你总有你的理由，但我有我的理解，我有些累，你忙吧。"楚天显然生我的气了。

"楚天，别生气！"我哄他。

"好了，慧心，再见！"他竟挂断了电话。

"楚天，讨厌的楚天，天生这么小气，你永远改变不了，你永远改变不了。"我对着已经挂断的电话怒吼着。

再有一个月，就是 2014 年的新年了。

第十七章
水晶般的情谊

　　楚天律师资格考试的这次落榜，让他来北京的愿望破灭了，他只会把心中的失落和怒气，以一万个伤心的理由加载在我身上。他后来发给我短信说："如果不是因为你，生活怎么会这么累？"

　　我流着泪，心中的失望到了极点，他曾经的温柔与体谅，怎么全不见了，我给他回复："你可以按照你喜欢的生活去选择，没人逼你。"

　　等了半天，他才回复："如果没有小米兰，或者，我们都有选择的自由。"

　　我不想再理他了，决心以新年为期限，看他是否愿意重新回来。如果他有什么新的选择，我都像他曾经支持我那样，义无反顾地支持他，哪怕是离开我的选择。

　　我开始把精力投入到这期新疆维稳的节目。纪春明有一次在走廊里碰见我，朝我礼貌地点点头，我之前在办公室和他的那番争吵，他看上去早忘记了，我们又相安无事起来。只是，我已经有好久没看见莫主编了。

　　又过了一周，我拿着写好的稿子去找他，看见办公室的门是锁着的，我就站在门口等。过了一会儿，明丽从走廊那边朝我走过来低声地说："莫主编的父亲去世了，他请了一周假。"

"什么时候的事儿？"我一脸惊讶。

"你去新疆那会儿。"她说。

"哦。"我低着头，有些难过。

"对了，慧心，你的这期稿子，我来看吧？"她站在那里和我商量着。

"好。"我随手把稿子递给了她。

明丽拿着稿子走远了，我仍愣愣地站在原地，想着莫主编平日里对我的好。就在他父亲病重的期间，我还曾给他发短信要辞职，我真是太不懂事，泪水瞬间充满了我的双眼。我立即编了一条短信给他发了过去："莫主编，我才知道您家里的事儿，请您一定保重，我在做新疆的节目，等您回来。慧心。"

直到快下班的时候，才见他回复一个字："好。"只那一个字，我却看了好几遍。

回到家，小米兰正坐在窗口的一张小书桌上，皱着眉头在读单词。纯纯趴在她旁边，眯缝着一双小黑眼睛，一副快要听到睡着的样子。我问她："快期末考试了？"

她抬起脑袋冲我点点头。

"你能考第几名呀？"

"我们高校长不许排名。"她朝我做了一个鬼脸。

"那你很幸福啊。"我说。

"嗯，可是我说东北话，同学们都笑话我。"小米兰用手摸着纯纯的头。

"你都说了什么呢？"

"干哈，嗯哪，埋汰，嘎嘎的，鼻涕拉瞎，哈喇子……"

"哈哈。"

"高校长说，如果我把普通话说好了，他就给我一件奖励，你猜会是什么呢？"

"不知道啊。"我朝她笑笑。

"你原来是主持人，能不能教教我？"她摇晃着我的手。

"好啊。"

小米兰飞快地从书包里取出了一本诗集，纯纯也好奇地抬起了脑袋。我找了一篇海子的《小站》，清了清嗓子读给她听：

"我年纪很轻

不用向谁告别

……"

小米兰拖着下巴听得入神，还没等我念完第一段，桌子上的电话就响了，接起来一听是明丽。

"慧心，稿子问题很大，需要改。"

"什么问题？"我问。

"你的拍摄现场太少。"她说。

"可是我在新疆维稳一线，有时候……"

没等我说完，她打断了我："我们不能这么和观众解释，不是吗？"她又摆出了纪春明的口吻。

我强压着心里的怒气，尽量放平语气和她商量："可是，我已经回来了呀。"

"对，所以，我让你修改文稿，明早交给我，周四播。"她完全一副命令的口气，不容我再说什么。

"好。"挂断了电话，我简直快气疯了。

小米兰看见我生气的样子，不再缠着我读诗，乖乖地去写单词，纯纯也无聊地继续打起瞌睡。我连晚饭也没吃，就坐在电脑前改了三个小时的稿子。我把新疆的艰辛拍摄，用解说词的方式告诉了观众，比如这一句："这是我们在新疆拍摄的最后一段采访，还没等记者采访完成，官兵们就急着要出发了……"

我期待能和观众产生一种共鸣，即使画面有晃动和不完整，他们也一定能够理解。如果莫主编看到这篇稿子，我敢说他一定会在旁边注上一笔：真实。

那一夜，我睡得很踏实，一觉到天亮。拉开窗帘，窗外飘雪了，北京已经好久没下这么大的雪了，转眼间，大地已是一片白茫茫了，地面上结了一层薄薄的冰，像镜子一样雪亮。故乡，现在是不是更冷了？楚天也快一周没打电话了。

当我的双脚踩进松软的雪地里，才发现那雪竟没过了短靴，寒风夹着雪粒直往脖子里钻，这是入冬最冷的一天！

还是办公室暖和，中央空调以28度的暖风，吹拂在房间的每个角落，还没等我坐定，就被明丽叫去了她那里。她手里正捧着一杯冒着热气的菊花茶，桌上放着我前一晚传给她的稿件，她看见我进来了，就把稿子往我眼前推了推说："晃动的画面不可以用！那段词我删掉了，另外，采访太多，我也去掉了。你再改改。"

我接过稿子，迅速翻了一下，天，她竟删去了一半儿的稿子，我要拿什么来填补剩下的内容？

"你的意思是把所有的现场部分全部去掉？"我的语气里充满了疑问。

"对，怎么了？"她连眼皮也没抬一下。

"其余的我用什么来填补呢？"

"这个你得自己想了，我又不知道你都拍了什么！"她低眉小口地吹着菊花茶。

"明丽，我觉得这是我最重要……"我试图和她解释删去的部分多么重要。

"好了，慧心，我看你还是赶紧改吧，否则来不及配音了，一旦影响了播出，咱们谁也承担不起。"

我定定地站在原地，目光死死盯着她，如果他是男生，我一定会冲他脸上给上一拳。她倒从容，随手拿起桌子上另一份稿子，靠在椅背上舒服地看着，完全把我当成了空气。我快速拿起稿子转身出门了，迎面撞见杜媛，她看上去心情不错，看见了我立即停住了脚步说："慧心姐，明丽姐改完你的稿子了吗，抽空我学习一下？"

我没理她，气呼呼地回到自己的位置上，这时候，杜媛又把脑袋探进来说："哦，差点儿忘了，楼下有人找你，我说咱们是一个办公室的，帮他喊一声。"

"谢谢。"

我正要出门，短信来了，一个没有编辑名字的号码，口吻却十分亲切："慧心，我从美国回来了，路过你楼下，想见你一面，你方便吗？白若辰"

我走到窗前，隔着百叶窗，看见他正站在楼下的铁栏外。穿了一件黑色短大衣，脖颈上系着一条羊毛围巾，手里拎着一个米色的纸袋。外面的风很大，吹乱了他的头发，身上那件大衣快被风打透了，紧紧地吸附在他身上，让他忍不住打了几个寒战，他立即用双手把大衣领立了一下，又抬起头朝楼上张望着。我立即用手合上百叶窗，又坐回到椅子上继续改稿子。

明丽确实给我出了一个难题，去掉了那些现场，剩下的内容根本撑不起一期节目，我去机房又把素材重新看了一遍，她无疑拿掉了全片最紧张精彩的部分。我越想越气，决定不再改了，我立即把那份稿子原封不动地发给了配音老师。

一个小时后，配音老师把稿子传了过来，我去办公室下载时，又去窗口上看了一眼，竟发现白若辰仍站在寒风里。他到底要干什么？我不是早告诉过他，已经提前预支了五年之约吗，我仍选择现在的生活，他怎么还这么死脑筋？去了趟美国，仍没有半点改变。我拿起手机给他回复了短信："对不起，请你别再等了，我有事下不来。沈慧心"

透过窗口，我看见他正低头看短信，好半天，才失望地又朝楼上看了看，转过头走进门卫处，把手上那个米色的纸袋留下了，就转身迈步出了大门。我看见他的身影，一点一点消失在弥漫着风雪的街口。

短信响了，不用猜就是他，可拿起一看竟是好久不见的朱子，她向我报来喜讯："我生了，一个重八斤的儿子，取名就叫八斤，你有空来，他认你做干妈。"

我回复："恭喜，做完节目就去看你。"

我和后期小李连夜编完了一期《直击新疆维稳一线》，他说："慧心姐，这个节目既紧张，又真实，观众肯定喜欢。"

"哎，说不好啊。但愿。"

他给我做了一个 OK 的手势，我拍拍他的肩。有一个好的工作伙伴，工作总感觉那么幸福，我对他说："小李，你每天都熬夜，不觉着辛苦吗？"

"谁让我干这行呢？"他一脸的灿烂。

第二天一早审片的时候，纪春明不在，只有明丽一个人审，她板着一张脸坐在沙发中间。那些用心编辑的画面，并不能引起她的兴趣，她在发现她删掉的内容，我全部都保留之后，从沙发上弹起来立即火了："沈慧心，我说的话，你全当放屁吗？"她把双手端在胸前，摆出了从未有过的架势。

"请你说话客气些。"

"我为什么要尊重你，你根本也不尊重我。"她底气十足。

"我不明白一期好的节目，你要无缘无故地删掉那么多，我根本做不成！"

"那么，原来是我一直都在高估你！"她讽刺着说。

"随你！"我丝毫也不怕她。

"好啊，那我现在告诉你，这个节目不能播出。"说完她转身出门了。

小李看着我说："慧心姐，真没想到！"

我看了他一眼，不知道再说什么，只是安静地坐着，等待明丽再改变主意。

明丽果真撤掉了这期节目，但播出计划提前已经报给台里了，根本来不及撤销，如果临时更换节目，必须纪春明签字，但他人在上海开会，根本回不来。过了一会儿，我们接到台里总编室的通知，晚上临时停播节目，属于播出事故。这下明丽傻眼了，她给总编室打电话："不不，我们节目可以再送过去，怎么可以算事故呢！求求您！"她的语气里充满着哀求，眼泪也跟着噼里啪啦落下来。

她像似求了好半天的情，最后哭着挂断了电话，趴在桌子上呜呜地哭起来，看上去十分可怜。我走到门口，寻思了一下，决定还是进去安慰她一下。

"哭也没有用，再想想办法吧。"我站在门口说。

听见了我的声音，她猛地抬起头，泪汪汪地对我吼道："出去！出去！出去！"说完她站起身，快步走向我，一把把我推到了门外，然后哐当一声把门关上了。

小李走到我身旁对我说："慧心姐，她对你那么凶，你干嘛要同情她，活该！"他说完倚在一面墙上发呆。

"不管怎样，也是因为我，都怪我！"我有些自责。

"可是，你按她说的做，就根本制作不出来，结果其实是一样的。"他安慰我说。

"你说，还有什么办法？"我问小李。

"除非……"

"除非什么，你说！"我急切地看他。

"除非纪春明签字，改其他节目啊。"

明丽当然想到了这一点，当天中午，纪春明就从上海飞回来了，匆匆地签上字，就派人给台里送去另一期备播节目，然后气汹汹地把明丽喊去了办公室，劈头盖脸地骂了她一顿，整个走廊都听得一清二楚。

"开播这么多年，从来没发生过停播的事儿，明丽我问你，谁给你的权利毙掉节目？"

"是慧心的节目太差了，镜头全是晃动的，根本没法看。"她解释着。

"慧心的节目怎样，我们心里全都有数，你说不好就不好了吗？"纪春明显得十分愤怒。

"我让她改稿子，她根本一个字都没改，我才改换节目的，这也不能怪我啊！"明丽说着竟委屈地哭了起来。

"都是一群神经病，沈慧心在哪里，把她给我喊来！"纪春明愤怒地喊着我的名字，小李赶紧把脑袋探进我的办公室："快，慧心姐，纪导喊你。"

我吸了一口气才走进那扇门，他的眼睛里仿佛冒着一个火球。"主编让你改，你为什么不改？"纪春明立即质问我。

"如果按照她改的，我的节目被删掉了一半儿，我拿什么补充？"

我说。

"主编让你怎么改，你就怎么改，到底她是主编，还是你是主编，你分清楚没有！"

我默不作声，他终究是向着明丽的。我把头扭向一边儿，他看了看我，又看了下明丽接着说："沈慧心，你连最起码的服从意识都没有，亏你走了这么多军营？"

我把头昂得高高的，说不出一句话。

"明丽是我任命的主编，听她的命令，就是在执行我的命令，你这个不懂吗？"

我仍然沉默着，纪春明最后对我说："好，沈慧心，这次我命令你，立即按照明丽说的改！"他愤怒的样子快要吃掉我！

"您不想先看看吗？"我竟又还嘴。

"我的命令你也违抗吗，去，赶紧去！"他指着门外，让我出去。

那一刻，我看见明丽正得意地看着我，一副胜利者的姿态。那一刻，我发誓她从此不再是我的朋友，我恨透了她，就转身走了出去。我在心底不停地对自己说："沈慧心，是时候了，你该离开这里了。"

我没有再回办公室，直奔楼下，只想回家躺到我自己的床上，我感觉太累了。走到门卫处的时候，哨兵把一个米白色的纸袋递给我，我边走边拿出来看，里面是一串紫色的水晶手链，上面附上一张字条："慧心，这次回来只是短暂停留，再过两天，我就要奔赴珠峰拍摄了，这是我在美国时，薇薇让我带给你的礼物，距离五年之约，还剩两年，提前祝你新年快乐。"

我把那串紫色的水晶手链，举在太阳光里，它放射出十分耀眼的美丽光芒，瞬间，我仿佛掉进了无边的回忆。青春就如这水晶一般，无论光阴如何流转，永远无法遮盖它的光芒，就如我们曾种下的情谊。我突然想给她打个电话，听一听她甜美如小鹿一般的声音，但电话那头始终是一片忙音。不过，一想到在地球的另一端，仍有人牵挂着你，这份温暖瞬间充满了我每个毛孔，即使在入冬最寒冷的一天，我仍感到热血沸腾。

地球那一端有人牵挂固然是好，可我还惦记着同在地球这一端的人。和楚天一周不联系了，我们何苦要这番较劲呢？我终于鼓起勇气拨通了楚天的电话，很快，他低沉的声音从听筒传过来："我在开会，什么事？"

　　我主动放下姿态和他示好："你什么时候来，小米兰想你了。"

　　"我又重新回单位上班了，回不去。"他的语气淡到极点。

　　"你不是说要辞职吗？"我问。

　　"那是原来的想法。"他说。

　　"你什么意思？"我问。

　　"慧心，我不想总为别人活，我们都按照自己的意愿生活吧。"他的语气像似经过了深思熟虑。

　　我站在风雪里，冷得再说不出一句话，他在电话里继续沉默着。我挂断了电话，一步一步地迎着冷风走，不禁想起去年圣诞夜的温暖重逢，那会儿楚天是怎么说的呢："我错了，是我心胸狭窄，太小气！慧心……原谅我！""我很快回来，办完了辞职手续，我就来，很快！"

　　然而，只是一次考试的失利，他就忘了曾说过的话吗？楚天，虽然是男人，可他归根结底是脆弱的。

　　接下来的一个月，我病了，皮肤干燥极了，脸上、身上、腿上全部浮肿起来，我去卫生间照镜子的时候，发现自己的面容奇丑无比，身材臃肿，我快不认识自己了。那么爱美貌的我，突然像鸟儿丢失了美丽的羽毛。

　　妈妈带我去医院看病，医生说是因为我压力过重，得了内分泌失调的病，只要服用药物，再静心地修养一段时间，自然就可以恢复了。我从单位请了假，每天都呆在家里。

　　有一天午后，我刚睡醒觉，妈妈告诉我有一位朋友，已经在客厅里等我半天了。我问她那人是谁，她说："好像姓白，叫什么星辰？"

　　"是白若辰，对吗？"

　　"对对，就是这个名字。"她连着点头。

　　"这是什么朋友啊？"妈妈问。

"哦，一个普通的朋友。"我说。

我对着梳妆镜照了又照，这副面容根本无法出去见人，脸都有些变形了，可是，我还是决定出去和他见上一面，或许，他从此就彻底地消失在我的生活里了。

"慧心，甭管是谁，你还是打扮一下吧，把头发梳一梳？"妈妈劝我说。

"没事，我在生病，朋友们都知道。"我走了出去。

白若辰正坐在沙发上，随意翻看着桌子上的杂志，见有人出来了，他抬起了目光。我的这副面容，他还是被吓到了，眼睛睁得大大的，微张着口，半天才说出一句话："慧心……你这是怎么了？"他从沙发上缓缓站起来。

"我生病了，你有事吗？"我站在他对面。

他继续看着我，仍处在惊讶之中："怎么这么严重，去看医生了吗？"

"去了。"

"我有一位特别好的医生朋友，刚从美国留学回来，我带你去。"他的语气急促而充满着希望。

"不，我哪儿都不去。"我坐了下来。

"你必须去！"他近乎命令。

我摇摇头说："谢谢你来看我，医生说没事。"

"你的精神看上去很差。"他仍站在那里。

"你来，究竟什么事？"我问。

"本不想告诉你的……"他慢慢坐了下来。

我皱了一下眉头，抬起眼睛看着他，他像在犹豫。等了半天，我快失去了耐心。"想说你就说，不想说，我得休息了。"我站起来。

"薇薇死了。"他的声音低沉而悲伤。

我好像没有听清楚，先是愣了一下，接着问他："薇薇？你是说薇薇？"我的大脑像似一片空白。

他肯定地点点头。我的眼泪一瞬间落下来，哭着说："怎么可能是她呢，她前两天不是才让你给我带礼物吗？"

"是她，她从二十几楼跳了下去，就在昨天晚上，她的生日……"他说不下去了，强忍住泪水。

"不，这一定不是真的，怎么可能，怎么可能……我们还没来得及见面，我还没来得及和她通上一个电话……"我抽泣着，泪水哗哗地顺着腮边流下来。

"她每天生活在痛苦之中，她的生活里没有爱。"

"薇薇……"我轻唤着她的名字。

"或许，我们无法理解她心里的苦，对她而言，死未免不是一种解脱。"他垂着头。

我一边擦眼泪一边说："不，她曾经那么阳光、快乐、积极，她应该好好活着的。"

白若辰从钱夹里拿出一张照片，是他们兄妹的合影。照片上，薇薇亲密地搂着他的脖子，吐出舌头，一脸灿烂的笑。

"她总想比别人过上更好的生活，所以，她读研，去电视台，赴美留学……她曾对我说：'这些年，我没有一刻不在努力。'"他说完叹了一口气。

我低头抚摸着戴在手腕上的那串水晶手链，颗颗眼泪重重地落在上面。泪光中，那晶莹的水晶，却好像是薇薇的眼泪凝成的，她好像在对我说："慧心，生命短暂，你要好好活着。"

"明天一早，我飞美国，把她带回故乡，她才能真正安息。"白若辰的眼泪终于落下来，他连忙用手抹了一把，抬头看着我说："等她安葬那天，希望你来。"

我点点头："嗯，我会去的。"

"你休息吧，要快点好起来。"他深深凝望了我一眼。

"好，你也保重。"

他转身出门了，我站在门口举起手和他告别，心中竟涌起一丝不舍。

一周之后，白若辰把薇薇的骨灰带了回来，把她安葬在了她的故乡兰陵。葬礼那天，许久未见的肖峰、昆昆、小萌都来了。明子怀孕了来不了，就托人寄来了一条新疆的围巾，希望薇薇在天堂，依旧美丽如初，光彩照人。

几年不见肖峰，他依旧一个人，穿着一件黑色的短夹克，三十几岁了，魅力仍在。两年前，他转行做了影视，现在做独立制片人，听说已有上亿身家。那天他抱着一大束开得正艳的紫色玫瑰，双手捧着敬献到薇薇的墓前，默默地伫立了好久，像似把心中的话告诉她。在那既悲伤又落寞的神情里，让谁都看得出，他一定是深爱着薇薇的，可后来他们怎么失散的，谁也没有再问，毕竟已时过境迁了。

我走到他身旁，把一束紫色"勿忘我"做成的干花，放在薇薇的墓碑前，因为她曾说过："慧心，我现在特别喜欢干花，因为风干了的记忆，它才真正属于我。"

"如果死亡能让她真正解脱自己，那么，此行远去的天堂，也未必不是她最好的归处。"我说。

"她当年让我陪她一起去美国，我没有去。如果我去了，她或许不会死。"

"可是我们无法预知明天。"我安慰他。

肖峰依旧低垂着眼帘，我们目光交汇的时候，看见他的眼里都是泪水。

丧礼结束后，大家在一起吃了一个简单的饭，也算毕业七年一个聚会了。昆昆在内蒙古工作，她已经结婚了，新郎不是肖峰，是他阿爸朋友的儿子。她看上去比从前胖了一些，人却显得更加美丽干练了，她主动和肖峰打招呼："好久不见。"

"好久不见，几次回内蒙，也没顾上看你。"肖峰端起酒杯。

"没事，你可是我童年、少年、青年记忆的男主角。"昆昆也端起酒杯，又露出从前那张俏皮的脸。

"相见不如怀念。"肖峰说完把酒喝了。

"不，就像薇薇，即使想见，却再也见不到了。"昆昆也把酒喝尽了。

小萌也在美国，至今仍然单身，不过，几乎和读书的时候没什么变化，一头齐耳短发托起一张精致的脸。她淡淡地说："她人在纽约，我在费城。几年里，也没顾得上见面，都以为以后还有机会。"

"嗯。"

"人生美好，现实残酷，我曾经说过多次，终究是这样的。"小萌也惆怅地喝起了酒。

肖峰把小萌的杯子继续添上了新酒，接着，给每个人都添上了，他说："这杯，我们敬薇薇，祝她在天堂能够得到她想要的幸福。"

"再唱一首歌吧？"昆昆说。

"好。"肖峰痛快地答应着。许久之后，他悠悠地又唱起那首《Never grow old》：

Open my eyes

I realize

This is my perfect day

Hope you never grow old

Hope you never grow old

……

肖峰唱得动情，每个人都沉浸在自己的记忆里。昆昆的记忆里都是肖峰，她的眼里闪动着泪花，肖峰望着她的脸，竟也泪流满面。无论他此刻思念着谁，都一定会有爱情这两个字。我想起了楚天，一个生硬又柔软，无情却有情的人。唱到最后，小萌也哭了，她的青春曾为爱情去流浪，到头来仍是孤单的。

午夜的时候，我们才散场，大家相约无论以后相距多远，每一年，都一定要见一面。白若辰在第二天就飞去了珠峰，那天离开的时候，他对我说："慧心，人生短暂，我们都要珍惜。"

我点点头，他仍站在原地看着我离开，我没有再回头，迎着漫天的雪花大步朝前走。

距离新年还有一周的时候，我去了趟单位办理医保的报销，临走的时候，特意去了趟莫主编的办公室。好久不见他了，他仍坐在靠窗的位置上手握着铅笔，皱着眉毛在改稿子，桌子上仍放着一包烟和一个银质的烟盒。我轻轻站到他身后，看着他慢慢地落笔、沉思，再落笔。看了一会儿，我突然轻声地说："您真是一块勤奋的海绵！"他忽地抬起头，眼睛里都是笑意："慧心，身体怎么样了！"

我向后退了一大步露出笑容说："嗯，快新年了，您说过，无论这一年好与不好都是过去了。"

"对，什么时候上班，好久没见你的片子了，做给我们看看。"他的神情充满了期待。

"过完新年就可以上班了。"我笑笑。

"好啊。"

"您这里的稿子怎么还这么多？"

"节目多，稿子自然就多呗。"他扬了一下眉毛。

"明丽不是在帮您分担吗？"我说。

"分担什么呀，前两天回去结婚了。"

"哦？"

他叹了一口气接着说："哎，都不容易。"

"有个问题想请教您。"

"说吧！"他的语气柔和而亲切。

"我常常想，我如果不做电视，会做什么？"

他认真地想了一会儿说："有很多种可能，或者，比这行干得还好，只是我们总怕放弃之后，有一天会后悔。所以，很多人都会安于现状。"

"想想也是啊。"

莫主编拿起桌子上那个银色的烟盒，看了又看，仿佛有他的回忆在里面。我没有问，等着他说。片刻后，他开了口："我以前是学画画的，这是老师送我的。一个老头，十分固执，但却有才华。"

我被他的这个故事吸引了，眼睛一眨不眨地盯着他，他接着说："有一次，他让我画一幅素描，画好了交给他。我很快画了一只猫，第二天就交给了他，他看了看说：'你不够热爱画画。还是干别的吧。'"

"为什么呢？"我问。

"这个就是我当时问他的问题。"

"他说无论是画动物，还是画人，或者风景，要观察很久才画得出，这么快交的画，无疑是三两笔勾画的。所以，我并不热爱。"

"所以，您改行做了电视。"

"算吧，这个烟盒已经跟着我整整二十五年了。"

"他现在还在吗？"

"不知道，我没有他的电话，也找不到他了。"

我从莫主编的手里接过那个银质烟盒，盯着看了一会儿，没想到它竟有这样一番来历，当年那位教他画画的老师，是如何良苦用心地在点拨他。虽然他的学生最终当不成画家，却兢兢业业做着一份自己喜欢的职业，这就是一名老师的成功之处吧。

回去的路上，我一直在想着莫主编那个烟盒的故事，其实，它不仅适用于工作，爱情又何尝不是呢，只有足够的爱，才能经得起岁月流年的考验，只有足够的爱，才怎么艰难也不放开彼此的手。那么，这样说的话，楚天仍是爱着我的，只是，他走不出自己的那片低谷，我不能再逼他，他始终都在原地等着我，我还要他怎么样呢，他当然要为自己活，他说得没有错。

新年的时候，小米兰的学校举行联欢会，我坐在下面看着学生们的表演。当红色的幕布缓缓拉开的时候，我惊呆了，小米兰竟穿着花色的裙子，站在舞台中央，站在她旁边的是校长高峰先生，他们竟一老一小地联袂主持：

男：2013 年，悄悄地走了，

女：正如 2014，我悄悄地来。

男：此刻，无论你是忧愁，还是快乐，

女：我都把希望送给你。

男：朋友啊，我要看见你平安。

女：朋友啊，我更要看到你露出笑颜。

男：因为你的快乐，

女：就是我的快乐。

他们配合得默契极了，每句话都温暖地流淌进我心里。我看见她眨着眼睛对我笑，我也冲她眨了下眼睛，原来，这就是高校长给她的奖励！只要练习好了普通话，就可以当晚会的小主持人，这是一所多么与众不同的学校！多像日本作家黑柳彻子笔下的巴学园，高峰校长多像里面爱学生的小林校长，而小米兰多像小豆豆啊。

舞台的灯光一排排亮起来，一群穿着绿色纱裙的小姑娘跳起了欢快的舞蹈，她们在报告着春天来到的讯息，一切都是一个新的开始。

我在心里默默地祈愿：祝愿这美丽时刻，能够长存在 2014 年的每一天，每一秒。

思念翩翩而来。

第十八章
好久不见

2014 年的新年，楚天一个人在故乡过的。大年初一，我买了一张火车票，决定回一趟故乡，或许，这份突如其来的惊喜，会缓和一下我和楚天之间的误会。有时候，女人也应该主动一些，不是吗？站台上，小米兰、爸爸、妈妈一起送我。

"这次回去，你要多陪陪楚天，别着急回来。"妈妈说。

"对，小米兰，我们照顾着，你们俩就放一百个心。"爸爸的眼睛笑起来弯弯的，我朝他点点头。

小米兰眼睛巴巴地央求着我："我也想坐火车，带上我吧。"

"你不是已经参加了学校的新年合唱团吗，你愿意放弃排练吗？"我蹲下来问。

"喔！真难选择，好吧，我在这里等你回来。"小米兰在我脸上亲了一口，就跑去拽姥姥的手了。

相比前几次站台分别，这一次却最轻松。飞奔的火车向前，爸爸、妈妈、小米兰随着景物后退着，北京更远了。

坐了一天一夜的火车，我丝毫不感觉疲惫，新春的空气里，飘散的都是希望的味道。

我像风一样飘到了家，却没有看见楚天。客厅里窗帘还没拉开，地上到处都堆满着书籍、衣服，一箱箱的速食面。冰箱里塞满了速冻饺子、啤酒、火腿。卫生间里更是一片狼藉，镜子上一片污渍，水盆里泡着脏衣服，件件都是黑色的，水面上浮着一层灰。

进到卧室，被子也没有叠，拿起来竟有一股发霉的味道。床头上摆着的是一瓶瓶安眠药，那一刻，我才被彻底地吓坏了，楚天失眠很久了吗？我怎么一点儿也不知道。

我用了一个下午的时间，才把房间从里到外整理干净。傍晚的时候，才听见楚天在外面用钥匙开门的声音。我藏在门口，等他进来了，突然从后面跳出来，使劲儿地在他头顶拍了一下："楚天！"

他立即跳起来，连忙转身看见我，一副惊魂未定的样子。

"哈哈，看把你吓的，胆小鬼！"我搂着他的肩，一副嘻哈的神情。

"你怎么回来了？"他的脸上并未出现任何惊喜。

楚天把身上的运动服脱掉，进卫生间洗了把脸，接着就弯腰捡起地上的一本书靠坐在沙发里，盘上两条腿悠闲地看着书，并不理我。

"肖楚天！"我愤怒地喊他的名字。

"干什么？"他抬头。

"我到底要怎样哄你，你才消气？"我问。

"我根本没怎么样，并不需要你哄，你回去忙你的工作吧！"他接着低头继续看书。

"你不肯来北京，我回来了，你还这副样子！"我站在门口，一副赌气的样子。

"你在北京漂着，我也要和你一样漂着吗？"他终于说出了心底的话。

"可是，那是我们一起的选择！你之前同意的！"我已经没有一点儿好心情！

"是，我之前同意，但现在后悔了！"他把书摔在地上，坐了起来。

"这是你说的？"我正色地问。

"对，我说的，我现在后悔了。你知道为了能和你团聚，我日夜看

237

书，黑白颠倒，生物钟被打乱了，所以才律考落榜。我现在睡觉要靠药物维持！还有，我为什么那么喜欢黑色，那是因为可以穿得久一点不必洗！谁的家里像我们家这么乱，那是因为没有女人！你知道我最不能原谅的是，我妈求你陪她过最后一个新年，你却仍要加班，让她在孤独中死去，你什么时候尽到一个妻子的责任？！你的心中只有工作，所以，我告诉你，从现在开始，我改变了！我要为自己活！"

楚天几乎是吼着说完这些话，嘴角不停颤动着，他的一双眼睛里没有一丝柔情，他像是来向我讨债的。

我本能地向后退了两步，瞪大眼睛，似乎才真正认识他。

"楚天，这些都是你的心里话，对吗？"我的眼泪奔涌而出。

"是，千真万确！"他一副和我决一胜负的样子。

"好。那我告诉你，如果爱一个人，并不要求回报，你现在的感受，是因为你没有得到我的什么回报，你才这样心理失衡。其实，你表面上在支持着我，其实，每天你都在心底一笔笔地记着感情账，你认为我终究是欠你的，对不对？"

楚天沉默着，他把脚下的书用力踢向了一边，一副气急败坏的样子。

我站在那里不停地流泪，他终于说："沈慧心，我心底的失望，你永远不明白。"我的心瞬间抽搐成痛苦的一团。

他沉默了一会儿，又想起了什么："还有，小米兰即便小学可以在北京读，初中呢？我们没有户口，还得再回来高考，你还耽误了她，你知道吗？"说完，他从沙发上拿起刚才脱掉的那件运动服，转身拉开门出去了。

看着楚天转身的背景，我的心顿时凉了。或许，他的世界，与我的世界，总是隔着一段彼此无法到达的领域。他喜欢安于现状平静度日，我却向往自由的世界，我们并不能真正地理解彼此。这或许也不是楚天一个人的错，我总天真地以为他永远都会等在那里，可是，在现实面前，他仍很脆弱，无法承受生活的重压。

我给楚天留下一个字条后，就连夜直奔火车站了，因为，在谁也无法做出让步之前，任何的谈判都是多余的。

我在字条上写——

> 楚天：
>
> 　　或许我们都没有错，只是错在我们选择彼此，如果可以让你再选择一次，你的答案一定会更改吧？我回北京了，希望你能享受到你想要的平静。
>
> 　　小米兰，我会照顾好，请放心。
>
> 慧心

火车载着我奔驰在广袤的大地上，窗外白雪连绵、北风呼啸，大地被冰冻着，就像我此刻的心。

我整整在车上睡了二十四个小时，昏沉着到了北京，怕爸妈担心，所以没有回家，就直奔单位了。元主编在走廊上遇见我，立即张开笑脸说："沈慧心，可以上班了吗？"

"可以！"我笑笑。

"好，这有一个选题非你莫属，去舟山上的一个小岛，拍一下海防官兵。如何？"

"一个岛？"我好奇。

"对，很美，听说风景如画。"

"好，我去。"我需要一片安静的地方疗伤。

这次与我同去小岛的是一个新来的摄像叫丰年，二十出头，个子不高，皮肤白白的，看他一路抱着机器的样子，我就看得出，他是喜欢这行的。我们先乘飞机到上海，在那里转去开往舟山的船。

我坐在船上，船飘在海上，仿佛换了世界。丰年看我落寞的样子，主动和我搭话："慧心姐，我第一次来海上，心里挺激动的。"

"我第一次见大海，和你一样。"我望着正落在甲板上几只海鸟说。

"海这么大，能包容一切，真了不起。"他自言自语道。

我笑笑："你来北京几年了？"

"第二年了，我其实一点儿也不喜欢这里。"他低着头。

"那为什么留下？"我问。

"我刚 20 岁，即使过十年，我才 30 岁，当经历吧，年轻就是我的资本。"他露出可爱的虎牙，笑着。

海浪卷涌着，一浪又一浪，丰年很快睡着了。我却在想他的话，和他相比，我连年轻的资本也没有了，也没有赚到什么钱，可是，我已经找不到一条回去的路了。

坐了四个小时的船，我们才到达那个遥远的小岛，除了几处营房之外，一片荒芜，哪里有元主编说的"风景如画"。在一个独立的海礁石上，坐着一个新兵，他正在低头认真地写信。我走过去，坐着他旁边问："在给谁写啊？"

"女朋友。"他的语气倒很平淡。

"不可以打电话吗？"

"海上起风了，通信就断了。"他抬起头，闪动着一双黑眼睛。

"在这儿当兵怎么样？"

"反正老兵都适应了，我们新兵还不行，想回去。"

"你叫什么？"我问。

"顾小峰。"

丰年在一旁已经开始拍摄了，我朝他点点头，一脸欣慰。顾小峰告诉我，因为身处海岛，一年只能休假回去一次，女朋友不理解，正和他提出分手，他才天天写信给她，已经快写到第二百封了，希望她能回心转意。原来，距离是大部分恋人身上的死穴。

晚上，海面上狂风四起，远处的几艘小木船，已经变成了一个个小黑点，消失在雾里。不一会儿，暴雨倾盆，小岛上停电了，整个哨所一片漆黑，连长立即下达命令：每个战斗班，把操场上的火炮全罩上"衣服"。

刹那间，战士们如一支支射出的箭，嗖嗖嗖地射向了指定的位置。我看见顾小峰因为个子太小，力气也不足，他无法把火炮的炮管摇下来，其他班已经快要撤离了，大雨中，他显得那么无助。

就在这时，顾小峰的班长迅速跳到火炮上，用了不到两秒钟，就迅速调整好炮管的方向，朝他喊着："顾小峰，撤离！"接着，班长又迅速给火炮穿上衣服，才跑回了营房。我抬起头看见他像一个湿透了的雨人。

　　那天夜里，海上刮起了台风，营区里的树木被连根拔起，路灯都被吹倒了。官兵们在房子里面，用一根根木桩顶在窗户上，狂风扫过，发出哐当哐当的声音，房子随时好像能被掀翻一样。丰年拿着摄像机，晃晃悠悠地扶着墙，艰辛地拍摄着。

　　我倚在一个墙角里，默默地发呆，在自然面前，人是多么渺小，我们甚至无法主宰我们的生命。顾小峰跑过来给我送来一条军被，他站在我身旁说："沈导，台风没过去前，已经没有出岛的船了，有时候要等一个月，你们怕是暂时要呆在这儿了。"

　　我拿起手机，看见信号全无，顾小峰苦笑着："别看了，这会儿是不会有的。"

　　那一刻，我感觉没有信号的日子，就像和世界失去了联系，很孤单。

　　"一年有多少天会这样？"我问顾小峰。

　　"运气好的话，一半一半吧。"

　　"岛上竟这么恶劣？"我不敢相信。

　　"最恶劣的，您还没见。"他说得淡淡的。

　　整整一夜，官兵们都在进行战备拉练，如果岛上渔民的船走失了、人失踪了，他们会主动帮着去找。丰年抱着摄像机，蜷缩在一个墙角里睡着了，第一次看海的他，心中是不是失望了？

　　台风丝毫没有停下来，而且越刮越猛。我始终睁大着眼睛，不想睡，我怕如果有万一，我就再也看不见这个美丽的世界。我心里默念着爸爸、妈妈、楚天、小米兰，困意一次次袭来，我的眼皮再也撑不住了。

　　当我再睁开眼睛，已是黎明，天空泛着一层火红的色彩，云朵千变万化着。丰年在窗外和我挥手，他已经在拍摄空镜了，听警卫员说，这些天都没有船出岛，我们与外界隔绝了。

之后的一个月里，我开始记录海防官兵的岛上岁月——训练、劳动、生活。我发现顾小峰开始转变了，每次训练，他也把自己练成那天台风中的"雨人"。在一个日落的黄昏，他又坐在礁石上写信，这一次，他只写给了母亲，我问他怎么不给女朋友写信了，他说了一句："感情这东西，是彼此珍惜。留不住的，就让它去吧。我妈也在天天盼我的信哪。"我笑了。

脚底的海浪轻轻地翻滚着，我也开始思念起北京的父母、小米兰，还有楚天，联络不上的日子里，他们过得还好吗？退潮了，沙滩上被洗刷得纤尘不染，只把贝壳留在那里。我弯腰捡了枚放在手心里，打算作为礼物送给小米兰，告诉她那是大海的礼物……

住在岛上的第四十三天，营区旁住着的渔家，一早来报信儿，说是有船出岛了。顾小峰和连长，连忙帮我们收拾东西。丰年高兴地跳起来："我喜欢大海，更喜欢陆地，让我着陆吧。"大家都笑他，我心里也是高兴极了。

连长他们一直送我们到码头，我在甲板上刚站定，看见他们在岸上拼命地朝我挥手，脸上挂着青春的笑。我也举起手和他们挥了挥，才低头钻进船舱。

我和丰年坐在舱里闲谈着，他一直把手机举过头顶，在寻找着通信信号，他晃了又晃，突然他眼睛一亮说："慧心姐，有信号啦，有信号啦！"整个船舱的人都回头看他，我也冲他笑。

船快开了，顾小峰竟快速跑进舱内，把手里的一个袋子递给我，笑着转身跑开了。

我看见里面装满了各色的贝壳，漂亮极了。船开了，我跑到甲板上，看着站在岸上的他，正举起右手用一个庄严的军礼送别我。那一瞬间，我的眼角湿了。渐渐地，海岸和他都远了，这座小岛，我不知道何年何月还能踏上，涛声一阵阵连绵涌来，夹着无尽的思念。

电话竟在这时响了，哦，是楚天！看着那熟悉的号码，我的鼻子竟冒起一阵酸意，我连忙接起来。"楚天！"我委屈地喊。

"慧心，你知道，谢天谢地，你终于接了电话！"他的声音像哭又像笑，怪怪的。

我把话筒贴得更近，就像能听见他的心。

"我整整给你打了四十天电话，你的手机都接不通。我又给你们栏目打，他们说小岛刮台风了，和你也联系不上。我简直要急疯了！"他激动着说。

我一边听着，眼泪悄悄地流，根本说不出话。

"那天你走了，我就后悔了，你都回来了，我竟那样对你！"楚天的语气里满是自责。

我在电话里不停地抽泣，所有的委屈都在这一刻释放。丰年在一旁看傻了，不停地给我递纸巾。

"慧心，我今年继续报考司法考试，一年考不上，我考两年，两年考不上，三年。你说好不好？"他问。

我连着点头说不出话。

"慧心？"楚天唤我。

"慧心！"他又唤。

"哦，这边海浪太大，听不清。"

"你在海上，要回来了吗？什么时候？"他连着问。

"嗯，在去上海的船上，到北京要第二天了。"我说。

"路上注意安全，回去我再给你电话，注意安全啊！"楚天一遍遍嘱咐着。

"好，再见。"我笑中带泪。

丰年看着我，露出虎牙笑着，我也被他的样子逗笑了。我们一起把目光投向海面，太阳照在上面，泛着星星点点的光，好像是沉醉在梦里一样。

第二天中午，飞机落地北京首都机场，栏目组的莫主编带队，和年轻编导们一起迎接我们，他朝我走过来说："慧心，好久不见！"露出他温暖的笑容。

"好久不见！"我上前拥抱他。

他上下打量我："黑了，瘦了！"

我笑笑："还美了呢！"他耸耸肩，腆着可爱的肚子。

莫主编亲自开车，我坐在副驾驶座位上，和他闲聊着，他说："这些日子，栏目变化很大。"

"怎么，是不是又有许多新星，继我之后冉冉地升起来？"我调皮地望着他。

"明丽辞职了。"

"什么？她主编不是干得好好的？"我有点儿不相信。

"他老公来不了北京，她只有选择回去，这样也未尝不好。"他说。

"那我最应该回去才是，我老公已经等了我快十年了！"我望着他。

"是啊！所以，慧心，你应该坐在我这个位置上。我也该退休回家了！"他说完哈哈笑。

"您还年轻哪，再说，我对主编这份工作，不再有一丝一毫的兴趣。"我看着前方延伸出去的路说。

"为什么？"他把头转向我。

"因为我在岛上那个刮着台风的夜里，把什么都想明白了。"我看见外面的树已经开始抽芽了。

莫老师默默地开车，注视着前方的路。我看着窗外春天的景色，充满了希望，我笑着说："一切都是最好的安排，我觉得一路上我得到了许多……这次我离开岛上，一位年轻的士兵，在岸上给我敬礼的画面，我永远忘不了……"

莫主编羡慕地看着我，转头笑了。很快，车开到了电视台，我走进那幢大楼的时候，突然也感觉恍若隔世，好久不见，连站立在门口的哨兵，都觉着格外威武。

"对了，纪导被派到国外做访问学者了，一年后才能回来。"莫主编边走边和我说。

我有些意外："哦，那么，栏目怎么办？"

"有一位新的制片人，不过很凶哦！"莫主编吓唬我。

"有人比他还凶吗？"

"当然，这位制片人的脾气要纪导的两倍大。"

"天！那还活不活？"我苦笑着举起双手，一副投降的姿态。

"他临走的时候，还特意说到你呢！"

"有吗？"我显得惊讶。

"应该给你发短信了，看看收到没？"

"好，我这就看！"

我提着大包小裹走到了自己的座位上，那个属于我的蓝色小隔断，上面写着沈慧心的名字。原来，我们做每一件平常的工作，到头来，都在为我们的名字证明：他是一个好人，他是一个勤奋的人，他是一个有前途的人。

打开手机，我翻找到了纪春明的短信，一共三条，前两条是问我是否平安？最后一条写得很长：

慧心：

　　这次拍摄辛苦了！你回来时，我已经踏上了去美国的飞机。要和你说一声抱歉，因为之前那期被换掉的节目，我后来看了，确实不错。

　　我做电视快二十年，跌跌撞撞一路走来，无论有多少困难，我都当成享受。之前你一直困惑，为什么，你当不成主编，在这里我要告诉你：因为你的才华，注定会让你不再平凡。

　　愿我们都懂得珍惜。

纪春明

我把这则短信看了一遍又一遍，突然觉得他其实是一个挺柔软的人，可我从来没有真正地了解他。他在我的脑海里，被固定成了一种形象，我只看到天空的一角，却看不见它的博大胸怀。如果说，之前我对纪春明有一千种怨气，那么此刻，我的心里竟怀有一千种舍不得，我倒十分怀念他发脾气恶狠狠的样子。人，真是一种很奇怪的动物，不是吗？

我回到家的时候，小米兰从屋子里冲过来说："妈咪，好久不见，你去哪里了？"爸妈也从屋子里走出来，喜出望外。

我给他们讲了一夜我在岛上的经历，爸爸戴上眼镜看我，妈妈把好吃的摆成了长龙，那副神情，好像是我刚从远方逃荒回来似的，妈妈连连说："真不容易呀！"我就会扑哧一笑。

当我把那些美丽的贝壳拿出来时，小米兰的眼睛顿时亮了，她竟捧着它们看呀看，直到沉沉地睡去，那一定是一个有海的梦。爸爸和妈妈，一直坐在床沿上和我聊呀聊，生怕我第二天又飞到世界的哪个角落。爸爸摘下老花镜说："原来我们家出了一个旅行家！"

"谁说不是，满世界地跑，换一个男人早不干了，楚天，真是可以呀！"

海岛节目播出的时候，春天过去了，下面的一个季节里，我的生活仍在拍摄、做节目、休息中循环往复。楚天几乎每天都从故乡打来电话，他的语气变得比从前活泼多了。有一天傍晚天刚下过雨，他又打来："慧心，北京下雨了，出彩虹了吗？"

"有呀，怎么呢？"

"替我许愿啊，再有一周就考试了。"

"哦，当然，我虔诚地对着彩虹的方向，许下了楚天能律考成功的心愿。"

夏天才开始的时候，我从报纸上看到了一条消息："世界最高山峰珠穆朗玛峰南侧尼泊尔境内 18 日早上发生雪崩。尼泊尔旅游局官员当天下午向中新社记者确认有 10 人遇难，另有 4 人失踪。"

报纸从我手里滑落下去，如果我没有记错的话，白若辰好像就在这批探险者中，他已经有快半年没有消息了，一种不祥的预感涌上心头。忽然间，又想起他那对灿若星辉的眼眸，和他最后一次分别时对我说的话："慧心，人生短暂，我们都要珍惜。"

一种从未有过的思念，从我的心底升起，我竟开始牵挂他了，多么奇怪。他曾是我赶也赶不走的一个怪人，我说他来自另一个星球，他活在文艺的世界里，并不属于这个时空。我为什么要这样说呢？无论和他说多么决绝的话，他仍不会离开，还天真地想着五年之约。此刻，我希望他能听见我内心的呼唤："若你重新回来，我会去赴那个五年之约，至少你仍是鲜活如昨，有什么比生命更可贵？"

我祈祷他平安无事，因为薇薇一定会在天堂护佑她的哥哥的，他只属于地球这个唯一的星球。

秋天来临的时候，白若辰依旧讯息全无，报纸上已经不再对那次雪崩做报道了。我和白若辰之间，是彻底失联，还是永别，没有谁再能告诉我了。我突然那么后悔，在上一次告别时，应该转身对他说一句：祝你平安归来。因为没有祝愿的旅程，注定是凄凉的。

2014 年 10 月 17 日，一大早，楚天从故乡打来电话，他一副颓丧的语气说："慧心，我又落榜了。"

"怎么可能，你那么努力，是不是判错了！"我才不信。

"对啊，我打算起诉判卷老师，如此粗心漏掉了一个这么好的律师！"

"对，要起诉他！"我叫。

"哈，骗你的，慧心，我成功了！"楚天在电话那端兴奋地叫。

"天啊！太好啦！楚天，你太棒了！"我兴奋得快哭出来，汗毛根根立起来。这一刻，我们等了两年。

"你怎么那么坏，刚刚还骗我？"我怪他。

"怕幸福来的太快，你会晕倒。"他哈哈大笑着，完全不像他。

"哼，那什么时候来？"我急迫地问。

"我把工作交接一下，怎么也得冬天了。"

"嗯，冬天就冬天。"我大方地说。

挂上电话，我倚在窗口，看着外面的树叶又变成鹅黄色了，风吹过来，一片一片叶子在天空下飞舞，最后落入泥土里。生命总在四季中不断更迭着，只有抱着美好的希望而活，才会收获到生活给予你的一切。

冬天开始的时候，我接到了一个最沮丧的消息，莫主编退休了。我去办公室送他，看见他正背对着我在整理书桌，他那天穿了一件深黄的毛衣，背影胖胖的像一只维尼熊。我走到他身旁，默默地帮他一起整理，眼泪在眼眶里打转，我强忍住不让它落下来。他看了我一眼说："慧心啊，哭什么呀，干什么工作，也总有到头那一天。"他把稿子一件一件整理好。

"不，我舍不得您。"我抹着一把眼泪。

"谁和谁都不能永远在一起啊，包括我们最亲爱的人。"他转过身坐回沙发里，也用手示意我坐下。

"可是现在分别还早！"我一脸难过。

"我会继续看你的节目的，无论在不在这里。"他慢慢地说。

"你走了，我也不想在这里了。"我抬起头露出孩子般的神情。

"真是小孩子。"他摇摇头。

"您是不是还可以返聘回来？"我眼睛里闪过一丝希望。

他把目光投向窗外萧条的冬天，缓缓地说："不会了，我想把剩下来的人生，换一种活法。"

我擦干眼泪看着他。

"去看看我没见过的高山、河流、村庄，写一写心里的感受，悠闲地看每一天的日升日落……"

我被他的这番话，带入了那一幅幅美景里，生活原是那么美，一直等候在那里，我们却总忽略最简单的幸福。

晚上，栏目同事自发地和莫老师聚餐。我第一次见他喝酒，满满的白酒，漾着浓浓的酒香，无论谁站起来敬他，他都满杯喝掉，一滴不剩。我没有去敬他，只是安静地坐在一个角落里，和他分享着这别离的一刻。

快散场的时候，他端起酒杯走到我身旁，身子有些摇晃，整张脸都是通红的，他坐了下来对我说："慧心，北京累的话，就回去吧，故乡也挺好的，反正你已经有这么多收获。但话说回来，如果你非得坚持什么梦想，就得做好准备。"

"嗯。"我点着头。

"你说什么叫成功？"他问我。

在我认真想着的功夫，他接着又说："赚很多钱吗？不是，钱多少都不嫌多。有许多朋友？你不成功，朋友也只是短暂的。成功……其实，就是你能在热爱的工作里，干得很好，这种满足感，我想就是成功……所以，你成功了呀，为什么还留在这儿，你应该有更好的选择！"他好像并没有醉，只是把平时没能说的话，这一刻全都告诉我。

莫主编最后把那杯白酒也全喝了，然后站起身把手伸向我说："好的，慧心，后会有期！"他用力地握紧我的手，又露出那个温暖的笑容。

这世界上，最苦痛的事情，永远都是分离。

莫主编退休的第二天，爸妈也回东北了。因为他们的医保都在故乡，爸爸的眼睛需要复查，为了省些钱，老两口还是决定回故乡看。

小米兰每天清早出门前，都仰着小脸问我："姥姥、姥爷什么时候回来？"

"新年的时候吧。"她好像觉着晚，嘟着小嘴出门了。

天气预报里说，昨夜东北下了史上最大的一场雪，我才想起给爸妈打个电话问候一声。

"妈，你们那边冷吗？"我在电话里问。

"冷呀，昨夜下了一场大雪，早上一出门，地面上都结冰了。"

爸爸又把电话抢过来说："慧心，工作再忙，也要注意身体，别累坏了。"

"我知道。放心吧。"我说。

"你们什么时候回来呀，小米兰问哪？"

"新年吧。"

"好，那就新年！"

早晨，当我和远在东北的爸妈讲这通电话的时候，看见对面楼群上方那一角灰白的天空，正被厚密的云层堵了个严严实实，那一刻，我内心的阳光仿佛也被遮住了一样。莫主编不在单位工作了，我却好像失去亲人一般，提不起力气再去工作。他提醒的那些话，我句句都听进了心里。

或许，只有敢于去改变的人，才会真正顺应自己内心的选择。

转眼又到圣诞节了，没有飘雪，总感觉少点儿什么。街上的气氛却丝毫不减，每一家小店里，都流淌出七彩的灯。橱窗里圣诞老人，虽然好久不见，却依然可爱又亲切。小米兰在学校给我打来电话说："妈咪，记得回来给我带礼物哦。"

"想要什么礼物呢？"

"知道了就没有惊喜啦。"她说。

"好吧，我会的，拜拜，圣诞快乐。"

"圣诞快乐，妈咪。"

挂上电话，我怀着无比激动的心情，朝篦街的方向走去。2014年12月25日晚上九点，是我和朱子、亮子兑现五年之约的日子，当然，还有白若辰，无论他们是否记得，我仍记得。

五年前，我们三个在篦街街头第二个十字路口分别，那一天，我朝东边走，亮子朝西边走，朱子朝北边走……

五年后，我们又走回这里，我差五分钟就走到了东边的路口，那里有许多年轻人，正在燃放烟花，我的眼睛四处搜索着朱子和亮子来的方向……

等到九点一刻的时候，接到了朱子的电话，她急切地说："慧心，我被挤在路上，只有五分钟就到了，你到了吗？"

"我当然到了，这么重要的日子。"我嗔怪着。

"好，就到！"

九点三十分，我看见朱子笨重地腆着肚子，朝北边的路口走过来。她好像看见我了，一个劲儿地朝我挥舞着手。天，她又怀孕了。

我跑过去迎接她，直到握住她温暖的手，她见我第一句就是："好久不见，我的慧心！"

"好久不见，朱子！"我们拥抱着。

"你？"我指着她的肚子笑。

"笑什么，第一胎男孩，他非要再生一个。"

"小平头？"我问。

"不是他还有谁？"她一脸害羞。

我们就站在路口，聊呀聊，像一对失散多年的姐妹。朱子这些年都没有出去工作，人却老了，额头上已经冒出了几根明显的白发。我问她幸福吗，她说："幸福呀，从前有一个男人爱我，现在两个，未来三个，有可能更多，怎么不幸福？"

"真幸福！"我仰脸笑着。

就在我抬头的瞬间，看见天空竟飘着一个橘色的热气球，上面写着："你们好吗？"

我立即指给朱子看，她也随我一起仰起了头。"哇！是亮子哎！"她惊呼。

"不是他，还有谁！"我说。

气球的另一面写着："想你们！"

"我们也想你！"朱子冲着那个气球喊。

很快，周围的许多人都抬起了头，看着圣诞的夜空上这道风景。片刻后，我们同时接到了亮子的短信：

我最亲爱的慧心、朱子：

向你们报告一声，继父让我去加拿大帮他打理公司，已经来这里两年了，我们现在相处得不错。圣诞的时候，公司统一在英国受训，所以没法赴约。空中的那个热气球，就是我对你们说的话，敢不敢再定一个十年之约？

我和朱子头挨在一起看着短信，看到这句十年之约，不禁相视而笑。我们抬头看着夜空中那个热气球一点点飘远，飘远，就像载去了我们的思念。

那一刻，我想起了白若辰，如果他还活着，这一天，也该兑现五年之约了。我在心里默默地对他说："无论此刻，你在哪个星球，都请为我祝福吧，楚天、小米兰，我们就要在北京团聚了。"

夜空中，满眼是迷人的烟花，我和朱子又在夜色中分别，她问："十年之约，约不约？"

"约！"

我幸福地转身，她也转身，我决定就把这份十年相约的故事，作为礼物告诉小米兰吧。

　　快走到家门口时，又经过楼下那个喷泉，我不禁停住了脚步。台阶上正放着一束紫色的圣诞玫瑰，风吹过来，一阵花香拂过脸庞。我环视了一下四周，远处只有几个孩子在燃放烟花，不时发出欢乐的笑声，天空被照得格外明亮。

　　下一个十年开始了，亲爱的正读故事的你，也请为我，以及和我一样奋斗的人祝福吧！

一个有关北京的梦

一位从事传媒工作的年轻妈妈，不甘于一座小城的羁绊，把三岁的孩子狠心地扔给丈夫和老人，提一只箱子，只身来到首都求学，来圆一个有关北京的梦。

在追梦的路上，主人翁慧心和丈夫楚天、女儿小米兰，历经空间、精神和心灵多层的坎坷、磨难、曲折和风雨，最终追到那个梦了吗？

"这座冬天里没有白雪光临的城市，连未来也变得暗淡起来，在我疲惫地奔波了一个又一个拍摄地，想要休憩一下的时候，却只能在远方遥望着故乡，我在奔向梦想的路上感到疲惫不堪。"

慧心，正是几百万正"漂"在北京、追逐梦想的男男女女的典型代表，其奋斗的心路历程折射了当下中国社会的现状，是大首都正在膨胀的一个缩影。

这部自传体小说，出自于央视的一名有才气的导演金丽娜；因为她的"小米兰"在玉泉小学读书的缘由而我们相识，部分生活在书中亦有描写。如今，"小米兰"虽然上了中学，但我们依然保持着密切的联系——今年我校的"双五节"建校日还请了这个"小米兰"做我们的节目主持人。

作者是一个谦和而优雅的淑女，在柔弱妩媚外表的里面，一股顽强而坚守的精神让我们敬佩。读罢小说，慧心对北京梦的追寻、对美好生活的向往、对家庭幸福的经营、对父辈亲人的慈孝、对同事同学的关切，作者用清风浮萍一样的笔触轻轻地掠过水面，而激起的涟漪在我们的心中久久地难以释怀。

现在，慧心一家的原型们已经团聚在北京，拥有了不错的工作，拥有了房子，那个有关"北京梦"已经搭起了支架、营造了梦境。但是，当慧心回顾十年京城打拼生活、重新站在人生十字路口的时候，她依然有些惶惑和不知所措。

中国梦，在当下代表着中国人对美好未来的向往。在这座大都市里，在熙熙攘攘之中，还有几百万的青年男女像作者一样追寻着自己的北京梦。不论是正在追求或将要追求的读者们，都要好好地阅一读《好久不见》，也许你会从中汲取更多的正能量而梦想成真。

全国十佳现代校长　高峰